suhrkamp taschenbuch 3565

D1934995

Ziel der lang ersehnten Motorradreise war eigentlich Indien. Doch schon unweit seiner Heimat bleibt der Held des Romans hängen – auf einem Campingplatz im Nordwesten Englands, malerisch an einem See gelegen, fernab jeglichen Weltgeschehens. Die Abreise verzögert sich, der Herbst bricht herein, der Camper bleibt als letzter Gast zurück. Mr. Parker, der Platzbesitzer, bietet ihm an, gegen kleinere Aushilfsarbeiten noch ein paar Tage kostenlos zu bleiben. Da wäre erst einmal ein Tor zu streichen. Und ein paar Boote. Aber warum alles in Grün? Planken müssen zersägt, die Hausaufgaben von Mr. Parkers reizender Tochter erledigt werden. Die Dartmannschaft im örtlichen Pub braucht Verstärkung. Und irgendwie geht jeder davon aus, daß der Urlauber eines Tages das Milchausfahren übernehmen wird. Aber was steckt hinter dem seltsamen Benehmen der Dorfbewohner? Werden, nachdem er sein Fernziel aus den Augen verloren hat, die Fallen des Alltags zuschnappen?

Magnus Mills, Meister des britischen Humors, der Lakonik und des Grotesken, wurde auch schon mit Kafka verglichen – aber »Mills ist viel witziger«, befand die *Frankfurter Rundschau*.

Magnus Mills, 1954 geboren, lebt in London. Im Suhrkamp Verlag erschienen bisher außerdem die Romane *Die Herren der Zäune* (2000) und *Zum König!* (2004).

Magnus Mills
Indien kann warten

Roman

Aus dem Englischen von
Katharina Böhmer

Suhrkamp

Die Originalausgabe erschien 1999
unter dem Titel *All Quiet On The Orient Express*
bei Flamingo, Imprint von HarperCollins*Publishers*, London.
© Magnus Mills

suhrkamp taschenbuch 3565
Erste Auflage 2004
© der deutschen Ausgabe
Suhrkamp Verlag Frankfurt am Main 2002
Suhrkamp Taschenbuch Verlag
Alle Rechte vorbehalten, insbesondere das
der Übersetzung, des öffentlichen Vortrags sowie
der Übertragung durch Rundfunk und Fernsehen,
auch einzelner Teile.
Kein Teil des Werkes darf in irgendeiner Form
(durch Fotografie, Mikrofilm oder andere Verfahren)
ohne schriftliche Genehmigung des Verlages reproduziert
oder unter Verwendung elektronischer Systeme verarbeitet,
vervielfältigt oder verbreitet werden.
Druck: Nomos Verlagsgesellschaft, Baden-Baden
Printed in Germany
Umschlag: Göllner, Michels, Zegarzewski
ISBN 3-518-45565-6

2 3 4 5 6 7 – 10 09 08 07 06 05

Indien kann warten

Meiner liebevollen Mutter

1

»Ich dachte, ich erwische Sie besser noch, bevor Sie aufbrechen«, sagte er. »Ich nehme mal an, Sie fahren heute noch ab, oder?«

»Hatte ich nicht vor«, antwortete ich.

»Viele fahren Montag morgens ab.«

»Ach, ich dachte eigentlich, ich hänge noch eine Woche dran. Das Wetter sieht doch ganz gut aus.«

»Also bleiben Sie noch?«

»Wenn Ihnen das recht ist.«

»Natürlich ist es mir recht«, sagte er. »Sie können gerne so lange bleiben, wie Sie möchten.«

Ich hatte mich schon gefragt, wann er die Platzmiete kassieren kommen würde. In den vergangenen Tagen hatte er mehrmals die Runde gemacht und bei den anderen abkassiert, aber aus irgendeinem Grund hatte er mich dabei immer übergangen. Heute allerdings, am sechsten Morgen, war er endlich auf mich zugekommen. Barfuß kroch ich aus meinem Zelt und setzte die Unterhaltung fort.

»Schön haben Sie's hier.«

»Ja«, sagte er. »Uns gefällt es gut. Allerdings habe ich hier auch mein ganzes Leben verbracht und kenne nichts anderes.«

»Verstehe.«

»Aber alle, die hierherkommen, sagen, es gefällt ihnen.«

»Das wundert mich nicht.«

Er machte die Hand auf, und erst jetzt bemerkte ich, daß er einen hölzernen Hering darin hielt.

»Ihrer?« fragte er.

»Nein«, sagte ich. »Meine sind alle aus Metall.«

»Möchten Sie ihn haben? Als Ersatz, wenn Sie wollen.«

»Gehört er niemandem?«

»Hier ist keiner mehr«, sagte er. »Sie sind alle abgefahren.«

Ich schaute mich um. »Oh, tatsächlich, Sie haben recht. Schade eigentlich.«

»Ein Tropfen Regen, und alle hauen ab. Dann scheint die Sonne wieder, und sie haben nichts davon.«

»So ist das doch immer, oder?«

»Fast immer. Also, wollen Sie ihn?«

»Okay«, sagte ich und nahm den Hering. »Danke.«

»Möchten Sie eine Anzahlung machen?«

»Ach, ja. Wieviel schulde ich Ihnen?«

Er setzte ein geschäftsmäßiges Grinsen auf. »Pro Nacht ein Pfund.«

»Das macht dann bisher sechs Pfund.«

»Ja, wenn Sie sechs Nächte hier waren.«

»Stimmt.« Ich zog einen Fünf-Pfund-Schein aus der Hosentasche und reichte ihn rüber. Dann fing ich an, nach ein paar Münzen zu kramen.

»Eigentlich ist das doch ziemlich teuer, oder nicht?« bemerkte er. »Nur für Sie, das Zelt und Ihr Motorrad.«

»Ich finde es angemessen«, gab ich zurück.

»Ich sollte Ihnen ein bißchen Rabatt geben, wenn Sie noch eine Woche bleiben.«

»Pro Nacht ein Pfund ist in Ordnung«, sagte ich und gab ihm den Rest.

»Also gut«, sagte er. »Das ist großartig.«

Ich erwartete, daß er nach der Geldübergabe mit den üblichen Floskeln verschwinden würde, aber nachdem er das Geld angenommen hatte, blieb er wie angewurzelt stehen und blickte in den Himmel.

»Sie machen wohl Urlaub hier?« fragte er.

»Eigentlich nicht«, sagte ich. »Oder doch, irgendwie.«

Er lächelte wieder. »Also was?«

»Na ja, im Moment hänge ich so dazwischen. Ich habe den ganzen Sommer über gearbeitet, um Geld zu sparen, damit ich im Winter in den Osten fahren kann.«

»Sie meinen, an die Ostküste?«

»Oh, nein«, sagte ich. »Ich meine ins Ausland. In die Türkei, nach Persien und dann über den Landweg nach Indien. Sie wissen schon.«

»Aha«, sagte er. Dann deutete er mit dem Kopf auf mein Motorrad. »Sie werden wohl damit fahren?«

»Wahrscheinlich eher nicht«, antwortete ich. »Für einen Großteil der Strecke kann man den Zug nehmen.«

»Sowas gibt's heutzutage? Das ist ja praktisch.«

»Ja, stimmt.«

Er blickte auf mein Zelt. »Was treibt Sie denn dann in diese Gegend?«

»Also«, sagte ich. »Ich wollte schon immer die Seen sehen. Darum kam ich auf die Idee, erstmal ein paar Wochen hier zu verbringen.«

»Und gefällt es Ihnen soweit?«

»Was ich bisher gesehen habe, ja.«

»Gut so. Wohin geht's heute?«

»Steht noch nicht fest, was ich so mache.«

»Uns ist aufgefallen, daß Sie fast jeden Tag herumfahren.«

»Wirklich?«

»Ja. Wir kriegen von unserem Fenster aus ziemlich viel mit.«

Das überraschte mich ein bißchen. Als ich ankam, hatten eine Menge Leute hier gezeltet, und ich war mehr oder weniger davon ausgegangen, bis heute nicht weiter aufgefallen zu sein. Schließlich handelte es sich in meinem Fall nur um ein Zelt und ein Motorrad. Einige der Familien, die die Woche über hier gewesen waren, hatten riesige Zelte aufgebaut und große Teile des Geländes belegt. Ihre unzähligen Kinder wuselten überall herum. Im Vergleich dazu hatte ich fast gar keinen Platz in Beschlag genommen. Dennoch hatte es mich einige Zeit gekostet, einen vernünftigen Stellplatz für mich zu finden, wo man mir nicht zu dicht auf die Pelle rücken würde. Am Vorabend hatte nach einem kurzen Regenschauer ein Massenexodus eingesetzt, aber bis zu diesem Morgen hatte ich nicht realisiert, daß ich als einziger noch dageblieben war. Auf der Rasenfläche zeichneten sich gelbliche Vierecke ab. Die Abwesenheit anderer zahlender Feriengäste konnte möglicherweise das plötzliche Interesse des Besitzers an meiner Person erklären, aber wie sich herausstellte, war ihm meine Anwesenheit von Anfang an aufgefallen.

Seine Bemerkung über das Fenster veranlaßte uns beide, zum Haus hinaufzuschauen, das weiter oben auf dem Hügel thronte. Dahinter konnte ich die Umrisse einer riesigen Scheune sowie weitere Nebengebäude erkennen. Im Hintergrund lagen die Hänge des Hügellandes. Das ganze Gelände war in strahlendes Sonnenlicht getaucht, aber seit dem gestrigen Regen wußte ich, daß es nicht immer so aussah.

Als wir da so standen und die Aussicht genossen, kam mir ein Gedanke.

»Wozu ich wirklich Lust hätte, wäre, eines von diesen Ruderbooten unten am See zu mieten.«

»Ach ja?« fragte er.

»Ja, aber jedesmal, wenn ich hinkomme, ist der Bootsverleih geschlossen.«

»Die Saison ist schon fast um.«

»Habe ich auch schon vermutet.«

»Aber ich habe keinen Zweifel, daß Sie einen anderen Zeitvertreib finden werden.«

Damit lächelte er mir zu, nickte und machte sich in Richtung des Hauses davon.

»War nett, mit Ihnen zu sprechen«, rief ich ihm nach, und er hob zur Erwiderung die Hand.

Ich sah ihm nach, kramte dann in meinem Gepäck nach einer Dose Baked Beans und machte mich an die Frühstücksvorbereitungen. Das ging schnell, denn alles, was ich hatte, war ein Gaskocher, eine Pfanne und die Bohnen. Ich machte sie warm und aß sie wie ein Cowboy, ohne Teller. Dann ging ich hinüber zum Wasserhahn, wusch die Pfanne aus und holte Wasser für den Tee.

Während ich darauf wartete, daß es kochte, saß ich im Gras und überlegte, wie ich mich den Tag über beschäftigen sollte. Das war das einzige Problem an diesem Ort: Die Landschaft war herrlich und so, aber man konnte nichts anderes tun, als sie »auf sich wirken zu lassen«, und um ehrlich zu sein, hatte ich das schon zur Genüge getan. Ich hatte bereits einige Motorradtouren in die Umgebung hinter mir, war an den Seeufern entlanggefahren und hatte hohe Bergpässe überquert. Aber auch dieses Vergnügen hatte seine Grenzen, besonders wegen der vielen Autos, die sich überall Stoßstange an Stoßstange entlangwälzten. Zugegeben: Die Straßen würden jetzt ruhiger sein, wo der Großteil der Touristen abgereist war. Dennoch beflügelte mich die Idee, noch einen Tag auf dem Motorrad zu verbringen, nicht unbedingt. Die Alternative war natürlich, zu Fuß aufzubrechen. Wanderwege führten meilenweit und in alle Richtungen über die Hügel, die meisten von Schafen ausgetreten, einige aber angeblich auch schon von Römern. Ich hatte irgendwo gelesen, daß man ein Jahr lang über die Hügel wandern konnte, ohne jemals denselben Weg zweimal zu benutzen. Ziemlich eindrucksvoll, aber der Nachteil großer Wanderungen war, daß ich wahrscheinlich den ganzen Tag über niemanden treffen würde. Darum war das auch nicht so besonders spannend.

Ich war mir jedoch bewußt, daß mein Vorrat an Baked Beans zur Neige ging, und beschloß deshalb, einen kurzen Gang am See entlang zu machen, um ihn aufzustocken. Am nördlichen Ende gab es ungefähr eine Meile entfernt einen Ort namens Millfold mit einem Laden, zwei Pubs, einer Telefonzelle und einem Friedhof. Für einen der Pubs, das Packhorse, hatte ich eine gewisse Vorliebe entwickelt. Ich verbrachte jeden Abend dort und beobachtete das Kommen und Gehen der Leute. Allerdings hatte ich nicht die Absicht, jetzt dort auf einen Frühschoppen einzukehren, da ich den Tag nicht im Alkoholnebel vertun wollte. Wenn ich erst einmal meine Vorräte gekauft hatte, mußte ich mir für den Nachmittag etwas anderes ausdenken.

Ich machte mir so meine Gedanken darüber, während ich den Tee aufgoß, als meine Aufmerksamkeit plötzlich abgelenkt wurde. Ein junges Mädchen in Schuluniform kam die schmale, betonierte Straße entlang, die vom Haus wegführte. Ich sah auf meine Armbanduhr. Es war halb neun. In der vergangenen Woche hatte ich dieses Mädchen jeden Tag vorbeigehen sehen, quer über den Zeltplatz bis zum Eingangstor. Dort stand sie dann immer und wartete und ließ die Schultasche baumeln. Bei früheren Gelegenheiten hatte sie mich im Vorbeigehen nie beachtet und immer geradeaus geschaut. An diesem Morgen jedoch warf sie einen Blick in meine Richtung. Ich winkte ihr freundlich zu. Sie winkte zurück und ging dann weiter zum Tor. Der Tee hatte jetzt genug gezogen. Ich goß ihn in meinen Blechbecher und schüttete etwas Milch dazu. Ein paar Augenblicke später, als ich nochmals zum Eingang schaute, war das Schulmädchen verschwunden. Hinter der Hecke sah ich das Dach eines blauen Minibusses, der die Straße entlangfuhr.

***

An der Außenwand des Duschhäuschens war ein bescheidenes Schild befestigt. »HILLHOUSE CAMPING« stand darauf. »BETREIBER: T. PARKER.«

Nachdem ich geduscht hatte, zog ich den Reißverschluß des Zeltes zu und machte mich auf den Weg zum See. Ich ging durch das Haupttor, dann über die Straße zu einem anderen Tor, das auf eine zweite Wiese führte. Bis gestern hatte dieses andere Tor weit offen gestanden und war mittels einer Kette in dieser Position gehalten worden. Man konnte direkt zum See kommen. Sogar als ich vergangene Nacht vom Pub zurückkam, war es noch offen. Jetzt hingegen war es mit derselben Kette verschlossen worden, was das endgültige Ende der Feriensaison anzudeuten schien. Ich kletterte hinüber, durchquerte die Wiese auf einem Feldweg und lief an ein paar bemoosten Bäumen vorbei, bis ich schließlich zum See kam, auf dem einige Ruderboote vertäut lagen. Insgesamt handelte es sich um sieben Stück, die hintereinandergebunden ungefähr sechzig Yard vom Ufer entfernt schwammen. Wie gewöhnlich war der grün gestrichene Bootsverleih »Bis auf weiteres geschlossen«. In der vagen Hoffnung, daß doch noch jemand auftauchen könnte, ging ich auf einen kleinen Steg hinaus und stand dort eine Weile. Aber niemand ließ sich blicken. Nachdem ich also ein paar Minuten damit verbracht hatte, ins Wasser zu starren, setzte ich meinen Spaziergang am Ufer entlang fort. Schließlich erreichte ich das nördliche Ende des Sees, ging durch ein Schwinggatter und lief über einen verlassenen Parkplatz zu einer Art Ortskern, der von dem Laden und den zwei Pubs gebildet wurde.

Der Ladenbesitzer stand im Türrahmen. Es sah aus, als sonnte er sich. Über dem Schaufenster stand ein einziges großes Wort: »HODGE«.

»Morgen«, sagte er, als ich näher kam. »Heute ohne Motorrad?«

»Äh …, ja«, antwortete ich. »Ich dachte, ich laufe mal.«

»Sie sind doch der Typ, der oben bei Tommy Parker zeltet, oder?«

»Ja, genau.«

»Noch nicht abgereist?«

»Nein, ich dachte mir, ich bleibe noch ein bißchen länger.«

»Oh, verstehe.«

Als ich auf ihn zutrat, machte er eine Bewegung, als wollte er in den Laden gehen, aber dann hielt er inne und blockierte stattdessen den Eingang. Dadurch befand ich mich plötzlich sehr dicht neben ihm.

Einen Augenblick lang guckte er in den Himmel.

»Kein schlechter Tag, was?«

»Ja, sehr schön«, stimmte ich ihm zu und sah in denselben Himmel.

Er schien mit der Antwort zufrieden und trat einen Schritt

zur Seite. Dann folgte er mir in den Laden und glitt hinter die Theke.

»Also gut, was kann ich für Sie tun?«

»Ich brauche nur ein paar Sachen«, sagte ich. »Fangen wir mal an mit sechs Dosen Baked Beans.«

»Ach«, sagte er. »Sie mögen wohl gerne Bohnen?«

»Na ja, sie ersparen es einem, sich über Mahlzeiten und so Gedanken zu machen.«

»Bohnen sind das Beste, was je erfunden wurde«, verkündete er. »Also dann, hier sind sechs Dosen.«

»Die Eier sind frisch, oder?« fragte ich und deutete auf eine Schachtel.

»Ziemlich frisch, ja.«

»Okay, dann nehme ich auch noch sechs Stück davon, bitte.«

Ich kaufte außerdem eine Tüte Milch und bezahlte.

Als er mir das Wechselgeld gab, sagte er: »Nochmal zu dem Motorrad. Wollen Sie es verkaufen?«

»Nein, eigentlich nicht«, antwortete ich.

»Mir ist aufgefallen, daß es ein ziemlich altes Modell ist.«

»Ja«, sagte ich. »Uralt.«

»Aber Sie verkaufen es nicht?«

»Nein.«

»Na ja, falls doch, könnte Tommy es für Sie verkaufen. Der kennt sich mit Versteigerungen aus.«

»Tatsächlich?«

»Ja. Er kauft und verkauft dauernd irgendwelche Sachen.«

»Gut«, sagte ich. »Ich werde darauf zurückkommen, falls ich mich plötzlich entscheide, es zu verkaufen.«

Als ich das sagte, schaute er mich irgendwie seltsam an, aber das war mir eigentlich egal, weil ich seine Fragerei ein bißchen zu indiskret fand. Schließlich war ich nur ein Feriengast, der hier vorbeikam und zufällig ein paar Lebensmittel kaufte. Was erwartete er denn? Meine Lebensgeschichte?

Ich verließ den Laden und steuerte auf den Platz zu. Aus

irgendeinem Grund hatte ich beschlossen, sofort auf der normalen Straße zum Campingplatz zurückzukehren. In meinem Kopf entstand jetzt der vage Vorsatz, ich könnte das Motorrad einer Inspektion unterziehen und dann vielleicht die Chromteile polieren. Solange das schöne Wetter anhielt, schien das eine gute Idee zu sein. Vor dem Packhorse wurden eine Ladung Bier von einem Brauereilaster ab- und ein paar leere Fässer aufgeladen. Daneben stand einer der Barmänner. Als ich vorbeiging, erkannte er mich und nickte mir zu.

»Wie geht's?« fragte er leutselig.

»Ganz gut, danke«, antwortete ich und ging weiter. Dabei fragte ich mich, was für ein Leben diese Leute jetzt hier leben würden, wo die Touristenmassen abgereist waren. Trotz des Sonnenscheins und der zwitschernden Vögel hielt sich keiner außer mir mehr hier auf.

Ich war gerade stehengeblieben, um die Festigkeit und Dicke der Friedhofsmauer zu bewundern, als ein Lieferwagen mit einem leeren Anhänger im Schlepptau neben mir hielt. Hinter dem Steuer saß Mr. Parker.

»Soll ich Sie mitnehmen?«

Ich hatte das Gefühl, das Angebot eigentlich ablehnen zu müssen, da ich mich verpflichtet fühlte, an so einem schönen Tag zu Fuß zu gehen. Aber da war ich schon eingestiegen.

»Danke«, sagte ich und setzte mich zu ihm ins Fahrerhaus.

Wir fuhren los, und dann sagte er: »Nehmen Sie's mir nicht übel, wenn ich frage, aber was war mit Ihrem Job?«

»Wie bitte?«

»Was haben Sie gearbeitet?«

»Nichts Besonderes. In einer Fabrik.«

»Hören Sie auf.«

»Nein«, sagte ich. »Es stimmt.«

»Was, in so einer mit Schornsteinen und so?«

»Ja, es gab einen Schornstein.«

»Aber ich dachte, alle Fabriken seien geschlossen worden.«

»Diese nicht«, sagte ich. »Es lief dort eigentlich ziemlich gut.«

»War das unten im Süden?«

»Na ja, eher im Südwesten.«

»Aber Sie sind doch aus dem Süden, oder?«

»Äh …, nein«, sagte ich. »Aus der Mitte, genau gesagt.«

»Weil die meisten Leute, die hierherkommen, aus dem Nordosten sind.«

»Ja, das ist mir aufgefallen.«

»Nicht alle, natürlich, aber doch die meisten.«

»Ja.«

Ich hatte fast eine Stunde gebraucht, um vom Campingplatz zum Laden zu laufen, inklusive dem Rumhängen am Bootsverleih und so, aber mit dem Lieferwagen dauerte die Fahrt nur ein paar Minuten. Sehr schnell kamen wir zu Mr. Parkers Hoftor. Er hielt an, schaltete in den Leerlauf und trommelte mit den Fingern auf dem Lenkrad herum.

»Was wurde denn da in Ihrer Fabrik hergestellt?« fragte er.

»Na ja, Fabrik ist wahrscheinlich der falsche Ausdruck«, sagte ich. »Dort wurden alte Ölfässer recycelt. Sie wissen schon, man muß sie auswaschen, ausbeulen, anstreichen.«

»Und danach werden sie wieder verkauft, oder was?«

»Richtig.«

»Und Sie sagen, das lief ziemlich gut?«

»Soweit ich weiß, ja.«

»Ich habe ein paar Ölfässer im oberen Hof. Glauben Sie, die würde man mir dort abkaufen?«

»Ich bin mir nicht ganz sicher«, sagte ich. »Wie viele haben Sie denn?«

»Ungefähr ein Dutzend«, gab er zurück. »Das war ein Schnäppchen.«

»Ich war nur eine Zeitlang dort, aber ich glaube, Sie bräuchten mindestens hundert, damit es sich lohnt.«

»Ach so«, sagte er. »Verstehe.«

»Die Strecke rentiert sich eigentlich erst bei einer ganzen Wagenladung.«

»Klar, sehe ich ein.« Wieder trommelte er auf dem Lenkrad herum. »Was war denn nun Ihr Job?«

»Ich war in der Farbabteilung.«

»Anstreicher?«

»Na ja, wir haben eher gespritzt.«

»Keine Pinsel?«

»Nein.«

Eine Weile lang sagte er nichts.

»Aber Sie können mit Farbpinseln umgehen, oder?« fragte er.

»Geht so«, antwortete ich. »Habe allerdings nicht viel Übung damit.«

»Wir haben nämlich ein bißchen Arbeit für Sie, wenn Sie wollen.«

»Oh«, sagte ich, einigermaßen überrascht. »Worum geht es denn?«

»Das Tor müßte gestrichen werden.«

Ich warf einen Blick auf das geöffnete Tor neben uns. Es bestand aus rotgestrichenen Stahlrohren und war an massiven Betonpfosten befestigt.

»Es ist schon gestrichen«, bemerkte ich.

»Falsche Farbe«, sagte er. »Es muß grün werden.«

»Ach so«, sagte ich. »Ich könnte es Ihnen streichen, wenn Sie möchten.«

»Wieviel würden Sie dafür haben wollen?«

»Die Bezahlung ist mir egal.«

»Aber Sie werden doch nicht umsonst arbeiten wollen, oder?«

»Ich mache Ihnen einen Vorschlag«, sagte ich. »Sie erlassen mir dafür den Rest meiner Platzmiete, und wir sind quitt.«

»Sind Sie sicher?«

»Ja, bestimmt. Dann habe ich wenigstens eine Beschäftigung. Ich mag Anstreichen ganz gerne.«

»Um so besser«, sagte Mr. Parker. »Gut, wenn Sie fertig sind, kommen Sie am besten hoch zum Haus und ich suche Ihnen die Farbe und so weiter raus.«

»Geht in Ordnung.«

Ich stieg aus dem Lieferwagen und sah ihm nach, als er auf dem betonierten Weg zum Haus hinauffuhr. Kaum war er verschwunden, kam mir der Gedanke, daß ich mich höchstwahrscheinlich hatte hereinlegen lassen. Ich hätte lieber fünf Pfund verlangen sollen. Den Rest der Platzmiete hätte er mir aller Wahrscheinlichkeit nach sowieso erlassen. Schließlich nahm ich fast gar keinen Platz in Anspruch. Aber egal, jetzt war es dafür zu spät, und um ehrlich zu sein, machte mir das auch nichts aus. Eigentlich war es ganz nett, zur Abwechslung mal etwas Richtiges zu tun zu bekommen. Nachdem ich meine Vorräte ins Zelt geschmissen hatte, ging ich sofort hoch zum Haus.

Der Campingplatz befand sich auf ebenem Gelände, aber der betonierte Weg wurde kurz hinter dem Duschhäuschen schnell ziemlich steil. Ein Stück weit umsäumten ihn dürre Dornenhecken, dann mündete er auf einen kiesbedeckten Hof. Während ich den Hang hinaufstieg, kam es mir so vor, als würde das Haus bedrohlich über mir, dem Hof, dem Weg und den Wiesen zu seinen Füßen aufragen. Ich bog um die Hausecke und kickte ein paar Kiesel vor mir her.

»Das ging aber schnell. Sie müssen ja ganz scharf drauf sein«, sagte Mr. Parker.

Ich blickte nach oben und sah ihn auf einer Terrasse seitlich am Haus stehen, zu der ein paar Stufen aus Beton hinaufführten.

»Ich dachte mir, dann kann ich auch sofort damit anfangen«, antwortete ich.

»Gute Einstellung.«

Nachdem ich nun einmal im Hof angekommen war, fiel mir sofort auf, daß das Gebäude, das ich ursprünglich für eine Scheune gehalten hatte, eigentlich ein Schuppen aus Wellblech war. Er stand dem Haus gegenüber auf einem enormen Betonsockel, der in den abschüssigen Untergrund eingelassen war. Auf seiner Vorderfront befanden sich große Flügeltüren, die man über eine betonierte Laderampe erreichte. Ebenfalls aus Beton war das Fundament für eine uralte grüne Tanksäule, die neben dem Schuppen plaziert war. Ich sah mich um und fragte mich allmählich, wieviel Beton auf diesem Stückchen Hügelland verbraucht worden war. Er schien überall aus dem Boden zu kommen, wie eine Art einheimisches Gestein.

Neben dem Schuppen parkte ein Morris-Transporter, der nicht so aussah, als habe er sich in den letzten Jahren irgendwohin bewegt. Ein Stück weiter standen mehrere Nebengebäude aus Stein, darunter ein Heuschober und ein kleines, anscheinend ungenutztes Gartenhäuschen. Die höherliegende Hofseite wurde von einer kahlen Mauer begrenzt, durch die ein Tor auf einen zweiten befestigten Platz führte, auf dem ich einige gebrauchte Ölfässer erkennen konnte. Das war vermutlich der von Mr. Parker vorhin erwähnte »obere Hof«.

Nicht, daß ich lange Zeit gehabt hätte, meine Umgebung genauer anzusehen. Wenige Minuten nach meinem Eintreffen kam er die Stufen zu mir herunter.

»Also dann«, sagte er. »Kommen Sie mal mit in den Farbenschuppen.«

Er ging auf eines der Nebengebäude zu und stieß die Tür auf. Im Innern standen Dutzende Farbdosen auf mehreren Regalen, einige nagelneu und noch ungeöffnet, andere schon älter. Er griff nach einer, gab sie mir und nahm dann einen schmalen Pinsel von einem anderen Regal. Dabei öffnete er die Tür noch weiter. Im Tageslicht konnte man ganze Stapel von Farbdosen an der Rückwand des Schuppens erkennen.

»Dann mal los«, sagte er und wandte sich mir zu. »Wissen Sie, wie man eine Farbdose wieder richtig versiegelt?«

»Nein«, sagte ich. »Bedaure.«

»Ach nein? Das überrascht mich. Ich dachte, Sie hätten in der Farbabteilung gearbeitet.«

»Ja, aber wir haben gespritzt. Die Farbe kam immer aus Druckspritzen.«

»Na gut«, sagte er. »Es ist ganz einfach. Wenn Sie mit dem Anstreichen fertig sind, machen Sie den Deckel wieder ordentlich und fest drauf und stellen die Dose dann für eine halbe Minute auf den Kopf.«

»Ach so«, sagte ich. »Okay.«

»Und wenn Sie sie dann wieder richtig herum drehen, ist sie versiegelt. Verstehen Sie?«

»Aha.«

Die Dose, die ich in der Hand hielt, war noch nie geöffnet worden. Mir fiel auch auf, daß sie kein Etikett hatte.

»Woher wissen Sie, welche Farbe das ist?« fragte ich.

»Grün«, antwortete er.

»Schon, aber wie können Sie das wissen?«

»Das war ein Schnäppchen«, sagte er. »In allen ohne Etikett ist grüne Farbe.«

Ich schaute über den Hof zu der grünen Tanksäule und den grünen Toren am großen Schuppen.

»Schöne Farbe«, bemerkte ich.

»Ich kann sie nicht ausstehen«, sagte Mr. Parker. »Aber ich hatte keine Wahl.«

***

Eine Viertelstunde später war ich zum Eingangstor gelaufen, hatte den Deckel von der Dose genommen, den Inhalt einmal durchgerührt und mit meiner Arbeit begonnen. Das Tor war ziemlich breit, ungefähr sechzehn Fuß, vermutlich, damit eintreffende Camper die Einfahrt nicht verfehlten. Es gab also viel anzustreichen. Ich entschied mich, daß es am besten war, systematisch vorzugehen, das hieß, mit den Angeln zu beginnen, dann den äußeren Rahmen in Angriff zu nehmen und sich danach in die Mitte vorzuarbeiten.

Ich war noch nicht lange dabei, als Mr. Parker in seinem Lieferwagen vorbeifuhr, wieder mit dem Anhänger im Schlepptau.

Er bremste ein bißchen und besah sich den Fortgang der Arbeit, sagte allerdings nichts.

Das Gleiche passierte jedesmal, wenn ein Fahrzeug auf der Straße vorbeifuhr. Es gab nicht viel Verkehr, aber von Zeit zu Zeit kam jemand vorbei. Alle fuhren etwas langsamer, um zu sehen, wer Mr. Parkers Tor anstrich. Ich fragte mich, ob ich wohl wie ein professioneller Anstreicher aussähe. Eher nicht. Ein echter Handwerker hätte höchstwahrscheinlich seinen Wagen dicht neben sich geparkt, mit geöffneten Türen und einem dudelnden Autoradio. Er hätte auch einen geeigneten Kittel an, wohingegen ich bloß mit Jeans und T-Shirt bekleidet war. Meine Ausrüstung bestand nur aus Pinsel und Farbdose. Offensichtlich ein Hobbybastler. Jemand, den man dazu hatte kriegen können, weil er nichts Besseres zu tun hatte. Dennoch verdutzte mich das Interesse, das ich bei den Vorbeifahrenden erregte. Den Sommer über hatte es doch Tausende von Besuchern in der Gegend gegeben. Die Einheimischen mußten sich also inzwischen an Fremde gewöhnt haben. Aber sobald ein Unbekannter irgend jemandes Tor anstrich, wurde er von den Dorfbewohnern unter die Lupe genommen.

Nicht, daß mich das gestört hätte. Es kamen nur wenige Fahrzeuge in großen Abständen vorbei, und sie waren eine Abwechslung bei der monotonen Arbeit. Diese dauerte bereits länger, als ich erwartet hatte. Denn obwohl ich das Draußensein in der Sonne ganz angenehm fand, nervten mich die vertrackten Ecken und Ritzen allmählich. Gerade arbeitete ich an einer der Querverstrebungen, als ich ein Scheppern hörte, das sich hinter der Hecke näherte. Ich schaute über sie und sah einen Lieferwagen voller Kästen mit leeren Milchflaschen näherkommen. Beim Vorbeifahren wurde er langsamer, und einen Augenblick später hörte das Scheppern auf. Dann rastete die Kupplung ein, und der Wagen setzte in die Einfahrt zurück.

Ein Mann in einem braunen Leinenmantel stieg aus.

»Oh«, sagte er und besah sich das Tor. »Da hat Tommy Sie wohl zu gebracht, was?«

»Ja«, antwortete ich, ohne meine Arbeit zu unterbrechen.

»Na ja, das mußte wahrscheinlich auch mal gemacht werden.«

»Ja.«

»Am besten machen Sie zuerst die Außenseiten. Das in der Mitte klappt dann von ganz allein.«

»Das mache ich doch«, sagte ich.

Er legte den Kopf schief und starrte das Tor an.

»Ja, stimmt«, sagte er. »Das tun Sie.«

Zu diesem Zeitpunkt arbeitete ich am halb geschlossenen Tor, damit ich leicht an beide Seiten herankam. Der Mann ging nun um das Tor herum, stellte sich neben mich und beobachtete mich.

»Also«, sagte er nach einer Weile. »Sie können ganz schön gut mit dem Pinsel umgehen.«

»Danke«, anwortete ich.

»Ich stell' Ihnen das nur ein bißchen näher. Übrigens, ist Tommy da?«

»Nein«, sagte ich. »Er ist vorhin weggefahren.«

»Hat er gesagt, wann er zurückkommt?«

»Nein.«

»Nur, weil ich ihn eigentlich unbedingt wegen einer Sache sprechen müßte.«

»Ja?«

»Nichts Wichtiges, aber ich muß mal mit ihm drüber reden.«

»Okay«, sagte ich. »Soll ich ihm ausrichten, daß Sie da waren?«

»Nein, machen Sie sich keine Mühe«, gab er zurück. »Das kann warten.«

»Auch gut.«

Er schwieg einen Moment. Als ich hochschaute, sah ich, daß er auf mein Zelt starrte. Ich hatte seit einer Weile in der Hocke gearbeitet und stand jetzt auf, um meine Knie zu entlasten.

»Sie zelten hier, ja?« fragte er.

»Ja, nur für ein paar Tage.«

»Wollen Sie Milch geliefert haben?«

»Das würde sich doch nicht lohnen.«

»Mir macht es nichts. Ich stelle sie auch vor Zelte.«

»Na ja, ich habe eigentlich schon Milch aus dem Laden gekauft.«

»Was, bei Hodge?«

»Ja«, sagte ich. »So heißt er.«

»Aber er hat nur welche in der Tüte. Meine ist in Flaschen und direkt aus der Molkerei.«

»Na ja, gut …, die Sache ist die, daß ich nicht mehr so lange hier bin.«

»Ach so«, sagte er. »Verstehe.«

»Trotzdem vielen Dank.«

»Schon gut. Sollten Sie Ihre Meinung ändern, sagen Sie mir Bescheid.«

»Gut.«

»Ich muß jetzt los.«

»Okay. Also Tschüs.«

»Tschüs.«

Er ging zu seinem Wagen zurück, winkte mir und fuhr los. Ich machte mit dem Anstreichen weiter. Nur ein kleines Stück war noch nicht gestrichen. Ich stieß das Tor auf, um es in der offenen Position einrasten zu lassen. Dabei erwischte ich die Farbdose. Sie fiel um, und die grüne Farbe floß über den Beton. Ich fluchte und griff schnell nach der Dose, um sie wieder hinzustellen. Dann begann ich, soviel von der verschütteten Farbe wie möglich auf das Tor zu streichen. Dabei grübelte ich darüber nach, wie das Unglück bloß hatte passieren können. Den ganzen Nachmittag über hatte ich mir immer sorgfältig gemerkt, wo ich die Dose hingestellt hatte, um genau das zu verhindern. Trotz meiner Bemühungen war jetzt überall Farbe auf dem Boden. Plötzlich fiel mir ein, was der Milchmann gesagt hatte: »Ich stell' Ihnen das nur ein bißchen näher.« Ich hatte überhaupt nicht darauf geachtet, was er dabei tat, aber er mußte die Farbdose verstellt haben. Ich war mir sicher, daß er sie nicht absichtlich an die Stelle verschoben hatte, wo sie umgestoßen werden würde, aber nichtsdestoweniger hätte er sich nicht einmischen sollen. So schnell wie möglich machte ich das Tor fertig und wandte meine Aufmerksamkeit dann der Schweinerei am Boden zu. Ein strahlend grüner Klecks mit einem Durchmesser von über einem Yard prangte auf dem Beton. Es sah fürchterlich aus.

So konnte ich das nicht lassen, nicht mitten in Mr. Parkers Einfahrt. Nach einigem Kopfzerbrechen beschloß ich, den Klecks in ein Viereck umzumalen. Die Umrisse markierte ich mit einem Kalkstein. Damit die Linien gerade wurden, benutzte ich eine meiner Zeltstangen. Dann begann ich sorgfältig mit dem Ausmalen. Als ich damit fertig war, war das Tor staubtrokken. Ich starrte auf das neue grüne Viereck und fragte mich, ob ich richtig gehandelt hatte oder nicht. Aber jetzt war es sowieso zu spät. Nachdem ich den Pinsel gesäubert hatte, ging ich zurück zum Zelt und kochte Tee. Mir schoß durch den Kopf, daß ich seit mehreren Stunden nichts gegessen hatte. Darum machte ich außerdem eine Pfanne Bohnen warm. Dann setzte ich mich endlich.

Ungefähr zwanzig Minuten später fuhr der blaue Minibus, den ich am Vormittag schon gesehen hatte, draußen am Eingangstor vorbei. Auf meiner Armbanduhr war es vier Uhr. Ich sah, wie das Schulmädchen aus dem Fahrzeug kletterte, jemandem darin zuwinkte, als der Bus abfuhr, und dann den betonierten Weg zum Haus hinaufging. Dieses Mal beachtete sie mich überhaupt nicht. Als sie verschwunden war, ging ich rüber zum Tor um nachzuschauen, ob sie Fußabdrücke auf dem grünen Viereck hinterlassen hatte.

Das hatte sie nicht.

***

Es wurde bereits dunkel, als ich zwei Scheinwerfer die Straße herunterkommen und in die Einfahrt biegen sah. Gerade noch konnte ich die Umrisse von Mr. Parkers Lieferwagen mit Anhänger erkennen, auf den er irgend etwas Sperriges geladen hatte. Während die Lichter den Hügel hinaufkrochen, schnappte ich mir mein Handtuch und ging zum Duschhäuschen. Über dem Männereingang hing eine orangefarbene Lampe, deren trüber Schein mir jetzt den Weg durch die Dunkelheit wies. In den vergangenen Tagen hatte ich mich daran gewöhnt, zwischen schwach erleuchteten Zelten umherzugehen, aus denen gedämpfte Stimmen zu hören waren. Heute jedoch war ich ganz allein auf dem Campingplatz und schritt stumm und barfuß durch das Gras. Ich betrat die Duschräume und wurde sofort von dem grellen Neonlicht über den Waschbecken geblendet. Es strahlte die weißen Kacheln und die weißgetünchten Wände an und machte den Raum sehr nackt und kahl. Als sich meine Augen an die Helligkeit gewöhnt hatten, suchte ich mir eine Duschkabine aus und wollte den Hahn aufdrehen. Dabei stellte ich fest, daß er komischerweise schon ganz aufgedreht war, aber kein Wasser herauskam. Ich probierte den Hahn in der Dusche nebenan: das gleiche. Gerade war ich dabei, eine dritte zu testen, als plötzlich aus irgendeinem Grund alle Duschen auf einmal angingen. Das Wasser kam mir einigermaßen warm vor. Also stellte ich mich direkt unter eine und fing an, mich einzuseifen. Es war nicht so brühwarm wie sonst schon mal, aber zum Abduschen reichte es. Eine halbe Minute später wurde das Wasser allerdings kalt. Ich wusch schnell den Schaum ab und stieg aus der Dusche. Ich stand noch da und fragte mich, was wohl los war, da kam das Schulmädchen mit einem Schrubber in die Männerdusche.

2

»Habe ich Sie gestört?« fragte sie.

»Nein, schon in Ordnung«, antwortete ich. »Ich war sowieso gerade fertig.«

»Gut. Wollen Sie nochmal duschen?«

»Äh . . ., heute nicht, nein. Danke.«

»Und morgen?«

»Doch, doch. Gerne morgens.«

»Nur, weil wir jetzt immer nachts das Wasser abdrehen.«

»Warum das denn?«

»Falls es mal plötzlich friert.«

»Wird es denn schon so kalt?«

»Kann schon passieren«, sagte sie. »Und es gibt viele freiliegende Rohre.«

»Ach so«, sagte ich. »Aber wie kann ich dann duschen?«

»Ich muß Ihnen zeigen, wie man es auf- und zudreht.«

Während wir uns unterhielten, waren alle Duschen noch an, und wir mußten ein bißchen lauter sprechen, um uns zu verständigen. Ich stand da, mit dem Handtuch um die Hüften und ließ mir von dem jungen Mädchen das Leitungssystem erklären.

Sie zeigte in die Duschkabine. »Sie lassen die Hähne einfach ganz aufgedreht. Sie müssen nichts mit ihnen machen. Wenn Sie mir folgen würden.« Sie führte mich aus der Männerdusche durch die Dunkelheit in die leere Frauendusche. Die Innenarchitektur war hier genauso wie bei den Männern, nur daß es mehr Spiegel gab. Auch aus allen Frauenduschen floß das Wasser in vollen Strömen.

»Dieser große Hahn hier ist der Abstellhahn für die Hauptleitung«, fuhr sie fort. »Sie müssen ihn also aufdrehen, bevor Sie duschen, und danach wieder zudrehen.«

»Aufdrehen, zudrehen«, wiederholte ich. »Verstanden.«

»Und der andere rote Hahn da unten ist zum Entleeren der Leitungen. Sie machen ihn also erst zu und dann wieder auf.«

»Ist das nicht ein bißchen Wasserverschwendung?« fragte ich.

»Eigentlich nicht«, sagte sie. »Hier gibt es noch wahnsinnig viel davon.«

»Ach so, okay«, sagte ich.

»Können Sie sich das alles merken?«

»Ja, danke.«

»Gut.«

Sie machte Anstalten, in die Männerdusche zurückzugehen.

»Und wie heißt du?« erkundigte ich mich.

»Gail Parker.«

»Also bist du Mr. Parkers Tochter?«

»Genau.«

»Na schön, danke nochmals für deine Hilfe. Tschüs.«

»Tschüs.«

Und weg war sie. Ich stand noch ein paar Minuten vor der Männerdusche und lauschte, wie sie in den Duschen mit ihrem Schrubber herumfuhrwerkte. Dann lief ich zum Zelt zurück und zog mich an. Mehr als in den Pub gehen konnte man danach nicht mehr. Ich konnte entweder laufen oder mit dem Motorrad fahren. Das Motorrad zu benutzen hieß, weniger trinken zu können, höchstens drei Pints. Oder ich lief und trank fünf. Ich dachte an das Geld, das ich durch das Anstreichen von Mr. Parkers Tor gespart hatte, und entschied mich zu laufen.

Eine halbe Stunde später erreichte ich die »untere Bar« des Packhorse. Man konnte sie auf zwei verschiedenen Wegen erreichen. Einmal durch den Vordereingang, am Münztelefon vorbei und einen mit Teppich ausgelegten Flur entlang. Und dann noch durch einen Hintereingang, der vom Biergarten abging. Das mochte ich lieber. An der Tür hing ein Zettel. »DARTSPIEL IM GANGE« stand darauf. »VOR EINTRITT KLOPFEN«.

Ich ignorierte ihn und drückte die Tür auf.

»Warte 'ne Sekunde!« rief drinnen eine ungeduldige Stimme.

Ich blieb stehen und wartete. Dann hörte ich drei leichte, dumpfe Schläge.

»Ist gut«, sagte die Stimme. »Jetzt kannst du reinkommen.«

Ich trat ein. Der Barmann, den ich schon vor ein paar Stunden gesehen hatte, begrüßte mich. Er zog gerade drei Dartpfeile aus einer Scheibe in der Ecke hinter der Tür. Ich blickte mich um und stellte fest, daß ich der einzige Gast war.

»Im Winter benutzt niemand diese Tür«, sagte er, freundlich grinsend. »Besser, du kommst auch durch die oben an der Bar.«

»Alles klar«, sagte ich. »Tut mir leid. Ich merk's mir.«

Ich hatte die Warnung an der Tür natürlich schon bei früheren Gelegenheiten bemerkt, aber nie wirklich ernst genommen. Schließlich war ich bisher jeden Abend durch diesen Eingang gekommen, ohne daß irgendeine Gefahr bestanden hätte, von einem Dartpfeil durchbohrt zu werden. Im Grunde hatte es dort nicht einmal eine Scheibe gegeben, sondern nur einen leeren Holzrahmen mit lauter winzigen Löchern darin. Darüber hing eine Lampe mit metallenem Schirm, daneben eine schwarze Punktetafel. Auf ihr standen in goldenen, mit Schablone gemalten Buchstaben die Worte »Heim« und »Gast«. Bis zum heutigen Abend allerdings hatte die eigentliche Scheibe gefehlt. Jetzt hing sie wieder dort. Die Benutzung der Biergartentür war also nicht mehr zu empfehlen.

»Ich muß da abschließen«, sagte der Barmann. »Wir wollen keine Unfälle provozieren, was?«

»Nein, besser nicht«, antwortete ich. »Heißt das, man kann jetzt nicht mehr in den Biergarten?«

»Na ja, der ist sowieso eher für die Touristen«, sagte er. »Und die sind jetzt alle abgereist.«

»Außer mir.«

»Du zählst nicht.«

»Nein?«

»Nicht, wenn du um diese Jahreszeit noch hier bist«, sagte er. »Ein Ex?«

Inzwischen war er hinter den Tresen gegangen und hatte im Grunde schon mit dem Zapfen begonnen, noch bevor er gefragt hatte, was ich wollte.

»Ja, danke«, sagte ich.

»Das mußt du genießen«, verkündete er. »Es ist das letzte Faß. In ein paar Tagen gibt's nichts mehr.«

»Das macht mir nichts«, bemerkte ich. »Ich bleibe nur noch bis Ende der Woche.«

»Ach so«, sagte er. »Aber du kannst doch noch helfen, es leerzutrinken, oder?«

Er stellte ein perfekt gezapftes Pint Topham's Excelsior Bitter auf die Theke. Ich bezahlte.

»Kriegt ihr denn danach keines mehr geliefert?« fragte ich.

»Wir verkaufen davon nicht genug, daß es sich lohnen würde«, antwortete er.

»Aber was ist mit den Leuten von hier? Mögen die es nicht?«

»Natürlich nicht«, sagte er und verzog das Gesicht. »Sie interessieren sich nicht für echtes Ale.«

»Nein?«

»Nein, die mögen lieber Helles. Lager und so. Industriezeugs, du weißt schon.«

Er kam hinter dem Tresen hervor und nahm seine Dartübungen wieder auf. Kurz darauf drehte er sich zu mir um. Er sah verwirrt aus.

»Hast du vorhin gesagt, du würdest Ende der Woche abfahren?«

»Das ist der Plan«, sagte ich.

»Aber ich dachte, du machst die Malerarbeiten da oben am Hillhouse?«

»Ach«, sagte ich. »Was weißt du denn davon?«

»Gordon hat erzählt, er hätte dich heute nachmittag das Tor streichen sehen. Und daß du dich mit Deakin unterhalten hättest.«

Ich wußte, daß Gordon der andere Barmann im Packhorse

war. Bei früheren Besuchen hatte ich ihn an der Seite meines jetzigen Wirtes arbeiten sehen und seinen Namen einige Male nennen hören. Allerdings hatte ich keinen Schimmer, wer Deakin war.

»Wer ist Deakin?« fragte ich.

»Du kennst ihn«, sagte er. »Der Typ, der die Milch ausfährt.«

»Ach, der«, sagte ich. »Ja, aber eigentlich habe nicht ich mich mit ihm unterhalten. Er hat sich mit mir unterhalten.«

»Das sieht Deakin ähnlich.«

»Aber ich habe nur das eine Tor gestrichen«, fuhr ich fort. »Nur so zur Aushilfe, weißt du.«

»Also bleibst du nicht noch?«

»Nicht mehr lange, nein.«

»Ach so«, sagte er. »Verstehe. Spielst du Darts?«

»Ja, so ab und zu.«

»Lust auf ein Spiel?«

»Na ja, ist ein Weilchen her, daß ich einen Pfeil abgefeuert habe.«

»Schon in Ordnung«, sagte er. »Nur so zum Zeitvertreib. Hast du deine eigenen Pfeile dabei?«

»Äh …, nein.«

»Macht nichts«, sagte er. »Nimm die hier. Ich hole mir noch einen Satz.«

Er kramte noch ein paar Pfeile hinter dem Tresen hervor. Wir spielten eine Runde ›301‹, die er gewann. Den Punktestand schrieb er mit Kreide auf die Tafel. Sich selbst bezeichnete er dabei mit »T«, und mir fiel plötzlich wieder ein, daß ich am Abend zuvor gehört hatte, wie ihn jemand Tony nannte. Ein zweites Spiel folgte, das er ebenfalls gewann. Es sah ganz so aus, als wäre er trotz des zeitweiligen Fehlens einer Dartscheibe nicht aus der Übung. Da er nun schon zwei Partien gewonnen hatte, stand der Ausgang des Spiels eigentlich von vornherein fest. Im dritten Spiel schaffte ich es allerdings, mit ihm gleichzuziehen, und er hatte es nicht ganz so leicht, mich zu schlagen.

»Getroffen«, sagte ich, als er die *double eight* erwischte, die ihm zum Sieg noch fehlte.

»Danke«, antwortete er. »Du spielst aber auch nicht schlecht.«

»Danke.«

»Noch eine Runde ›best of seven‹?«

»Geht klar.«

»Tony!« rief eine Stimme vom anderen Ende des Pubs.

»Bin gleich wieder da.«

Er glitt hinter den Tresen und bediente einen neuen Gast an der »oberen Bar«. »Dann mal los, Bryan«, hörte ich ihn sagen.

Im anderen Teil des Pubs war ich noch nicht gewesen, wußte allerdings, daß er immer als die »obere Bar« bezeichnet wurde. Ich hatte das Gefühl, daß er den Dorfbewohnern vorbehalten war, während die Touristen eher die »untere Bar« benutzen sollten. Aus irgendeinem Grund war das Packhorse auf zwei unterschiedlichen Ebenen gebaut worden, und obwohl die beiden Hälften verbunden waren, lag die obere Bar zwei Stufen höher und hatte ihren eigenen Tresen und ihre eigenen Zapfhähne. Die Folge war, daß die Leute, die dort ihr Bier tranken, ein bißchen überlegen und exklusiver aussahen. Zumindest schien das von unten so. Chef in der oberen Bar war gewöhnlich ein älterer Mann, den ich für den Wirt hielt. Tony und Gordon kümmerten sich unterdessen um die weitaus lebhaftere untere Bar. Heute abend jedoch ging es sehr ruhig zu, und es stellte sich heraus, daß Tony den ganzen Laden alleine schmiß. Während ich auf die Fortsetzung unseres Dartspiels wartete, schaute ich hinüber zu dem neuen Gast im anderen Schankraum. Stimmt, dachte ich mir, das ist definitiv einer von hier. Ich war mir sofort sicher, daß ich ihn schon einmal gesehen hatte, weil ich seine Pappkrone wiedererkannte. Sie war silbern mit drei Zacken und bereits das ein oder andere Mal mit Tesafilm repariert worden. Mir war dieser Mann in der oberen Bar schon bei ziemlich vielen Gelegenheiten aufgefallen. Jedesmal hatte er die Pappkrone auf dem Kopf. Als er meinen Blick bemerkte, grinste er und nickte mir zu. Dabei sagte er etwas zu Tony. Ich konnte nicht verstehen, was genau, aber es war offenbar nichts Unfreundliches.

Ein paar Minuten später kam Tony an die Dartscheibe zurück, und das Spiel ging weiter. Wir spielten ›best of seven‹, das er vier zu eins gewann. Also machten wir ›best of nine‹ daraus, das er auch noch gewann. Egal. Er hatte recht, es half tatsächlich, die Zeit totzuschlagen. Im Laufe des Abends trudelten noch ein paar andere Gäste im Packhorse ein. Lauter Einheimische, ohne Ausnahme, wie sich herausstellte. Die meisten steuerten auf die obere Bar zu, aber einer oder zwei kamen zu uns runter. Beim Vorbeischauen vermittelten sie einem das Gefühl, es wäre seit langem ihr erster Besuch in der unteren Bar. Man hatte den Eindruck, sie würden verlorenes Terrain wieder in Besitz nehmen.

»Endlich Ruhe und Frieden«, sagte ein Mann, als er hereinkam, und stellte sich sofort einen Barhocker in die Ecke, um sich dort anlehnen zu können. Das rief mir einen Vorfall in Erinnerung, den ich eine Woche zuvor miterlebt hatte. Ein Gast hatte einen Hocker von einem Ende der Bar zum anderen geschleppt. Der Wirt hatte sich sofort auf ihn gestürzt und ihm befohlen, die »Möbel« dort zu lassen, wo sie waren. Und wenn ihm das nicht paßte, sollte er sein Bier gefälligst woanders trinken. Sein armes Opfer hatte zu einer größeren Gruppe gehört. Alles Touristen, wie es aussah. Kurz danach hatten sie alle ihre Gläser ausgetrunken und waren gegangen. Irgendwie konnte ich mir nicht vorstellen, daß mit einem der momentan anwesenden Grüppchen eine vergleichbare Geschichte passieren könnte. Die Saison war zu Ende, jetzt galten andere Regeln. Anscheinend durften die Einheimischen die Hocker hinstellen, wo immer sie wollten. Nichtsdestoweniger war mir seinerzeit diese Behandlung eines zahlenden Gastes eher unhöflich vorgekommen. Ich hatte den Verdacht, daß Tony der Sohn des Besitzers war, da sie sich äußerlich bemerkenswert ähnlich sahen. Glücklicherweise hatte er sonst nicht viel von seinem Vater. Tony hätte nicht netter sein können. Und obwohl ich rein technisch gesehen ein »Tourist« war, hatte er sich krummgelegt, damit ich mich wohl fühlte. Mit Gordon war das genauso. Die beiden jungen Barmänner schienen so ungefähr in meinem Alter zu sein. Zu beiden fühlte ich mich hingezogen. Allerdings war ich außerstande zu sagen, ob sie fest im Packhorse angestellt waren. Sie waren beide eher Typen, denen man irgendwie etwas Besseres zugetraut hätte, als in einem Pub zu arbeiten. Ich mochte die Vorstellung, daß sie das hier nur tun würden, bis sich irgendwas Neues ergab. Die Idee, sie könnten für immer hierbleiben und nie wegkommen, kam mir ziemlich abwegig vor.

Nach einer Weile füllten sich die beiden Barräume. Tony war rundum beschäftigt, so daß er das Dartspielen sein lassen mußte. Andere Spieler rückten dafür nach, und ich spielte noch einige Runden, von denen ich sogar ein paar gewann. Für kurze Zeit gesellte sich der Mann mit der Pappkrone zu uns in die untere Bar. Offenbar war er zum Dartspielen nach unten gekommen, denn er malte ein »B« auf die Liste mit den Leuten, die sich zum Spielen angemeldet hatten. Die hiesige Regel war, daß der Gewinner im Spiel blieb. Und weil vor seiner Initiale noch zwei andere standen, ging er in der Wartezeit zu dem Mann, der den Barhocker verstellt hatte.

Ich schenkte ihnen eigentlich keine große Aufmerksamkeit, aber es kam mir so vor, als würden sie mehrmals im Laufe ihres Gesprächs mit dem Kopf in meine Richtung deuten. Kurz darauf sprach mich der Typ mit der Krone an.

»Hast du das grüne Viereck oben bei Tommy Parker gemalt?« fragte er.

»Ja, irgendwie schon«, antwortete ich. »Aber es war nicht nur meine Schuld.«

Beide grinsten mich an. Ich merkte plötzlich, daß alle anderen Gäste, die um die Bar herumstanden, dem Wortwechsel lauschten.

»Wessen Schuld war es denn noch?«

Da ich niemanden beschuldigen wollte, sagte ich: »Es war nur ein Versehen, sonst nichts.«

»Du meinst, du hast das grüne Viereck aus Versehen gemalt?«

Mehrere Leute fingen daraufhin an, lauthals zu lachen.

»Nein«, sagte ich. »Aber das war die Konsequenz.«

»Na ja, Tommy wird nicht gerade wahnsinnig begeistert sein.«

»Ach, nein?«

»Nein, wird er nicht.«

Das Lachen verebbte.

»Vermutlich hast du bisher noch nicht erlebt, wie er die Geduld verliert?« sagte jemand in der Nähe der Dartscheibe.

»Äh ..., nein«, antwortete ich. »Habe ich nicht.«

Ich mußte langsam ziemlich beunruhigt ausgesehen haben, denn der Mann mit der Krone trat plötzlich einen Schritt vor und schlug mir auf die Schulter.

»Mach dir nichts draus, Junge«, sagte er. »Davon geht die Welt nicht unter. Komm schon, wir spendieren dir ein Bier.«

Und schon hielt ich ein volles Glas in der Hand, das der Mann mit der Pappkrone bezahlt hatte. Der Rest des Abends ging zwischen Bier und Darts unter. Am Ende hatte ich mich bei ihm mit zwei Pints revanchiert für das eine, das er mir spendiert hatte. Aber später sagte ich mir, daß schließlich die Geste zählte. Als es endlich zur »letzten Runde« läutete, beschloß ich, daß ich für den Abend genug hatte, und ließ sie sich allein weiter gegenseitig Biere spendieren. Zehn Minuten später lief ich, über Baumwurzeln stolpernd, am See entlang und versuchte, in der Dunkelheit dem Trampelpfad zu folgen.

Ich vermute, der Alkohol war schuld, daß ich mich für diesen Weg entschieden hatte, anstatt die Straße entlangzugehen. Und es war auch der Alkohol, der mich verführte, auf den Steg beim Bootsverleih zu gehen. Ich lief bis zum äußersten Rand. Von da aus konnte ich gerade noch so die sieben Boote erkennen, wie sie dort vertäut lagen. Auf der gegenüberliegenden Seeseite führte eine Straße entlang, und während ich da so stand, sah ich die Lichter eines Fahrzeugs, das aus südlicher Richtung kam. Sie waren noch über eine halbe Meile weit weg, aber selbst aus dieser Entfernung kamen sie mir sehr hell vor. Außer den Scheinwerfern konnte ich auch noch eine Anzahl blinkender Punkte auf dem Dach sehen, aber nicht erkennen, was das war. Das Fahrzeug verschwand für ein, zwei Sekunden hinter Bäumen und tauchte dann ein Stück weiter am Ufer wieder auf. Inzwischen befand es sich fast genau gegenüber der Stelle, wo ich stand. Im Laufe des Abends war eine leichte Brise aufgekommen, die jetzt das surrende Geräusch einer Maschine und das Brummen von Reifen auf der entfernten Straße herübertrug.

Und dann wehte noch ein anderes Geräusch über den See. Es dauerte nur ein paar Sekunden, und ich konnte nicht sagen, woher genau, aber irgendwie kam es mir bekannt vor. Durch die Dunkelheit drang eine leise Melodie. Ich erkannte ein paar Töne aus einem Kinderlied wieder. Die Zeile, die mit »Half a pound of treacle« beginnt. Dann war es wieder verstummt. Man hörte nur noch das sanfte Rascheln der Bäume und das Plätschern der Wellen am Ufer.

***

Beim Aufwachen am nächsten Morgen hatte ich Kopfschmerzen. Als ich am Campingplatz ankam, hatte ich meine Absicht, vor dem Schlafengehen noch Wasser aus dem Hahn zu trinken, völlig vergessen. Statt dessen war ich in mein Zelt gekrochen und sofort schlafen gegangen. Und jetzt hatte ich einen Kater. Das war der Preis für fünf Pints Topham's Excelsior Bitter. Oder waren es sechs gewesen? Ich konnte mich nicht deutlich erinnern, entschied aber, daß eine kurze Dusche alle Unklarheiten beseitigen würde. Während ich zum Duschhäuschen lief, fiel mir ein, daß ich das Wasser erst noch anstellen mußte. So diskret wie möglich betrat ich die Frauendusche und zog das ganze Programm durch, das das Schulmädchen mir gezeigt hatte. Alles schien gut zu funktionieren, aber als ich rüber in die Männerdusche ging, stellte ich fest, daß es dort nur eiskaltes Wasser gab. Da wurde mir klar, daß ich in den paar Minuten, in denen ich am Abend zuvor in den Genuß warmen Wassers gekommen war, die letzten Tropfen aus dem Heißwassertank verbraucht hatte. Wenn ich also duschen wollte, ging das von nun an nur mit kaltem Wasser. Das fand ich schon ein bißchen gemein. Denn wenn man Platzmiete bezahlte, sollte man schließlich auch ein Recht auf warmes Wasser haben. Dann fiel mir ein, daß ich für diese Woche eigentlich gar keine Platzmiete bezahlt hatte. Ich hatte statt dessen ein Tor gestrichen. Daher hatte ich also keine andere Wahl, als mich zusammenzureißen und für eine halbe Minute kalt zu duschen. Ich stellte mich unter die Düse und stand dann nackt und zitternd unter dem eisigen Strahl. Genau in diesem Moment erinnerte ich mich an den Mann mit der Pappkrone und seine Fragen über das grüne Viereck. Hatte er mich wirklich vor dem ganzen Pub verhört? Ja, hatte er. Alle hatten sie zugehört, und dann hatte jemand gefragt, ob ich schonmal erlebt hätte, wie Mr. Parker die Geduld verliert. Natürlich hatte ich das nicht. Ich war doch erst seit ein paar Tagen hier und hatte ihn kaum zu Gesicht bekommen. Aber sie hatten alle so getan, als wäre das eine richtig heikle Sache. Also, ich persönlich konnte dieses ganze Getue nicht verstehen. Na gut, ich sah ein, daß Mr. Parker der Anblick eines grüngestrichenen Vierecks mitten in seiner Einfahrt nicht gerade begeistern würde. Das war schon in Ordnung, aber ich konnte mir kaum vorstellen, wieso er deswegen die Geduld verlieren sollte. Im Gegenteil schien er nicht der Typ zu sein, der sich von sowas aus der Bahn werfen ließ. Er war im Umgang mit mir bisher immer nur höflich und zuvorkommend gewesen, und ich hegte keinen Zweifel, daß er trotz dieses Zwischenfalls mit der verschütteten Farbe derselbe bleiben würde.

Nachdem ich mich angezogen hatte, ging ich rüber, um das

Wasser abzustellen, und dann zu meinem Zelt zurück. Unterwegs sah ich Mr. Parker am Tor stehen. Er machte es auf und zu und untersuchte gründlich den Anstrich. Ich entschloß mich, direkt zu ihm zu gehen und mich zu vergewissern, daß er mit meinen Bemühungen zufrieden war. Lässig schlenderte ich also hinüber. Als ich näher kam, warf er mir einen kurzen Blick zu, fuhr aber dann fort, sehr beschäftigt auf das Tor zu starren. Es sah so aus, als interessierte er sich weder für das grüne Viereck unter seinen Füßen noch für die Person, die es gemalt hatte. Statt dessen stand er nur schweigend da. Erst nach mehreren langen Minuten drehte er sich um und sagte endlich etwas.

»Haben Sie nicht gesagt, Sie würden gerne mit dem Boot rausfahren?«

»Äh …, ja«, sagte ich. »Das würde ich ganz gerne.«

»Na, wenn Sie wollen, können Sie.«

»Ach so, Sie können das arrangieren?«

Er lächelte. »Ich kann alles arrangieren.«

»Sind das also Ihre Boote?«

»Zum größten Teil, ja.«

»Ach so«, sagte ich. »Das war mir nicht klar.«

»Wollen Sie heute morgen rudern?«

»Ja, das wäre großartig.«

»In Ordnung. Also, ich komme so in einer halben Stunde vorbei, und dann gehen wir runter und suchen Ihnen eines aus.«

»Okay«, sagte ich. »Danke.«

Als er weg war, schaute ich mir nochmal das grüne Viereck an und fragte mich, warum die Männer im Pub so ein Aufhebens darum gemacht hatten. Mr. Parker hatte das Thema nicht einmal angeschnitten. Zugegeben, es war ziemlich schwierig, das Viereck zu übersehen, zumal im hellen Morgenlicht. Ich kam aber schnell zu dem Schluß, daß sie versuchten, die Sache aufzublasen, weil sie sonst fast keine Gesprächsthemen hatten. Ich nahm mir vor, das alles zu vergessen und lieber das Beste aus dem großzügigen Angebot des heutigen Vormittags zu machen.

Kurz nachdem ich mein Frühstück – Bohnen und einen Becher Tee – beendet hatte, kam Mr. Parker in seinem Lieferwagen zurück.

»Spartanisches Leben führen Sie hier«, bemerkte er, als ich zu ihm in das Fahrerhaus kletterte.

»Na ja, es ist nur für ein paar Tage«, sagte ich. »Mal eine nette Abwechslung, ehrlich.«

»Sie mögen also Extremsituationen?«

»Nicht so besonders, aber ich habe ja schon gesagt, es ist doch nur für ein paar Tage.«

»Und dann brechen Sie auf zu Ihrer Reise?«

»Ja, das ist der Plan.«

Beim Reden waren wir langsam zum Eingang an der unteren Wiese gerollt, wo wir jetzt ankamen.

»Machen Sie mal das Tor auf, bitte?« fragte Mr. Parker.

Er gab mir einen Schlüssel. Ich stieg aus und nahm die Kette ab. Es war ein sonniger Tag, und während wir Richtung See weiterfuhren, kam ich mir ziemlich privilegiert vor, die ganze Gegend für mich alleine zu haben. Mr. Parker fuhr im Schritttempo und schien das Gelände beim Durchfahren zu inspizieren. Auf der anderen Seite der Wiese hielt er an, um sich ein paar abgefallene Äste anzusehen, die unter den bemoosten Bäumen verstreut lagen. Aber auch, um die zerbrochenen Überreste eines Bootes zu begutachten, das umgedreht neben dem Feldweg lag. Ich hatte dieses Boot jedesmal im Vorbeigehen gesehen, wenn ich auf dem Weg in den Pub war, und vermutet, es hätte dort seit vielen Jahren verlassen gelegen. Verschiedene Pflanzen und kleine Bäume wuchsen an den Stellen durch den Boden, wo das Holz verrottet war. In meinen Augen war es ein attraktiver, markanter Punkt in der Landschaft.

»Das müssen wir irgendwann entsorgen«, verkündete Mr. Parker.

»Finden Sie es nicht schön?« fragte ich.

»Nein, finde ich nicht«, sagte er. »Äußerst unansehnlich.«

»Ich für meinen Teil finde, es sieht ganz hübsch aus«, sagte ich. »Sehr rustikal.«

Er schüttelte den Kopf. »Daß es rustikal aussieht, nützt auch nichts, wenn es zu sonst nichts zu gebrauchen ist.«

»Ach so«, sagte ich vorsichtig. »Ja, das stimmt.«

Wir fuhren zum See und parkten neben dem grünen Bootsverleih-Verschlag. Mr. Parker kramte noch einen Schlüssel hervor und schloß nach einigen Anläufen die Tür auf. Als sie aufging, hörte man das Splittern frischer Farbe und mir fiel auf, daß der Schuppen erst vor relativ kurzer Zeit seinen grünen Außenanstrich erhalten haben mußte.

»Hier war aber jemand fleißig«, sagte ich.

»Ja«, erwiderte er. »Wir achten immer darauf, mit dem Anstreichen nachzukommen.«

»Das habe ich gemerkt.«

Um die Wahrheit zu sagen: Wer auch immer hier gestrichen hatte, hatte keine gute Arbeit geleistet. Überall sah man Tropfspuren, und die Tür war anscheinend geschlossen worden, bevor die Farbe getrocknet war. Hier war definitiv kein professioneller Handwerker am Werk gewesen. Ich verkniff mir allerdings jeden Kommentar und wartete, während Mr. Parker in den Verschlag spähte, als ob er versuchen würde, seine Augen an das Dämmerlicht drinnen zu gewöhnen.

»Übrigens«, fuhr er fort. »Haben Sie schon einmal gerudert?«

»Also, seit meiner Kindheit nicht mehr«, sagte ich. »Wir wohnten nahe an einem Park mit einem Bootsteich.«

»Also können Sie rudern, oder?«

»Klar, das ist doch wie beim Fahrradfahren.«

»Ich meine nur, wir möchten nicht, daß Sie in Schwierigkeiten geraten.«

»Nein, das ist schon okay. Danke.«

»Wie werden Sie also nicht nach zehn Minuten retten müssen?«

»Das glaube ich nicht.«

»Sehr gut.« Er drehte sich um und sah mich im Türrahmen stehen.

»Gut, das macht dann ein Pfund für das Boot, bitte.«

»Oh«, sagte ich. »Tut mir leid, ich hatte nicht …«

Er blickt auf den See und dann wieder auf mich. »Stimmt irgend etwas nicht?«

»Äh …, nein, schon in Ordnung. Können Sie wechseln?«

»Nein, kein Geld dabei.«

»Die Sache ist die, daß ich nur Scheine habe. Tut mir leid.«

»Ach so«, sagte er. »Verstehe.«

»Kann ich es Ihnen erst einmal schuldig bleiben?«

Er dachte einen Moment lang nach, während er wieder in den Schuppen spähte.

»Ja, schon«, sagte er schließlich. »Erst einmal.«

»Danke.«

»Ach, übrigens, wo wir beide schon mal hier sind, könnten wir kurz versuchen, ob wir das hier aufkriegen.«

Er verschwand im Verschlag. Ich hörte, wie er von innen ein paar Riegel an einer Luke vorne am Schuppen aufzog. Es klang so, als wäre das nicht ganz einfach. Ich versuchte also festzustellen, wie ich von draußen helfen könnte. Die Klappe war ungefähr vier Fuß lang und sah so aus, als müßte sie nach außen aufgehen. Unglücklicherweise war sie offenbar von der Farbe verklebt. Ich begann, an verschiedenen Stellen zu ziehen und zu rütteln. Während ich das tat, redete Mr. Parker in gedämpftem Tonfall weiter aus dem Verschlag.

»Ich selbst habe mich nie mit dem Bootfahren abgegeben.«

»Nicht?« sagte ich, wobei ich meine Stimme etwas erhob, damit er mich hören konnte.

»Nein«, antwortete er. »Ich hab's versucht, aber es hat mir keinen Spaß gemacht.«

»Wie schade. Vielleicht sollten Sie's nochmal versuchen.«

»Ich habe keine Zeit, mit Booten rumzumachen.«

»Oh, ja. Kann ich mir gut vorstellen.«

»Gibt Wichtigeres zu tun.«

»Hm.«

»Also, für heute überlasse ich Sie Ihrem eigenen Schicksal, wenn's Ihnen recht ist.«

»Okay.«

Das untere Ende der Klappe bewegte sich ein bißchen auf mich zu. Darunter entstand ein schmaler Spalt, in den ich mit der Hand faßte, um beim Ziehen zu helfen. Ein kurzes, klapperndes Geräusch kam aus dem Schuppen. Die rechte untere Ecke der Klappe war jetzt locker, aber die linke klemmte noch.

»Drücken Sie oder ziehen Sie?« fragte Mr. Parker.

»Äh ..., ich ziehe eigentlich«, antwortete ich.

»Na gut, können Sie bitte ein bißchen fester ziehen?«

Wir sprachen beide inzwischen etwas lauter. Ich griff zu und zog. Im selben Moment hörte ich drinnen ein Ächzen. Die Klappe öffnete sich ruckartig nach außen, prallte gegen meine Fingerknöchel und schnellte dann nach oben. Ich trat einen Schritt zurück und ließ los. Die Klappe knallte wieder zu.

»Verflucht!« brüllte es drinnen. »Halten Sie doch fest!«

»Entschuldigung«, sagte ich und versuchte, meine Finger wieder in den Spalt zu schieben. Das tat ein bißchen weh, weil die Knöchel ziemlich üble Schrammen abbekommen hatten. Augenblicklich ging die Klappe wieder auf. Dahinter erschien Mr. Parker. Er fuchtelte mit einem Stützpfosten aus Holz herum, den er in die vorgesehene Position klemmen wollte. Mir fiel auf, daß sein Gesicht dunkelrosa angelaufen war und daß seine Augen funkelten. Dem Anschein nach war es wichtig, daß dieser Teil der Operation so schnell wie möglich vonstatten ging. Ich packte also den Pfosten mit meiner freien Hand und half, ihn richtig zu plazieren, während ich mit der anderen immer noch die Klappe hielt. Sekunden später war der Pfosten am Platz und der Kampf vorbei. Dann herrschte kurz Stille. Ich sagte nichts zu Mr. Parker, sondern tat vielmehr so, als würde ich angestrengt auf die andere Seite des Sees schauen.

Als er zu sprechen anfing, klang seine Stimme wieder normal.

»Wir müssen uns irgendwann mal um diese Klappe kümmern«, bemerkte er. »Scheint auf einer Seite zu klemmen.«

»Ja«, stimmte ich ihm zu und warf einen professionellen Blick auf die Luke. »Muß wohl der neue Anstrich sein.«

»Oder vielleicht hat sich das Holz verzogen.«

»Kann auch sein.«

»Wie auch immer. Könnten Sie mir bitte mit dem Kahn helfen?«

An der hinteren Wand des Verschlags lehnte ein winziges Boot, kaum fünf Fuß lang. Ich war noch nicht drinnen, da hatte er schon krampfhaft versucht, es hochzuheben. Schnell packte ich am anderen Ende an. Wir zerrten es aus dem Verschlag und zum Wasser, wobei wir unsere Beine ruckartig bewegten, wie ein Käfer. Nach einer kurzen Verschnaufpause schleppten wir es über den Steg. Dabei wurde mir deutlich, daß das Holz nicht in sonderlich gutem Zustand war. Zum normalen Darauflaufen war es in Ordnung, aber unter dem zusätzlichen Gewicht des Bootes knackten ein paar Bohlen und machten andere komische Geräusche. Endlich erreichten wir jedoch das Stegende und setzten das Boot ab. Mr. Parker lief danach den Steg zurück und untersuchte ihn. Ich sah, daß einige Bohlen gebrochen und instabil waren. Andere wiesen erste Zerfallserscheinungen auf. Eine oder zwei fehlten sogar vollständig.

»Das müßte man ein bißchen in Schuß bringen«, sagte er. »Wollen Sie mitkommen und die Ruder holen?«

»Ach, stimmt«, sagte ich. »Habe ich ganz vergessen.«

Ich ging mit ihm zurück zum Bootshaus, er holte die Ruder heraus und schloß ab.

»Ziehen Sie den Kahn da drüben ins Schilf, wenn Sie fertig sind«, sagte er. »Da müßte er eigentlich bis auf weiteres sicher sein.«

»Okay.«

»Also gut. Dann gehe ich mal.«

»Wie lange kann ich denn draußen bleiben?« fragte ich.

»Solange Sie wollen«, antwortete Mr. Parker. »Es ist ja niemand sonst da.«

Nachdem er abgefahren war, ging ich zum Stegende zurück und ließ den Kahn ins Wasser. Dann stand ich da und überlegte, was ich als nächstes tun sollte. Ich nahm an, daß er sich gedacht hatte, ich sollte mit dem Kahn zu den richtigen Ruderbooten draußen an der Anlegestelle fahren, aber ganz sicher war ich mir da nicht. Vielleicht sollte ich auch nur in diesem kleinen Teil ein paar Stunden lang rumdümpeln und dann zurückkommen. Denn während er hier war, hatte er nicht direkt von den anderen Booten gesprochen. Und ich hatte ihn nicht fragen wollen. Ich war jetzt also etwas in Verlegenheit.

Allerdings brauchte man auf einem so großen See schon ein richtiges Boot, damit es sich lohnte. Jeder andere würde das auch finden. Klar, überzeugte ich mich, natürlich. Vor allem, wenn man ein Pfund für dieses Vergnügen bezahlte. Mit diesen Gedanken im Hinterkopf steuerte ich auf die Anlegestelle zu. Mit Vergnügen stellte ich fest, daß ich das Rudern nicht verlernt hatte, und nachdem ich erst einmal die Balance raushatte, kam ich schnell voran.

Als ich mich der Reihe mit den vertäuten Booten näherte, fiel mir auf, daß sie ziemliche Ähnlichkeit mit denjenigen aus dem Park meiner Kindheit hatten. Sie waren alle im gleichen Kastanienbraun gestrichen, und sogar die goldenen Ränder an den Dollborden sahen genauso aus wie damals. Am verblüffendsten waren jedoch die kunstvollen Buge vorne an jedem Boot. Als Kind hatten sie mich immer beeindruckt, weil sie mich an die geschwungenen Schiffe bekannter Legenden und Fabeln erinnerten. Aus irgendeinem Grund ließen die erhöhten Buge die Schiffe antik aussehen. Man konnte unmöglich sagen, ob sie vor zehn, zwanzig oder fünfzig Jahren gebaut worden waren. Dieser Eindruck von Zeitlosigkeit hatte mich immer schon angezogen.

Nicht, daß ich mir vorgestellt hätte, in einem dieser Kähne

ein »Abenteuer« zu erleben. Schließlich war ich mir der Tatsache völlig bewußt, daß es sich hierbei um reine Freizeitboote handelte. Gebaut, um stundenweise vermietet zu werden. Ich wollte lediglich eine banale Spritztour über den See machen, den Sonnenschein genießen und die Landschaft aus einer neuen Perspektive kennenlernen. Nichtsdestotrotz hatte sich, als ich mir ein Boot ausgesucht hatte und mühsam hineingeklettert war, der Gedanke in meinem Kopf festgesetzt, daß ich nicht einfach den Vormittag über ziellos in der Gegend herumrudern wollte. Eigentlich wäre es viel besser, eine richtige Tour irgendwohin zu unternehmen. Ziemlich schnell kam ich auf die Idee, ans Ende des Sees zu rudern und auf ein Bier ins Packhorse einzukehren.

Hier, vom Wasser aus, wurde mir erst klar, wie riesig die umliegenden Berge waren. Abgesehen vom Blöken der Schafe aus der Ferne war es still. Man hatte das Gefühl, es würde bis in alle Ewigkeit so bleiben. Ich wußte natürlich, daß das nicht stimmte. Weniger als zehn Meilen entfernt Richtung Osten schnitt eine moderne Autobahn eine Kerbe in die Berge. In einem endlosen Strom wälzte sich der Verkehr auf diesem Streifen Asphalt Stoßstange an Stoßstange zwischen England und Schottland entlang. Daneben verliefen eine Eisenbahnlinie und eine ganze Prozession von Strommasten, die den Strom von einem Industriezentrum zum anderen transportierten.

Aber von meinem Boot aus war von alledem keine Spur zu sehen. Um mich herum gab es nur kahle Felder und Bäume und am Ufer ein paar verstreute Bauernhöfe und andere Behausungen. Mr. Parkers Haus stach am meisten ins Auge, wie es dort weit oben am Hang thronte. Mit dem enormen Schuppen im Hintergrund dominierte es den Ort und löste in mir das Gefühl aus, dort drinnen läge jemand auf der Lauer. Ich war mir sicher, daß er Besseres zu tun hatte, als mich den ganzen Tag von diesem Fenster aus zu überwachen, aber trotz allem fühlte ich mich erleichtert, als das Haus nach einer halben Meile Rudern endlich hinter einer Landzunge verschwunden war.

Das Boot lag ganz gut im Wasser, und ich mußte schon zugeben, daß dies ein sehr angenehmer Zeitvertreib war. Leider beschwerte sich langsam mein Rücken über die ungewohnte Belastung, und ich war froh, daß das andere Ufer näher rückte. Von meinen früheren Wanderungen zum Pub wußte ich noch, daß es nicht weit vom Parkplatz entfernt eine gute Anlegestelle gab. Ohne meine Füße naß zu machen, schaffte ich es, das Boot an Land zu ziehen. Zur Sicherheit band ich das Seil um einen dünnen Baum daneben. Dann machte ich mich zu Fuß Richtung Packhorse auf.

Beim Näherkommen sah ich Tony im Biergarten arbeiten. Er strich die äußeren Fensterbänke des Pubs schwarz. Die Mauern waren weiß getüncht, mit ein paar schwarzen Querbalken in der Mitte. Vermutlich sollte das den Eindruck erwecken, das Gebäude wäre ursprünglich im Tudor-Stil erbaut.

»Gut machst du das«, sagte ich und ging auf die Tür zu. »Ist das noch gefährlich?«

»Eigentlich nicht«, antwortete er. »Aber klopf lieber, wer weiß.«

Ich klopfte und betrat die untere Bar, die vollkommen leer war. Einen Augenblick später kam Tony nach, zapfte mir ein Pint Ex und ging wieder raus. Der Tag war zu schön, um lange drinnen zu bleiben. Ich folgte ihm also in den Biergarten, wo er mit dem Anstreichen weitermachte. Ich hatte vorgehabt, mich an einen der hölzernen Picknicktische zu setzen, merkte aber dann, daß sie alle mit Holzschutzmittel behandelt worden waren und übereinandergestapelt in der Ecke standen. Aus diesem Grund setzte ich mich statt dessen auf die Mauer. Mein Bier stellte ich neben mich und wartete, daß sich der Schaum auflöste. Von Zeit zu Zeit warf ich einen Blick über den Platz, aber niemand kam vorbei. Tony war mit seinem Pinsel der einzig Aktive an diesem Vormittag. Er überstrich den alten schwarzen Anstrich mit neuer schwarzer Farbe. Ein paar Minuten vergingen, in denen er noch eine Fensterbank fertig machte. Dann hörte ich ein Fahrzeug aus der Richtung der Kirche kommen. Lässig drehte ich mich um und sah Mr. Parker in seinem Lieferwagen mit dem Anhänger im Schlepptau vorbeifahren.

Plötzlich war dieser Ausflug zum Packhorse keine so gute Idee mehr. Vor seinem unerwarteten Auftauchen hatte ich mein Glas kaum angefaßt, aber jetzt verspürte ich den Drang, es runterzukippen und zu meiner Anlegestelle zurückzugehen. Schließlich sollte ich eigentlich auf dem See sein und nicht im Garten eines Pubs herumhängen. Ich war mir nicht sicher, ob er mich dort hatte sitzen sehen, aber überzeugt, daß er es nicht toll fände, wenn eines seiner Boote unbeaufsichtigt blieb. Ich leerte mein Glas und stürzte über den Platz. Dabei durchfuhr mich der Gedanke, daß in genau diesem Moment jemand mit dem Boot abhauen könnte. Ich rannte los, stürmte über den leeren Parkplatz und den Weg zum See entlang. Das Rennen mit dem frischgetrunkenen Bier im Magen war schwierig. Als ich das Ufer erreichte, war mir ziemlich schlecht. Das Boot lag natürlich noch genau an der Stelle, an der ich es festgemacht hatte. Vollkommen sicher. Atemlos brach ich im Gras daneben zusammen, und mir wurde klar, daß ich völlig grundlos in Panik geraten war. Und das alles wegen unseres Gesprächs am vergangenen Abend im Pub. Die Vorstellung, Mr. Parker könnte die Geduld verlieren, hatte mich dazu gebracht, zurückzurasen, anstatt mir die Zeit zu nehmen, mein Bier richtig zu genießen. Jetzt kam mir das alles lächerlich vor. Wenn mir der Vorfall am Bootsverleih mit der klemmenden Luke eins bewiesen hatte, dann doch, daß er sich ausgezeichnet im Griff hatte. Schnell kam ich zu dem Schluß, daß das alles eine Art lokaler Mythos war. Nichts Ernstzunehmendes.

Wo ich nun aber schon einmal hier war, sah ich nicht ein, warum ich nochmal zum Pub zurückgehen und noch ein Pint trinken sollte. Nachdem ich mich also ausreichend erholt hatte, ließ ich das Boot wieder ins Wasser und ruderte weiter. Ich nehme an, ich verbrachte noch eine Stunde oder so damit, bis das Rudern seinen Reiz zu verlieren begann. Zu diesem Zeitpunkt war ich an einer Stelle an der anderen Seite des Sees angelangt, mehr oder weniger gegenüber von Mr. Parkers Haus. Ich beschloß, es für diesen Tag gut sein zu lassen, kehrte zum Anleger zurück, vertäute das Boot und ruderte mit dem Kahn ans Ufer. Dort schubste ich ihn, wie angeordnet, ins Schilf und steckte die Ruder unter den Sitz. Diesmal bekam ich nasse Füße. Das Wasser sah seicht aus, war aber schlammig, und ich sank mit meinen Stiefeln ein, als ich aus dem Boot stieg. Trotzdem waren es ein paar angenehme Stunden gewesen. Ich schlenderte zum Zelt zurück, wechselte die Socken und trank eine Tasse Tee. Mein Motorrad stand seit ein paar Tagen vernachlässigt herum. Ich verbrachte also den Nachmittag damit, es, wie gestern versprochen, zu putzen.

Als ich an diesem Abend in den Pub ging, fiel mir auf, daß es in der Gegend einen deutlichen Frauenmangel gab, jetzt, wo die Touristen weg waren. Die Woche zuvor war das Lokal voller attraktiver junger Frauen gewesen, die nach ein paar Tagen an der frischen Luft alle extrem gesund aussahen. Jetzt waren sie anscheinend abgereist. Die einzige Ausnahme war eine junge Frau, die gegen zehn Uhr in der oberen Bar auftauchte. Ich hatte sie ein einziges Mal vorher gesehen. Damals hatte sie lange mit Tony geredet, und ich hatte daraus mehr oder weniger geschlossen, daß sie seine Freundin war. Heute abend jedoch hatte Gordon Thekendienst, und sie schien ihm genausoviel Aufmerksamkeit zu schenken. Was mich auf den Gedanken brachte, sie könnte noch Single sein. Sie sah ganz gut aus, und ich hätte wahrscheinlich versucht, mit ihr in Kontakt zu kommen, wenn ich nicht Ende der Woche abfahren würde. Aber wie die Dinge nun einmal standen, mußte ich mich mit den gelegentlichen Blicken zufriedengeben, die sie in meine Richtung warf.

In der unteren Bar stand unterdessen wieder die Dartscheibe im Mittelpunkt des Interesses. Der Vorrat an Topham's Excelsior Bitter ging wohl doch nicht so schnell zur Neige, und ich verbrachte noch einen Abend mit den Einheimischen. Ein Dartspiel folgte dem nächsten, danach kam wieder eine Bierrunde und dann noch eine. Ich fragte mich, ob das im Winter jeden Abend so ging. Beim Trinken legten sie ein ganz schönes Tempo vor, und erneut ließ ich mich mitreißen. Wie immer war auch der Mann mit der Pappkrone da. Er sorgte dafür, daß ich keine Runde aussetzte. Ich blieb so lange wie möglich, um rauszukriegen, ob die junge Frau in der oberen Bar mit jemandem wegging, aber dann war sie plötzlich verschwunden, während ich ihr den Rücken zugedreht hatte. Es war Zeit zu gehen. Ich wanderte zum Campingplatz zurück und ging sofort schlafen.

Ich schlief nicht gut. In meinen Träumen drehte ein Mädchen in Schuluniform immer wieder das Wasser auf und zu. Ich kam langsam zu mir und merkte, daß jemand an meiner Zeltstange rüttelte.

Kurz darauf hörte ich draußen eine Stimme. Es war Mr. Parker.

»Könnten Sie schnell mal helfen?« sagte er. »Wie es aussieht, sind die Ruderboote verschwunden.«

3

In der Dunkelheit hörte ich Motorenlärm.

»Eine Sekunde«, sagte ich, tastete nach meinen Stiefeln und zog sie schnell an.

Als ich aus dem Zelt kroch, sah ich, daß der Lieferwagen direkt daneben geparkt war. Seine Scheinwerfer blendeten mich. Mr. Parker war schon auf den Fahrersitz zurückgeklettert. Ich ging also auf seine Seite und redete durch das offene Fenster mit ihm.

»Ich war gerade unten am See. Keine Spur weit und breit von den Booten. Wir müssen eine Suchaktion starten.«

Ich stieg ein und wir rasten los, über die untere Wiese. Das Tor war nicht mehr mit der Kette verschlossen und stand sperrangelweit offen. Kurz danach erreichten wir das Ufer. Einigermaßen erleichtert fand ich den Kahn noch im Schilf an der Stelle vor, wo ich ihn zurückgelassen hatte. Im Mondlicht konnte ich seine dunklen Umrisse eben noch erkennen. Die Reihe von Booten an der Anlegestelle war allerdings verschwunden.

»Könnten Sie wohl rausrudern und nach ihnen sehen?« fragte Mr. Parker.

»Äh …, ja«, antwortete ich. »Kann ich schon, wenn Sie wollen.«

In meinen Ohren klang das nicht nach einer besonders guten Idee. Denn immerhin war die Chance, mitten in der Nacht sieben Boote auf einem See dieser Größe wiederzufinden, eher gering. Aber da ich mir nun einmal vorgenommen hatte, meine Hilfsbereitschaft zu demonstrieren, machte ich mit. Beim Ablegen bekam ich wieder nasse Füße, aber angesichts der Umstände fiel das nicht weiter ins Gewicht. Als ich langsam vom Ufer wegruderte, sah ich auf dem Bootssteg Mr. Parkers Silhouette. Er schaute in meine Richtung. Ich gelangte zu der Stelle, wo die

Anlegeboje hätte sein sollen, und mußte feststellen, daß auch sie verschwunden war.

»Können Sie sie sehen?« rief Mr. Parker.

»Leider nicht«, rief ich zurück. »Sieht so aus, als wäre die ganze Anlegestelle weg.«

»Na gut, können Sie mal weiter draußen schauen?«

Diese ganze Unternehmung wurde irgendwie immer unsinniger. Ich konnte kaum ausmachen, in welche Richtung ich ruderte, von den verschwundenen Booten mal ganz zu schweigen. Zu allem Überfluß klang das Wasser in der Nacht viel lauter als am Tag. Ich hörte es gegen den Kahn schlagen und fragte mich langsam, wie weit ich eigentlich hinausfahren konnte, ohne in Gefahr zu geraten. Trotzdem rackerte ich mich zunächst weiter ab, um Mr. Parker zu befriedigen und ihm zu beweisen, daß ich mir mit dem Suchen Mühe gab. Dabei fragte ich mich, was er wohl um diese nachtschlafende Zeit hier unten getrieben hatte, als ihm auffiel, daß die Boote verschwunden waren. Ich hatte keine Ahnung, wie spät es war, aber es mußte ziemlich früh morgens sein. Nach einer Weile rief er wieder nach mir.

»Können Sie jetzt bitte zurückkommen?«

Seine Art, Befehle in Form höflicher Bitten zu erlassen, war sehr effektiv: Plötzlich fiel mir auf, daß ich, ohne es zu wollen, zu seinem Angestellten geworden war. Ich dümpelte hier mit nassen Füßen in der Dunkelheit herum und tanzte nach seiner Pfeife, wo ich eigentlich im Tiefschlaf sein könnte. Die Unannehmlichkeiten machten mir nicht übermäßig viel aus, aber dennoch war ich froh, daß er endlich beschlossen hatte, unsere Suche abzubrechen. Dann konnte ich zurück ins Bett gehen.

So gesehen war es eine kleine Enttäuschung, daß er, als ich wieder am Ufer anlegte, sagte: »Wir müssen um den See herumfahren und gucken, wo sie hingetrieben sind.«

»Wäre es nicht besser, damit bis morgen früh zu warten?« fragte ich.

»Dann kann es schon zu spät sein«, antwortete er. »Und es wäre mir ein Greuel, sie aufzugeben.«

Wir stiegen in den Lieferwagen und verbrachten die folgenden zwei Stunden mit ergebnislosem Suchen. Zuerst fuhren wir nach Millfold, dann über die steinerne Brücke und auf die Straße, die auf der gegenüberliegenden Seeseite nach Süden führte. Jedesmal wenn wir nahe am Wasser vorbeikamen, hielt Mr. Parker an, und ich mußte aussteigen, mich ans Ufer stellen und in die Dunkelheit starren.

Sobald ich wieder eingestiegen war, fragte er jedesmal: »Keine Spur von den Booten?«

»Nein, tut mir leid«, sagte ich immer wieder, und wir fuhren weiter.

Mehr sprachen wir eigentlich nicht miteinander. Gelegentlich fuhren wir an einem Gehöft vorbei, jedesmal bremste er und warf einen Blick durch das Tor, als erwartete er, seine Boote irgendwo darin versteckt zu sehen. So kamen wir schließlich zum Südende des Sees, und er drehte um. Ich fand, daß wir für diese Nacht genug geschuftet hatten, aber als wir in Höhe des Campingplatzes waren, fuhr Mr. Parker vorbei und wieder runter zum Steg. Einen Moment lang dachte ich, er hoffte, die Ruderboote wären von selbst wiedergekommen. Statt dessen stellte sich heraus, daß er beschlossen hatte, den Kahn aus Sicherheitsgründen in den Verschlag zurückzubringen. Wir mühten uns also noch ein paar Minuten damit ab, ihn einzuschließen. Dann erst machten wir eine Pause. Mr. Parker ging der Verlust seiner Boote sicherlich nahe, aber niemand schien andeuten zu wollen, es könnte meine Schuld sein. Soweit ich die Sache überblickte, mußte sich die ganze Anlegestelle vom Grund des Sees gelöst haben. Das hatte offensichtlich nichts mit mir zu tun. Aber trotzdem wurde ich den Eindruck nicht los, ich würde irgendwie »verdächtigt«.

Mr. Parker seinerseits war ganz freundlich. Nachdem er den Verschlag abgeschlossen hatte, wandte er sich zu mir und sagte: »Kommen Sie doch mit ins Haus zum Frühstücken.«

Inzwischen waren im Osten ein paar helle Streifen am Himmel zu sehen. Ich vermutete daher, daß es so gegen sechs Uhr war. Ich fühlte mich bettreif, aber die Aussicht auf ein kleines Frühstück in einer richtigen Küche fand ich sehr attraktiv. Ich nahm das Angebot an.

Als wir im Hof hielten, sah ich, daß Mr. Parkers Anhänger neben dem großen Schuppen geparkt war. Beladen war er mit einer großen Maschine. Wozu sie diente, konnte ich im Morgenlicht nicht erkennen. Ich wollte schon fragen, aber da ging die Terrassentür auf und Gail Parker kam heraus.

»Gefunden?« fragte sie, und ihre Stimme klang einigermaßen besorgt.

»Nein, haben wir nicht«, antwortete ihr Vater. »Wir müssen nochmal losziehen, wenn es hell geworden ist. Könntest du für ihn hier was zum Frühstück zusammenrühren?«

»Morgen«, sagte ich und lächelte höflich. Sie lächelte zurück.

»Eier und Kaffee, ist das in Ordnung?« fragte sie.

»Ja, toll, danke.«

Ich folgte den beiden in die warme Küche, in der ein großer Holztisch stand. Mir fiel auf, daß Mr. Parker seine Stiefel anließ, also tat ich das gleiche. Dann setzen wir uns, und ich bekam das Frühstück serviert. Es war das erste Mal seit einiger Zeit, daß ich an einem Tisch aß. Ich genoß es und nahm die Eier und den Kaffee bereitwillig an. Viel gesprochen wurde nicht, aber nach einer Weile fing Mr. Parker eine Unterhaltung an.

»Ihr Motorrad sieht nach einem ganz schön alten Modell aus«, bemerkte er.

»Ja«, antwortete ich. »Uralt.«

»Haben Sie's schon lange?«

»Ein paar Jahre.«

»In den letzten Tagen sind Sie kaum damit gefahren.«

»Ja«, sagte ich. »Stimmt.«

»Zu sehr mit anderen Dingen beschäftigt?«

»Ja.«

»Wenn Sie wollen, können Sie es in einen der Schuppen hier oben stellen.«

»Ach ..., äh ..., wirklich?«

»Ja, wenn Sie wollen. Dann können wir für Sie ein Auge darauf haben.«

»Na ja, danke erstmal. Aber ich fahre Ende der Woche wieder. Da lohnt sich die Mühe für Sie doch nicht.«

»Na gut, aber vielleicht überlegen Sie es sich ja noch einmal anders.«

»Danke.«

Er warf einen Blick aus dem Fenster. »Da kommt Deakin.«

In den letzten paar Minuten hatte ich ein Scheppern gehört, das den Hügel hinaufkam. Als nächstes hielt ein Lieferwagen im Hof. Ich guckte aus dem Fenster und sah den Milchmann aus seinem Fahrzeug steigen, nach einer Milchflasche greifen und die Stufen hochrennen. Vor der Tür machte es »Klonk«, dann rannte er wieder hinunter. Kaum war er verschwunden, erinnerte ich mich an das Gespräch, das ich mit ihm geführt hatte, während ich das Tor strich. Es hatte sich darum gedreht, wie dringend er »Tommy wegen einer Sache sehen mußte«. Ich kam zu dem Schluß, daß die Sache so wichtig nun auch wieder nicht sein konnte, wie er getan hatte.

»Sie haben Deakin schon mal getroffen, oder?« fragte Mr. Parker.

»Äh ..., erst einmal«, antwortete ich. »Kommt er jeden Tag hier hoch?«

»Ja, fast immer.«

»Ach«, sagte ich. »Das wußte ich nicht.«

»Na ja, normalerweise sind Sie so früh ja auch noch nicht auf, was?«

»Nein, stimmt.«

»Sie schlafen wahrscheinlich noch, wenn er vorbeikommt.«

In diesem Augenblick hielt ein anderes Fahrzeug im Hof. Diesmal war es das Postauto. Der Fahrer flitzte die Stufen hoch, öffnete die Tür einen vier Inch breiten Spalt und ließ die Post auf ein Regalbrett fallen.

»Dankeschön«, sagte er mit einem Singsang in der Stimme und verschwand blitzartig.

»Ich habe noch nie gemerkt, daß hier so viel los ist«, bemerkte ich.

»Ja, irgendwas passiert immer«, sagte Mr. Parker.

»Muß ja lustig sein, einen eigenen Briefträger zu haben.«

»Haben die Leute im Süden denn keinen eigenen Briefträger?«

»Doch, schon, aber normalerweise haben die nicht auch noch ein eigenes Auto.«

»Ach ja, richtig«, sagte er. »Die fahren immer mit dem Fahrrad rum, oder? Mit großen Taschen.«

»Ja, manche machen das«, antwortete ich. »Aber meistens gehen sie von Haus zu Haus.«

In diesem Moment klingelte das Telefon im Zimmer nebenan und veranlaßte Gail, augenblicklich von ihrem Stuhl aufzuspringen.

»Ich geh' dran«, sagte sie und stürzte los.

Sekunden später kam sie zurück. »Papa, es ist für dich.«

Mr. Parker ging hinüber und griff nach dem Hörer. Gail setzte sich wieder mir gegenüber.

Eine Zeitlang schwiegen wir uns an. Dann fragte ich: »Ist heute Schule?«

»Ja«, antwortete sie. »Immer.«

»Nur, weil ich gemerkt habe, daß du heute keine Uniform anhast.«

»Hm«, sagte sie. »Ja. Ich ziehe sie immer erst im letzten Moment an.«

Sie warf einen Blick auf die Uhr im Regal, lächelte mir zu und verschwand dann in einem anderen Zimmer. Inzwischen war ich mehr oder weniger mit Frühstücken fertig und beschloß, mich zu verziehen. Ich fühlte mich sehr schlapp und konnte es trotz des ganzen Kaffees nicht erwarten, wieder ins Bett zu kommen. Allerdings schien es angebracht, Mr. Parker für seine Gastfreundschaft zu danken, weshalb ich von meinem Stuhl aufstand und neben der Tür wartete. Ich schaute flüchtig auf die Post, die auf dem Regal lag. Mein Blick fiel auf eine Postkarte mit dem Tadsch Mahal. Die Versuchung war groß, sie zu nehmen und zu lesen, aber ausgerechnet da kam Mr. Parker wieder in die Küche.

»Also, das ist mal eine gute Nachricht«, verkündete er. »Die Boote sind bei Bryan Webb gelandet.«

Er sprach von »Bryan Webb«, als müßte ich ihn kennen.

»Ist das der Kerl, der immer mit der Pappkrone rumläuft?« fragte ich.

»Ja, Sie müssen ihn im Packhorse gesehen haben.«

»Spielt ziemlich oft Darts.«

»Ja, das sieht Bryan ganz ähnlich.«

»Na dann, danke für das Frühstück«, sagte ich. »Es war sehr lecker.«

Er grinste. »Wollen Sie mit rüberkommen zu Bryan und die Boote zurückbringen helfen?«

»Was schätzen Sie, wie lange dauert das?« fragte ich.

»Wir müßten es in ein paar Stunden schaffen.«

Nachdem ich das Frühstück angenommen hatte, wäre es ganz schön schwach gewesen, jetzt nicht zu helfen. Also sagte ich ja. Und schon gingen wir in den Hof und auf Mr. Parkers Lieferwagen zu. Wir hielten kurz, um das Gerät auf dem Anhänger anzuschauen. Jetzt konnte ich erkennen, daß es sich um eine Kreissäge handelte. Alle Teile waren in einer schmutzig-gelben Farbe gestrichen, außer dem großen Sägeblatt, das ziemlich übel verrostet war.

»Was halten Sie davon?« fragte Mr. Parker.

»Sieht nützlich aus«, antwortete ich. »Paßt perfekt auf den Traktoranhänger.«

»Genau«, sagte er. »Habe ich gestern bei der Versteigerung

abgestaubt.« Er rubbelte an einem Metallstück, und das Gelb wurde deutlich strahlender. »Müßte man mal gründlich sauber machen.«

»Und was ist mit dem Rost?«

»Das erledigen wir demnächst. Jetzt müssen wir nur erst den Anhänger abladen, dann kann's losgehen.«

Die Kreissäge sah viel zu groß aus, als daß wir beide sie hätten hochheben können. Aber Mr. Parker hatte alles im Griff, das war deutlich zu sehen. Er setzte den Lieferwagen zurück bis an den Anhänger, koppelte ihn an, ging dann zum großen Schuppen und schob das Tor auf. Als nächstes fuhr er das ganze Teil rückwärts die Rampe hoch. Während er das alles tat, stand ich nutzlos herum und bemühte mich, ihm nicht im Weg zu sein. Einen Augenblick später hupte er. Ich lief also die Rampe hoch in den Schuppen. Der Anhänger war jetzt paßgenau unter einer Kettenwinde mit Flaschenzug, die an einem Dachträger hing, in Position gebracht worden. Er war bereits aus dem Lieferwagen gestiegen und dabei, die Kreissäge mit einer Hand hochzuhieven. Ich stürzte hinüber, um ihm zu helfen. Allerdings machte das kaum einen Unterschied, denn er schien um einiges kräftiger als ich. Und dann hing die Säge schon in der Luft, drei Fuß über dem Anhänger.

»Danke«, sagte Mr. Parker. »Wir müssen sie irgendwann auf den Traktor montieren.«

Während er eine kurze Pause einlegte, warf ich einen flüchtigen Blick auf das Innere des Schuppens. Außer einem sehr stabil aussehenden Traktor neben mir gab es noch eine riesige Ansammlung anderer Gerätschaften, einschließlich einer Reihe Reifen und Räder und ein paar Sachen zum Schweißen. Eine Menge Ersatzteile lag auch hier und da herum. Von der Stelle aus, wo ich stand, konnte ich ein Gebilde sehen, das wie das Vorderteil eines Schneepflugs aussah, das Fahrgestell und die Steuerung eines Schleppers und einen Betonmischer mit ausgebautem Motor. Außerdem einen großen Haufen Holzbohlen. Im hinteren Teil des Schuppens war noch mehr Zeug aufgestapelt. Überall roch es nach einer Mischung von Öl, Farbe und Schmierfett. Ich fühlte mich eher an das Warenlager einer Fabrik als an ein landwirtschaftliches Gebäude erinnert.

»Sie sind hier ja ganz gut ausgestattet«, bemerkte ich.

»Ja«, sagte Mr. Parker. »Ab und an kann man das alles gut gebrauchen.«

Im hellen Licht, das in den Schuppen fiel, sah ich in der hinteren Ecke irgend etwas schimmern. Angestrengt versuchte ich zu erkennen, was es war, aber er war schon wieder auf dem Sprung.

»Kommen Sie schon«, sagte er und kletterte in den Lieferwagen. »Wir sollten uns wohl besser zu Bryan aufmachen.«

Ich setzte mich neben ihn, und wir fuhren los, ohne das Schuppentor zuzumachen. Eine Minute später erreichten wir die Einfahrt und bogen in die Straße ein. Dabei fiel mir wieder auf, wie auffällig das grüne Viereck leuchtete. Mr. Parker sagte erst einmal nichts mehr, und ich entschloß mich, für die Dauer der Fahrt ein Gespräch anzufangen.

»Gehen Sie gelegentlich auch ins Packhorse?« fragte ich.

»Ja, von Zeit zu Zeit«, antwortete er. »Im allgemeinen versuche ich es aber zu vermeiden.«

»Warum das denn?«

»Na ja, am Ende bin ich irgendwie immer derjenige, der allen anderen einen ausgibt.«

»Ach so.«

»Kann an manchen Abenden ein Vermögen kosten.«

»Und die anderen, spendieren die Ihnen denn nie einen?«

»Doch, schon«, sagte er nach längerem Nachdenken. »Kostet aber trotzdem ein Vermögen.«

Es stellte sich heraus, daß Bryan Webb in einem der Anwesen wohnte, an denen wir im Verlauf unserer Suche in der vergangenen Nacht vorbeigefahren waren. Es befand sich auf der gegenüberliegenden Seeseite und war anscheinend eine Art Bauernhof. Kaum waren wir durch das Vordertor gefahren, bestätigte ein durchdringender Geruch nach Schafen diese Annahme, obwohl keine Spur von einem Tier zu sehen war. Bryans Haus befand sich nur ein paar Yards vom Ufer entfernt. Es stand zwischen einer Anzahl von Nebengebäuden auf der einen und einer Remise auf der anderen Seite, in der ein Tieflader parkte. Als er uns kommen hörte, tauchte er aus dem Haus auf. Wie immer trug er seine Pappkrone. Und ein Paar Gummistiefel.

»Dachte ich mir's doch, daß du es bist«, verkündete er, bevor er mit dem Kopf auf mich deutete. »Ich sehe, du hast einen Gehilfen?«

»Ja«, antwortete Mr. Parker. »Er hat sich in den letzten paar Tagen nützlich gemacht.«

»Klar, so als Mädchen für alles«, sagte Bryan und zwinkerte mir zu. »Deine Boote sind hier.«

Er führte uns durch ein Tor zum Ufer. Die sieben Ruderboote waren auf den Kies hochgezogen worden und lagen dort, noch immer mit der Anlegeboje vertäut.

»Was für ein Glück, daß du sie gesehen hast«, sagte Mr. Parker.

»Das würde ich auch sagen«, antwortete Bryan. »Normalerweise schaue ich nicht morgens um diese Uhrzeit aus dem Fenster, aber Deakin hatte schon wieder die falsche Milch hingestellt, und ich habe über den See geguckt, um zu sehen, wie weit er schon gefahren war.«

»Was wolltest du denn für Milch?«

»Also, mittwochs nehme ich immer H-Milch. Wenn mein Onkel zum Tee kommt.«

»Ach ja, wie geht's Rupert?«

»Sehr gut, danke. Kommt immer regelmäßig mittwochs und repariert mir ein bißchen an den Zäunen herum. Hat inzwischen fast alles geschafft.«

»Das ist gut.«

»Aber egal«, fuhr Bryan fort. »Ich habe Deakin von euch wegfahren sehen, was hieß, daß er als nächstes zu Pickthalls kommen würde. Da habe ich mir gedacht, ich rufe da mal an und bitte sie, ihn sozusagen abzufangen. Ich bin gerade dabei, rüber zum Telefon zu gehen, als da – schlag mich, aber so war es – alle diese Boote an meinen Uferstreifen rumpeln. Ich renne raus und binde sie mit einem Seil fest …, und da sind sie nun.«

Es schien Bryan ganz schön viel Kraft zu kosten, diese Geschichte zu erzählen. Er setzte sich auf eines der Boote und machte eine Pause. Unterdessen strich Mr. Parker um sie herum und untersuchte kurz jedes einzelne. Mit einem Stück Ankerleine waren sie alle hintereinandergebunden. Als er zu dem Boot kam, das ich am Tag davor benutzt hatte, zog er ein bißchen an dem Knoten, den ich gemacht hatte, wie um zu sehen, ob er hielt. Dann drehte er sich zu Bryan um.

»Also gut«, sagte er. »Wir kümmern uns besser mal darum, den Anhänger hier runterzukriegen. Sieht nach drei oder vier Fuhren aus, um sie alle zurückzubringen.«

Ein paar Minuten später hatten wir den Lieferwagen samt Anhänger am Ufer geparkt. Zu dritt fingen wir an, das erste Boot aufzuladen. Erst dabei wurde mir klar, daß die Schiffe ausschließlich zum Schwimmen gedacht waren, nicht jedoch zum Tragen. Es fühlte sich so an, als ob jedes ungefähr eine halbe Tonne wog. Aus eigener Erfahrung wußte ich, daß es einfach war, ein am Ufer liegendes Boot ins seichte Wasser zu schieben. Die Angelegenheit sah ganz anders aus, sobald man es als Ganzes auf einen Anhänger wuchten wollte. Festhalten konnte man es nur an den Dollborden, und wir mußten jedes vom Kiesufer über eine steile, grasbewachsene Böschung bis zum Fahrzeug befördern. Sie waren mindestens fünfzehn Fuß lang, oder mehr, und da auf dem Anhänger nur für zwei auf einmal Platz war, konnte ich mir ausrechnen, daß der Vormittag ziemlich stressig werden würde. Fluchend und schwitzend gelang es uns schließlich, das erste aufzuladen. Dann traten wir alle einen Schritt zurück, um die Situation in Augenschein zu nehmen.

»Wäre es nicht leichter, sie alle einfach rüber zu rudern?« schlug ich vor.

Kaum hatte ich das ausgesprochen, wurde mir klar, auf was ich mich da einließ.

Bryan guckte mich erwartungsvoll an, während Mr. Parker über den See in Richtung des entfernten Stegs starrte.

»Na gut, wenn Sie es schon anbieten: Das wäre sehr nett«, sagte er endlich. »Dankeschön.«

»Ist ein nettes Training für dich«, war Bryans Kommentar. »Ich nehm' mal an, du hast darauf spekuliert, noch eine Runde rudern zu können, was?«

»Äh ..., ja«, antwortete ich. »Na ja, so ungefähr.«

»Also tun Sie uns den Gefallen?« fragte Mr. Parker.

»Klar tut er das«, sagte Bryan. »Guck ihn dir doch an. Er kann's ja kaum abwarten, wieder aufs Wasser zu kommen.«

»Hm«, sagte ich. »Für mich geht das in Ordnung.«

Und damit war also »ausgemacht«, daß ich die sechs restlichen Boote quer über den See rudern würde. Um die Wahrheit zu sagen: Es machte mir wirklich nichts aus. Den Ausflug am Tag vorher hatte ich ziemlich genossen. Aber ich fragte mich langsam, wieviel Zeit das alles in Anspruch nehmen würde. Der Plan war anscheinend, daß ich ein Boot ruderte und den Rest hinter mir herzog. Von Anfang an hatte ich das ungute Gefühl, daß das nicht klappen konnte, dennoch machte ich mit. Die beiden halfen mir beim Ablegen. Ich zog die Ruder durchs Wasser, merkte aber bald, daß ich kaum von der Stelle kam. Ich ging also wieder an Land, wobei meine Stiefel zum dritten Mal in zwei Tagen naß wurden. Wir beschlossen dann, daß ich es mit weniger Booten im Schlepptau probieren sollte. Nach einigen Versuchen stand fest, daß ich bei der ersten Überfahrt drei mitnehmen konnte.

»Das ist wirklich schlau«, sagte Bryan. »Drei beim ersten Mal, drei beim zweiten.«

Während wir so herumwerkelten und Boote zusammenbanden, wieder auseinanderknoteten und die Ruder korrekt einlegten, hatte ich zunehmend den Eindruck, daß weder Mr.

Parker noch Bryan Webb auch nur die geringste Ahnung von Booten hatten. Am Ende war ich es, der alles organisierte. Als ich sie aufforderte, die Boote an den Dollborden zu halten, wußten sie nicht, wovon ich sprach. Natürlich war es nicht so, daß mir mein überlegenes Wissen irgendwelche Vorteile verschafft hätte. Immerhin war ich es, der die eigentliche Arbeit tun und die Boote über den See rudern mußte. Zu guter Letzt ließ ich sie hinter mir am Ufer zurück und stach in See. Das Wetter war wieder besser geworden, und auch wenn die Reise sehr langsam ging, war sie doch alles andere als unangenehm. Eigentlich war es richtig nett, mit der eindrucksvollen Landschaft rundherum und so. Viel hatte ich nachts nicht geschlafen, aber hier draußen auf dem Wasser machte das fast nichts. Als ich die Hälfte hinter mir hatte, legte ich eine Pause ein. Während ich friedlich im Sonnenschein herumdümpelte, dachte ich über Bryans Bemerkung und das »noch eine Runde rudern« nach. Er mußte mich am Tag zuvor draußen auf dem See gesehen haben. Mir fiel auf, daß es nur sehr wenig gab, was man hier in der Gegend tun konnte, ohne daß jemand anders davon erfuhr. Wie um diesen Eindruck zu bestätigen, erregte eine Bewegung drüben auf Mr. Parkers Anwesen meine Aufmerksamkeit. Ich sah zu, wie er in dem Lieferwagen mit dem Anhänger, auf den wir das eine Boot geladen hatten, zu Hause ankam. Er brachte es jedoch nicht hinunter zum Steg, sondern fuhr mit ihm zum großen Schuppen, wo ich ihn aus den Augen verlor. Ich verlängerte meine Pause um ein paar Minuten, bevor ich zügig weiterruderte. So halb hatte ich erwartet, daß er runterkommen und mich bei meiner Ankunft abpassen würde. Aber nachdem ich in Ufernähe nutzlos gewartet hatte, entschied ich mich, die Boote am Steg anzubinden und zu den anderen drei zurückzurudern. Dabei kam ich schnell zu dem Schluß, daß Bryan sich in seiner Rechnerei völlig vertan hatte. Es ging nicht nur darum, drei Boote pro Überfahrt zu bewegen, weil ich eines von ihnen ja brauchte, um wieder auf die andere Seite zu kommen. Was bedeutete, daß ich auf der nächsten Tour eigentlich vier Boote bewegen mußte. Mit diesem Gedanken im Hinterkopf machte ich auf dem Rückweg etwas langsamer und überanstrengte mich nicht. Von Bryan war bei meiner Ankunft keine Spur zu sehen. Ich sammelte also die übrigen Boote ein und ruderte ohne Pause wieder los. Das stellte sich als Fehler heraus. Mitten auf dem See fühlte ich mich plötzlich völlig ausgelaugt. Mein Rücken schmerzte und meine Schultern taten weh, von den Blasen an meinen Händen ganz zu schweigen. Diese Hin- und Herschipperei von Booten hatte vielleicht ganz nett angefangen, war aber inzwischen in eine erbarmungslose Schufterei ausgeartet. Allerdings konnte ich die Tour zu diesem Zeitpunkt kaum mehr abbrechen. Das Ende war in Sicht. Ich hatte also keine andere Wahl, als weiterzurudern. Als ich endlich am Ufer ankam, wartete dort Mr. Parker auf mich.

»Das sind jetzt alle, oder?« fragte er, als ich das Boot festmachte.

»Jawohl«, antwortete ich. »Das sind alle.«

»Gut.«

»Wollen Sie sie hier draußen an den Steg angebunden lassen?«

»Nein, ich denke, wir ziehen sie ans Ufer, wo wir beide schon mal hier sind.«

»Oh«, sagte ich. »Okay.«

Meine letzten Energiereserven gingen beim Wuchten der Boote ans Ufer drauf, aber Mr. Parker schien noch mehr mit mir vorzuhaben.

»Also dann«, sagte er. »Wir haben gesehen, daß Sie mit dem Pinsel umgehen können. Wie sieht's aus mit Hammer und Nägeln?«

»Äh . . ., also, nicht übel«, antwortete ich. »›Kompetent‹ wäre das richtige Wort, glaube ich.«

»Sie können also einen Nagel gerade einschlagen, ja?«

»Ja, meistens.«

»Wir haben nämlich noch einen kleinen Job für Sie, falls Sie Interesse hätten.«

»Was denn?«

Er wies auf den Steg. »Diese Bohlen müssen erneuert werden.«

»Ach ja«, sagte ich. »Das ist mir auch aufgefallen. Sie können jeden Moment durchbrechen.«

»Sie stimmen also mit mir überein, daß die Arbeit dringend getan werden muß?«

»Ja, das sollte man sich ziemlich bald mal anschauen.«

»Also gut, wir haben stapelweise Bohlen hinten im Schuppen. Man muß sie nur zurechtsägen, das ist alles. Haben Sie schon mal mit einer Kreissäge gearbeitet?«

»Nein, habe ich nicht. Tut mir leid.«

»Schon in Ordnung«, sagte er. »Wir können Sie schnell einweisen. Haben Sie denn Interesse?«

»Na ja, ich habe nichts dagegen, es mal zu versuchen«, antwortete ich. »Aber ich könnte erstmal eine Pause gebrauchen.«

»Geht klar. Wir machen morgen mit Ihnen weiter, wenn das okay ist.«

»Gut.«

»Übrigens: Im oberen Hof steht ein Wohnwagen. Wenn Sie wollen, können Sie ihn benutzen.«

»Ach, also, nein«, sagte ich. »Aber vielen Dank. Ich fühle mich ganz wohl in meinem Zelt.«

»Da oben gibt's auch massenweise warmes Wasser«, fügte er hinzu.

»Tatsächlich?«

»Unendlich viel. Sie könnten so viel verbrauchen, wie Sie wollen.«

»Oh ..., äh, gut, in diesem Fall, ja, in Ordnung. Danke.«

»Die Miete bleibt natürlich die gleiche. Wenn Sie den Steg machen, können Sie dort umsonst wohnen.«

Dieser Handel ging irgendwie nicht richtig auf, aber ich war zu erschöpft, um nachdenken zu können, warum nicht. Mr.

Parker kündigte dann noch an, daß er irgendwohin fahren müsse, ich aber sofort in den Wohnwagen ziehen könne.

»Fühlen Sie sich wie zu Hause«, sagte er, bevor er wegfuhr.

Ich baute mein Zelt ab und ging dann zum oberen Hof. Als ich dort ankam, fielen mir als erstes die Ölfässer auf, die neben der Einfahrt gestapelt waren. Es waren noch mehr geworden. Letztes Mal, als ich nachgeschaut hatte, waren es zwölf gewesen, aber jetzt waren noch ein paar dazugekommen, so daß es eher zwanzig sein mußten. Mr. Parker hatte offenbar seine Sammlung aufgestockt.

In einer abgelegenen Ecke fand ich den Wohnwagen. Drinnen war er sehr ordentlich und sauber, ziemlich geräumig, mit Holzvertäfelung und altmodischen Gaslampen. Ich legte meine Tasche auf das Klappbett und ließ mich neben sie fallen, in der Absicht, ein oder zwei Sachen auszupacken. Doch bevor ich damit anfing, warf ich einen Blick auf den Zeitungsstapel auf dem Schrank daneben. Es waren alles Ausgaben eines Lokalblattes, das *Trader's Gazette* hieß. Ich griff nach einer und fing an, sie durchzublättern.

Die Papierqualität war schlecht, aber eine Schlagzeile verkündete eine Auflage von mehreren Tausend. Die Zeitung bestand eigentlich nur aus Anzeigen, seitenweise An- und Verkaufsanzeigen. Neben dem ausführlichen Teil mit Kleinanzeigen wurden auch Auktionen, Zwangsversteigerungen und andere bevorstehende öffentliche Verkaufsveranstaltungen angekündigt. Das Mittelblatt bestand hauptsächlich aus Werbung für Gartenhütten und Gewächshäuser, mit unscharfen Fotos, die zeigten, wie sie fertig montiert aussahen. Irgendwo weiter hinten stieß ich auf Sonderangebote für die Bestellung von besonders strapazierfähigen Lederschuhen. Der Preis jedes dargestellten Artikels stand in einem Stern, darüber die Worte: »Alle Größen: H. & D.«

Aus irgendeinem Grund fing ich an, die Kleinanzeigen durchzugehen, um festzustellen, ob dort irgendwelche Boote zum Verkauf angeboten wurden und zu welchem Preis sie zu kriegen waren. Ich guckte die erste Spalte durch, dann die zweite …

***

Als ich aufwachte, war es dunkel, und ein klopfendes Geräusch kam von irgendwoher in der Nähe. Einen Moment lang wußte ich nicht, wo ich war. In der Hand hielt ich eine Zeitung, mein linkes Bein war eingeschlafen. Wieder klopfte es. Als mir wieder einfiel, daß ich mich in einem Wohnwagen befand, tastete ich nach dem Weg zur Tür und öffnete sie. Draußen in der Dunkelheit stand Gail Parker.

»Wissen Sie, was die Antwort hierauf ist?« fragte sie und leuchtete mir mit einer Taschenlampe ins Gesicht.

In ihrer Hand sah ich ein Aufgabenheft, das sie auf einer Seite aufgeschlagen hatte.

»Ich kann nichts sehen«, sagte ich. »Funktionieren diese Lampen?«

»Das sollten sie«, antwortete sie. »Ich schaue mal nach.«

Ich machte einen Schritt zur Seite. Sie betrat den Wohnwagen und suchte nach etwas. Dann hörte ich, wie sie einen Gashahn aufdrehte. Sie zündete ein Streichholz an, und die Lampe über dem Waschbecken ging an. Jetzt konnte ich sehen, daß sie ihre Schuluniform wieder ausgezogen hatte. Nachdem sie auch die andere Lampe angezündet hatte, drehte sie sich zu mir und gab mir das Heft.

»Vierte Frage«, sagte sie.

Ich las die Frage, die in einer femininen Schrift geschrieben war:

4). Wie ist das Verhältnis des Umfangs eines Kreises zu seinem Durchmesser?

Ich warf einen Blick auf die anderen Fragen auf der Seite.

Einige hatte sie bereits zu beantworten versucht. Dann blickte ich auf und bemerkte, daß Gail mich durchdringend ansah.

»Also, wissen Sie, was die Antwort ist?« fragte sie.

»Ja«, sagte ich. »Pi.«

»Pipi?«

»Nein, Pi. Griechisch, glaube ich.«

»Wie schreibt man das?«

»Einfach p ... i.«

»Okay.« Sie setzte sich auf das Klappbett, um die Antwort einzutragen. »Danke.«

»Sind wohl deine Hausaufgaben?« erkundigte ich mich.

»Ja«, antwortete sie. »Geometrie. Mein Vater hat gesagt, ich sollte am besten Sie fragen.«

»Ach«, sagte ich. »Also weiß er, daß du hier bist?«

Sie nickte vage. »Na ja ... Ist das richtig?« Sie deutete auf die nächste Frage.

»Ja, fast. Du hast nur Hypotenuse falsch geschrieben.«

Ich setzte mich neben sie, nahm ihren Stift und schrieb das Wort korrekt innen in den Heftumschlag.

»Danke«, sagte sie. »Was ist mit den anderen Fragen?«

»Ich mach' dir einen Vorschlag«, sagte ich. »Warum läßt du sie nicht hier bei mir, und ich schaue mir alle mal an. Wann mußt du abgeben?«

»Übermorgen.«

»Gut, ich gebe sie dir also morgen abend zurück.«

»Okay«. Sie lächelte. »Danke.«

Sie stand auf und wollte losgehen.

»Bist du nicht schon ein bißchen zu ... äh ... erwachsen, um noch zur Schule zu gehen?« fragte ich.

»Ich bin jünger, als ich aussehe«, antwortete sie. »Ich kann aufhören, wenn ich sechzehn bin.«

»Und wann ist das?«

»An Ostern«, sagte sie. »Nochmal vielen Dank, jedenfalls. Tschüs.«

»Ja, Tschüs.«

Einen Augenblick später war sie verschwunden. Ich hatte sie noch fragen wollen, wie spät es war, aber aus irgendeinem Grund war ich nicht mehr dazu gekommen. Schließlich fand ich meine Uhr unten in meiner Tasche vergraben und stellte fest, daß es neun Uhr war. Das bedeutete, daß der Pub nur noch zwei Stunden geöffnet war! Ich ließ ein bißchen Wasser für eine Katzenwäsche ins Becken laufen. Eine halbe Minute lang kam nur braune Brühe, dann wurde es klar. Es blieb allerdings kalt, und ich stellte fest, daß das warme Wasser, das man mir versprochen hatte, zumindest nicht aus dem Hahn kam. Das hätte ich mir wirklich denken können. Schließlich war das hier nur ein klappriger Wohnwagen hinten auf einem Bauernhof, wahrscheinlich war er mit einem Schlauch an eines der Nebengebäude angeschlossen. Wenn ich warmes Wasser wollte, mußte ich dafür rüber zum Haus gehen. Ich beschloß, das am nächsten Morgen zu klären und mich für heute abend mit kaltem Wasser zu begnügen.

Kurze Zeit später war ich aufbruchsbereit. Der außerplanmäßige Schlaf hatte mich trotz der vorherigen Anstrengungen erfrischt. Ich ging daher wieder einmal zu Fuß zum Pub. Dabei fiel mir auf, daß ich nun schon seit mehreren Tagen nirgendwo mehr mit dem Motorrad hingefahren war. Heute nachmittag ausgenommen, als ich es in den oberen Hof gebracht hatte. Die Maschine konnte wirklich eine ordentliche Ausfahrt irgendwohin gebrauchen. Allerdings würde ich ihren Bewegungsmangel wieder wettmachen, wenn ich in ein oder zwei Tagen abreiste. Ich konnte mir kaum vorstellen, daß die Reparaturarbeiten am Steg mehr Zeit in Anspruch nehmen würden.

Im Packhorse drehten sich in dieser Nacht alle Gespräche darum, wie Bryan Webb die vermißten Boote entdeckt hatte. Ich bekam die Geschichte mehrmals im Lauf des Abends zu hören, denn die untere Bar füllte sich mit neuen Gästen, die alle Details wissen wollten. Immer wieder zählte er die Ereignisse auf, die zur ersten Entdeckung geführt hatten: Daß er normalerweise um diese Zeit nicht aus dem Fenster schauen würde, aber daß Deakin schon wieder die falsche Milch gebracht hätte. Mir fiel auf, daß Bryan in späteren Versionen der Geschichte immer öfter hinauswatete, um die Boote zu bergen, während er zuvor davon gesprochen hatte, sie nur »festgebunden« zu haben. Aber gut, das stand ihm zu. Der Vorfall hatte ihn für diesen Abend zu einer kleinen Berühmtheit gemacht, und er hatte das Recht, die Fakten auszuschmücken, wenn ihm danach war. Nach einigem Herumspekulieren, wie die Boote überhaupt hatten abtreiben können, herrschte allgemeine Übereinstimmung, daß die Ankerkette gerissen sein mußte. Niemand konnte sich erinnern, wann sie zuletzt ersetzt worden war, wenn überhaupt je.

»Seit Jahren ist da die Anlegestelle«, bemerkte Bryan. »Aber ich habe keine Ahnung, wann sie verankert wurde.«

»Na ja, jetzt ist der Anker weg«, sagte ein anderer Gast. »Da muß wohl ein neuer gebaut werden.«

Daraufhin entspann sich eine zweite Diskussion über Deakin und darüber, wie er manchmal die Bestellungen durcheinanderbrachte. Der Stammgast auf dem Hocker am Ende des Tresens äußerte seine Meinung hierzu.

»Also, wenn ihr mich fragt«, sagte er. »Deakin überarbeitet sich. Da macht er natürlich gelegentlich Fehler.«

»Das versteht ja auch jeder«, antwortete Bryan. »Aber warum vertut er sich immer mit *meiner* Milch?«

Das verursachte einiges Gelächter an der Bar.

»Hast du denn bei Pickthalls angerufen, um ihn abzufangen?« fragte jemand.

»Ja, nachdem ich die Boote an Land geholt hatte«, sagte Bryan, »aber sie sagten mir, er sei schon dagewesen und wieder weg.«

»Was hast du dann gemacht?«

»Bei der Molkerei angerufen und ihm eine Nachricht hinterlassen. Bis Mitternacht hat er Zeit, mir meine H-Milch zu liefern, oder ich bestelle nie wieder bei ihm.«

Das Gelächter wurde lauter, und Bryan schritt triumphierend Richtung Dartscheibe. Während die Darts für das Spiel des Abends hervorgeholt wurden, ging plötzlich ein Gemurmel durch den Pub.

Angeblich war Tommy Parker in der oberen Bar aufgetaucht.

4

Das erste, was ich davon mitbekam, war, daß Tony sich über den Tresen lehnte und sagte: »Da wartet noch ein Pint Ex im Zapfhahn für dich, wenn du mit deinem fertig bist.«

»Wo kommt das denn her?« fragte ich.

Er zog die Augenbrauen hoch und neigte seinen Kopf leicht nach vorne, damit ich über ihn hinwegblicken konnte. Hinter dem Tresen sah ich in der oberen Bar Mr. Parker mit dem Wirt und ein oder zwei Leuten aus dem Ort reden. Als er merkte, daß ich in seine Richtung schaute, nickte er mir zu und deutete ein Lächeln an.

»Nette Geste von deinem Chef«, sagte Tony.

»Äh ..., eigentlich ist er nicht mein Chef«, sagte ich. »Ich habe nur ein paar Gelegenheitsjobs für ihn gemacht, sonst nichts.«

Tony grinste. »Mir kannst du nichts erzählen.«

Ich war nicht der einzige, der in den Genuß von Mr. Parkers Großzügigkeit kam. Offenbar gab es auch für Bryan Webb ein Glas umsonst. Der Mann auf dem Barhocker bekam auch eines, obwohl er bei der Rettung der Ruderboote keine Rolle gespielt hatte. Während der vergangenen paar Tage hatte ich mitbekommen, daß er Kenneth hieß und eine Art Kfz-Mechaniker war. Ich entnahm das den zahlreichen Gesprächen, die er über Motoren anfing. Dauernd fragte ihn jemand nach Vergasern, Zündkerzen und Frostschutzmitteln, worauf er immer antwortete: »Bring's mir irgendwann vorbei, dann gucke ich mal danach.«

Kurz nachdem er sein neues Bier bekommen hatte, schleppte Kenneth es mit in die obere Bar und verkündete, daß er »Tommy wegen irgend etwas sprechen müsse«.

Der Abend nahm seinen Lauf, und ich blickte immer mal wieder nach oben, wo Mr. Parker hofhielt. Es erstaunte mich, daß seine Anwesenheit anscheinend so wichtig war. In einem fort gingen Leute zu ihm hin, um mit ihm zu reden, und kamen mit einem Gesicht zurück, das vermuten ließ, sie hätten ihren sehnlichsten Wunsch erfüllt bekommen. Nach ungefähr einer halben Stunde schien es mir angebracht, ihm zum Ausgleich auch einen auszugeben. Ich beauftragte also Tony, herauszufinden, was er gerne trank.

»Er will ein *Light Ale* mit dir trinken, wenn dir das paßt«, war die Antwort.

Das kam mir vernünftig vor, und es machte mir nichts aus, dafür zu blechen. Allerdings war ich schon überrascht, als Tony mit einer Nachricht von Mr. Parker zurückkam.

»Er läßt fragen, ob du das Pfund da hast, das du ihm schuldest.«

»Äh ..., oh, ja«, sagte ich. »Das hatte ich ganz vergessen.«

Ich gab ihm das Geld, und Tony brachte es ihm in die obere Bar. Dieser Vorfall hätte ganz schön peinlich werden können, aber die Aufmerksamkeit der meisten Leute galt jetzt den Darts. Niemand merkte etwas. Ich beschloß, nicht mehr daran zu denken, ging los und schrieb meinen Namen auf die Tafel.

Ein bißchen später gab Tony bekannt, daß die letzten Tropfen von Topham's Excelsior Bitter endlich ausgetrunken waren und daß nur noch Helles und Flaschenbier da war. Ich schaute auf mein leeres Glas und dachte bei mir, daß ich von Glück reden konnte, die Gegend in ein paar Tagen zu verlassen.

Während ich, nachdem der Pub zugemacht hatte, zum Campingplatz zurücklief, hörte ich wieder das Gebimmel aus der Ferne über den See schallen. Ja, es war definitiv die Melodie zu »Half a pound of treacle«. Einen Moment später sah ich kurz den Lastwagen mit seinen schwach leuchtenden Lichtern in der Ferne. Er fuhr die Straße entlang, irgendwie auf Bryan Webbs Haus zu.

***

Am darauffolgenden Morgen sah ich Mr. Parker im großen Schuppen, mitten in einem blauen Funkenregen. Lauter, knisternder Lärm war zu hören. Eine Weile versuchte ich hinzugucken, mußte mir aber die Augen wegen der Funken zuhalten. Als sie aufhörten, sah ich, daß er dabei war, eine Art Kurbel vorne an seinen Anhänger zu schweißen. Anscheinend hatte er im Schuppen ein bißchen aufgeräumt. Das Boot, das wir am Tag zuvor hergebracht hatten, lag jetzt auf ein paar Holzblöcken in der Nähe. Drum herum war ziemlich viel Platz geschaffen worden. Als er mich da stehen sah, nahm er seinen Schweißschutz ab.

»Morgen«, sagte er. »Ich dachte mir, ich mach' mich mal daran, solange ich Zeit habe.«

»Sieht ziemlich nützlich aus«, bemerkte ich.

»Ja, so eine Kurbel kann ganz praktisch sein. Ich bin gleich fertig. Können Sie mir bitte eine neue Schweißelektrode geben?«

Ich schaute zu, wie er die Arbeit beendete. Dann räumte er das Schweißgerät aus dem Weg.

»Also gut, versuchen wir's mal.«

Ein Drahtseil mit einem Haken am Ende war um die Kurbel gewickelt. Auf Mr. Parkers Anweisung hin nahm ich den Haken in die Hand und zog das Drahtseil quer durch die Scheune bis in eine Entfernung von ungefähr 30 Fuß. Dann kurbelte er an dem Griff und wickelte mich wieder zu sich hin, bis der Haken an das Gehäuse der Winde stieß.

»Das funktioniert offenbar ganz gut«, sagte er. »Also dann, sind Sie startklar für die Säge?«

»Wie eh und je«, antwortete ich.

»Gut. Ich fahre den Traktor her. Dann können wir sie aufladen.«

Die Kreissäge hing noch an der Winde, so wie wir sie verlassen hatten. Mr. Parker kletterte auf den Traktor, ließ ihn an und manövrierte ihn in Stellung. Ich sah schon, daß es an der Säge ein paar Einspannstellen gab, an denen sie vermutlich hinten am Traktor befestigt werden konnte, aber leider wußte ich nicht, was wie zusammengehörte. Das hatte zur Folge, daß Mr. Parker den Großteil des Ankoppelns selbst übernahm, was wiederum hieß, daß er mehrmals aus- und einsteigen mußte. Während dieses Vorgangs gab es hin und wieder Momente, in denen ich dachte, daß er die Beherrschung verlieren könnte. Seine Stimme wurde vor Frust immer lauter, während er seine Befehle gab. Alles deutete auf eine bevorstehende Explosion hin. Das Problem war, daß ich noch nie so eine Maschine bedient hatte und mir kaum vorstellen konnte, wie es funktionierte. Im Gegensatz dazu war Mr. Parker in solchen Dingen offensichtlich ziemlich versiert und konnte nicht verstehen, was ich daran schwierig fand. Selbst als er mich bat, die Winde ein bißchen runterzulassen, schaffte ich es, in die falsche Richtung zu ziehen, so daß sie nach oben anstatt nach unten ging, was ihn noch mehr verärgerte.

Nach zehn Minuten hatten wir die Säge jedoch glücklich am Traktor befestigt, und er war wieder der Alte. Anschließend ging er mit einer Fettpresse um das Gerät herum und fettete alle Gewinde ein. Dann war ich dran.

»Also, ich brauche Ihnen wohl nicht zu sagen, daß das eine höchst gefährliche Maschine ist«, sagte er. »Ich glaube, wir fangen besser mal mit einer kleinen Vorführung an.«

Er machte mir ein Zeichen, aus dem Weg zu gehen, und griff dann rüber zum Traktor. Ich hörte ein dumpfes Klacken, als er den Vorwärtsgang einlegte. Sofort begann sich das riesige Sägeblatt zu drehen. Nachdem er die Geschwindigkeit der Maschine reguliert hatte, nahm er ein Brett von einem Stapel in der Nähe. Vorsichtig stellte er sich vor die Säge, schob das Brett hindurch und zersägte es in zwei Teile. Er wiederholte das ein paarmal, dann trat er zurück und ließ mich es versuchen. Danach zeigte er mir, wie man ein Brett in die richtige Größe zurechtsägt, indem man gewisse Einstellungen vornimmt. Die ganze Zeit über ermahnte er mich, in gehörigem Abstand zum Sägeblatt zu bleiben, da, wie er betonte, die Sicherheitsabdeckung fehlte.

»Irgendwann muß die wohl verlorengegangen sein«, war seine einzige Erklärung.

Er stellte den Motor ab, und das Blatt drehte sich langsamer, bis es stillstand. Dann machten wir uns daran, den Anhänger mit Holzbohlen zu beladen, bis es genug waren, um die ganzen alten auf dem Steg zu erneuern.

»Schon mal einen Traktor gefahren?« fragte er.

Nein, das hatte ich nicht, gab ich zur Antwort. Also folgte nun eine kurze Lektion über das Traktorfahren. Endlich ging es los. Langsam fuhr ich zum See hinunter. Mr. Parker kam im Lieferwagen hinterher, mit dem Anhänger im Schlepptau. Als wir am Steg ankamen, holte er eine Reihe von Werkzeugen aus der Fahrerkabine. Darunter waren ein Hammer, ein kleines Brecheisen und eine Handsäge. Und eine Dose Nägel.

»Also gut«, sagte er. »Ich zeige Ihnen, wie's geht, und dann machen Sie alleine weiter.«

Er griff nach dem Brecheisen und schlug es unter die erste Planke auf dem Steg, wobei er es geschickt drehte. Krachend hob sich die Planke ein wenig. Dann machte er das gleiche am anderen Ende. Kurz darauf war die Planke locker, und er warf sie zur Seite, bevor er mit der nächsten weitermachte.

Nachdem er noch drei oder vier weitere entfernt hatte, drehte er sich zu mir um und sagte: »Das geht wirklich leicht. Ich glaube, ich überlasse es jetzt Ihnen. Seien Sie vorsichtig mit dem Sägetisch, ja?«

»Ich gebe mir Mühe«, antwortete ich grinsend. »Schon aus eigenem Interesse.«

Er deutete ein Lächeln an und nickte mir zu, bevor er in seinen Lieferwagen stieg und wegfuhr. Ich schnappte mir das Brecheisen und machte mich daran, die nächste Planke loszumachen. Daß der Job nicht so einfach war, wie es bei Mr. Parker ausgesehen hatte, merkte ich sofort. Ich brauchte mehrere Anläufe, bis das Brecheisen richtig saß, und selbst dann ließ sich das Brett nicht kampflos entfernen. Als ich es endlich abbekommen hatte, war es in mehrere Teile zerbrochen. Wieder einmal fiel mir auf, daß Mr. Parker viel stärker als ich war, obwohl er ungefähr zwanzig Jahre älter sein mußte. Aller Wahrscheinlichkeit nach hatte er hier sein ganzes Leben lang körperlich gearbeitet, und das merkte man. Seinen Händen gehorchten Werkzeuge und Maschinen offenbar, wohingegen ich immer irgendwelche Probleme hatte. Dennoch hatte ich das Gefühl, daß die Arbeit weniger anstrengend würde, wenn ich mich daran gewöhnte, also machte ich weiter. Eine Stunde später hatte ich erfolgreich rund ein Dutzend Bretter entfernt. Wer auch immer sie dort angebracht hatte: Er hatte ganze Arbeit geleistet. Viele der Nägel erwiesen sich als besonders hartnäckig, und das, obwohl sie sogar ziemlich verrostet waren. Aber nichtsdestotrotz kriegte ich es langsam in den Griff. Ich entschied, daß es jetzt an der Zeit war, die neuen Bretter zu sägen. Ich ließ den Traktor an, ging einige Male um ihn herum, um sicherzustellen, daß alles so aussah, wie es sollte, und legte dann den Gang ein. Sobald sich das Sägeblatt drehte, nahm ich eine Planke vom Stapel und zeichnete die richtige Länge und Breite an, wobei ich eines von den alten Brettern als Schablone benutzte. Dann fing ich an zu sägen. Zu meiner eigenen Überraschung hatte das erste gesägte Stück Holz genau die richtige Größe. Ich war so zufrieden damit, daß ich die Säge wieder ausmachte und direkt damit zum Steg ging, um es festzunageln. Plötzlich hatte ich ein Bild davon, wie es aussehen würde, wenn die Arbeit fertig war. Ich war dabei, einen Steg am Ufer eines Sees neu zu bauen, und es kam mir in den Sinn, daß dies eine Möglichkeit war, hier meine Spuren zu hinterlassen. Falls ich je wiederkommen sollte, konnte ich zum Wasser runtergehen, mein Werk begutachten und feststellen, wie es den Elementen getrotzt hatte. Vielleicht auch jemanden auf den Steg hinweisen und sagen: »Den habe ich gebaut.«

Oder jedenfalls repariert.

Den Rest des Vormittags verbrachte ich damit, Bretter zurechtzusägen und festzunageln, bevor ich noch ein paar mehr von den alten weghebelte. Die Stunden vergingen, und es dämmerte mir langsam, daß dies doch kein Job war, den ich mal kurz an einem Tag erledigen konnte. Aber das war auch nicht mehr so wichtig, weil es mir ziemlichen Spaß machte. Ich hatte keine Ahnung, wieviel Mr. Parker mir für diese Arbeit zu bezahlen dachte, da wir über diese Angelegenheit noch nicht gesprochen hatten. Aber vermutlich hatte er eine Summe im Kopf, die von der Dauer der Arbeit abhing. Zweifellos würde ich den Betrag zu gegebener Zeit herausfinden. Inzwischen hatte ich einen Bärenhunger. Ich ging also zum Wohnwagen zurück und machte mir etwas zu essen. Von Mr. Parker und seinem Lieferwagen sah ich keine Spur. Ich vermutete also, er war in der einen oder anderen Sache unterwegs. Durch seine Abwesenheit wirkte der Hof sehr still. Einen Moment lang war ich versucht, loszugehen und im großen Schuppen herumzuschnüffeln, um rauszubekommen, was da sonst noch so alles gelagert wurde, aber dann dachte ich, besser nicht, was ist, wenn er wiederkommt. Stattdessen schlenderte ich zum See und machte mit der Arbeit weiter.

Eine Stunde später merkte ich, daß ich, während ich am Sägen war, Besuch bekommen hatte. Ich war gerade dabei, mich umzudrehen, um mir ein neues Brett vom Stapel zu suchen, als ich zwischen den Bäumen einen älteren Mann sah, der mich beobachtete. Er ließ jedoch mit keiner Bewegung erkennen, daß er sich bemerkbar machen wollte. Ich fuhr also mit meiner Arbeit fort. Der Lärm von Traktor und Kreissäge zusammen hatte den Effekt, daß ich mich vom Rest der Welt isoliert fühlte. Außerdem mußte ich ununterbrochen das Sägeblatt im Auge behalten. Folglich hatte ich keine Ahnung, wie lange er schon da stand. Vermutlich war er zufällig auf einem Spaziergang am See entlang auf mich gestoßen. Ich ging davon aus, daß er jeden Moment weitergehen würde, aber als ich nochmal einen Blick in

Richtung der Bäume warf, sah ich, daß er ein bißchen näher gekommen war. Nach einer Weile war er ziemlich nahe. Ich nickte ihm freundlich zu. Er reagierte, indem er mir das nächste Brett reichte und es festhielt, während ich es ausmaß. In der Zeit, in der ich es zurechtsägte, nahm er die Schablone und zeichnete schon mal das nächste an. Dann noch eins. Das ersparte mir ziemlich viel Zeit. Ein paar Minuten später hatte ich noch ein paar mehr Bretter gesägt. Ich stellte die Säge ab und machte den Traktor aus. Es wurde leiser. Ich wandte mich dem alten Mann zu.

»Danke«, sagte ich. »Sie waren mir eine große Hilfe.«

»War auch an der Zeit, daß das mal gemacht wurde«, antwortete er.

»Ja«, stimmte ich ihm zu. »Wäre gefährlich geworden, das noch länger so zu lassen.«

»Der andere Kerl hätte das machen sollen, solange er hier war.«

»Welcher andere Kerl?«

»Der, der bei den Booten ausgeholfen hat.«

»Ach so«, sagte ich. »Sie meinen Bryan Webb.«

»Der Idiot, der mit der Pappkrone rumrennt?«

»Äh . . ., ja.«

»Nein«, sagte der alte Mann. »Den meine ich nicht.«

»Aha«, sagte ich. »Aber ich kenne niemand anderen.«

Ungeduldig schüttelte er den Kopf. »Im Sommer war ein Kerl hier, der sich um die Boote kümmern sollte. Fauler Sack.«

»Wirklich?«

»Hat nie auch nur eine Hand gerührt.«

»Ach so«, sagte ich. »Ich wußte nicht, daß sie jemanden dafür hatten.«

»Sobald es was Richtiges zu tun gab, ist er abgehauen. Zuletzt hat er den Verschlag gestrichen. Sie sehen ja selbst, was für eine Schweinerei er da angerichtet hat.«

Ich warf einen Blick auf den Verschlag und erinnerte mich,

was wir vor ein paar Tagen für Probleme gehabt hatten, die Luke aufzukriegen.

»Ja«, bemerkte ich. »Mir ist auch aufgefallen, daß ein bißchen schlampig gestrichen worden ist.«

»Ein bißchen schlampig?« fuhr mich der alte Mann an. »Man hätte ihm nie erlauben dürfen, auch nur in die Nähe eines Pinsels zu kommen.«

»Stimmt.«

»Sie sehen so aus, als könnten Sie das besser.«

»Danke.«

»Wie dumm, daß Ihnen das mit der grünen Farbe in Parkers Einfahrt passieren mußte.«

»Oh ..., äh ..., ja.«

»Aber egal. Immerhin hatten Sie noch die Idee, ein Viereck daraus zu machen.« Jetzt wandte er seine Aufmerksamkeit dem Stapel Bretter zu. »Ist 'ne Ladung gutes Holz.«

»Ich kenne mich da nicht so gut aus.«

»Na, nehmen Sie mich beim Wort«, sagte er. »Es ist gut.«

Kurz darauf nahm ich die Arbeit am Steg wieder auf. Der alte Mann schien sich mit Zimmermannsarbeit einigermaßen auszukennen und blieb noch eine Weile, um mir zu helfen. Er legte die Bretter an die richtigen Stellen und schlug hier und da noch einen zusätzlichen Nagel ein. Im Laufe des Nachmittags wurde er allerdings müder und brach schließlich auf, nachdem er mir gesagt hatte, ich würde »ganz ordentlich« arbeiten. Ich dankte ihm für seine Hilfe und verabschiedete mich, bevor er zwischen den Bäumen verschwand. Dann machte ich weiter.

Es wurde langsam dämmerig, als Mr. Parker mit seinem Lieferwagen auftauchte. Er stieg aus und betrat den Steg, wobei er die Festigkeit der neuen Bretter mit den Stiefeln testete und ihn allgemein einer gründlichen Untersuchung unterzog. Unterdessen sah ich zu und wartete auf sein Urteil.

»Ich dachte, Sie wären ein bißchen weiter gekommen«, sagte er schließlich.

»Müßte morgen fertig werden«, antwortete ich.

»Das ist in Ordnung. Können Sie bitte den Traktor über Nacht in den Schuppen stellen?«

»Okay.«

Er ging rüber zum Lieferwagen und holte die Fettpresse. Dann ging er nochmal um die Maschinen herum und fettete alle beweglichen Teile ein. Nachdem er damit fertig war, ließ ich den Traktor an und fuhr los in Richtung Schuppen. Als ich zum Wohnwagen zurückkam, wurde es dunkel, und ich hatte das Gefühl, heute ziemlich viel geschafft zu haben. Ich trank eine Tasse Tee und ging dann rüber zum Haus, um mich nach dem warmen Wasser zu erkundigen. Gail Parkers fertige Hausaufgaben nahm ich mit. Sie öffnete die Tür.

»Bitte schön«, sagte ich. »Jetzt sind keine Fehler mehr drin.«

»Danke«, sagte sie und lächelte. Das Aufgabenheft legte sie zur Seite, ohne auch nur einen Blick hineingeworfen zu haben.

»Kann ich irgendwie einen Eimer heißes Wasser bekommen, um mich zu waschen?«

»Sie können sich welches aus dem Heizraum holen«, antwortete sie. »Eine Sekunde.«

Sie nahm einen Schlüssel vom Haken und wies mir den Weg unten um das Haus herum zu einer anderen Außentür. Sie schloß sie auf, ging hinein und machte das Licht an.

»Wahrscheinlich finden Sie es ziemlich heiß hier drinnen«, bemerkte sie, als ich ihr hinein folgte.

Im schwachen Licht konnte ich mitten im Raum einen Heizkessel sehen, der unter einem schwarzen Aluminiumrohr vor sich hin pochte. Eine ganze Menge Wasserrohre führten bis hoch zur Decke. An einem war ein Wasserhahn angebracht.

»Haben Sie einen Eimer?« fragte Gail.

»Oh«, sagte ich. »Äh ..., nein.«

»Da hinten steht einer.«

Ich drehte mich um, sah in der Ecke einen Eimer und wollte losgehen, um ihn zu holen. Im selben Moment quetschte Gail sich hinter mir vorbei, um das gleiche zu tun.

»'tschuldigung«, sagte ich, als wir aneinanderstießen.

»Macht nichts«, sagte sie und lächelte mich an, während sie ihn mir reichte. »Wollen Sie noch mehr?«

»Wie ›mehr‹?«

»Warmes Wasser.«

»Wär' schon schön«, antwortete ich.

»Na gut, ich schau' mal, ob ich noch einen Schlüssel für Sie finde.«

»Danke.«

Sie ließ mich den Eimer alleine füllen und verschwand. Ich dachte mir, daß sie gleich zurückkommen würde, und wartete deshalb eine Weile, aber nach zehn Minuten war sie immer noch nicht wieder da. Schließlich gab ich das Warten auf und ging zum Wohnwagen zurück, wo ich den Luxus genoß, mich zum ersten Mal seit Tagen mit warmem Wasser waschen und rasieren zu können. Beim Abendessen las ich in der *Trader's Gazette.* Dann brach ich auf.

Tagsüber hatte ich mir überlegt, daß es vielleicht ganz nett wäre, auch den anderen Pub in Millfold gesehen zu haben, bevor ich die Gegend verließ, einfach, um einen anderen Eindruck zu kriegen. Ich war noch nie dort gewesen, weil es nicht so interessant wirkte wie das Packhorse und anscheinend eher den Geschmack gesetzterer Leute befriedigte. Trotzdem war es den Versuch wert, dachte ich mir. Es hieß Ring of Bells und lag auf der anderen Seite des Platzes, direkt neben Hodges Geschäft.

Daher war es keine Überraschung, Hodge unter den wenigen Gästen dort zu sehen. Als ich eintrat, erkannte er mich und nickte mir zu, nachdem er dem Wirt etwas zugemurmelt hatte. Er saß am Ende des Tresens, vor sich ein Glas Whisky. Ein Stück weiter thronte ein Mann auf einem Hocker. An einem Tisch am Fenster saßen noch zwei Leute, aber ansonsten war die Kneipe leer. Der Wirt wirkte allerdings ganz freundlich und nahm ein Bierglas vom Regal, als er mich sah.

»Ein Pint ...?« fragte er.

»Haben Sie Topham's Excelsior?«

»Leider nicht«, sagte er. »Wird hier nicht oft genug verlangt.«

»Ach, macht nichts«, sagte ich. »Dann bitte ein Pint Lager.«

»Schmeckt auch besser.«

Während der Wirt mein Bier zapfte, fing Hodge an, sich mit mir zu unterhalten.

»Mit dem Motorrad da?« fragte er.

»Nein«, antwortete ich. »Ich laufe lieber.«

»Sie benutzen's nicht so oft, oder?«

»Jedenfalls nicht für so kurze Strecken.«

»Habe Sie seit mehreren Tagen nicht mehr drauf gesehen.«

»Na ja, ich hatte so viel zu tun.«

»Aber ich habe gedacht, Sie wären hier im Urlaub?«

»Ja, Sie haben recht«, sagte ich. »Bin ich auch.«

Um die Wahrheit zu sagen: Ich fand diesen Hodge ziemlich komisch und bedauerte allmählich, daß ich ins Ring of Bells gegangen war. Von der Atmosphäre her war es jedenfalls kein richtiger Pub. Es gab keine Dartscheibe, keine harten Männer mit Pappkrone und keine feine Trennung in obere und untere Bar. Alles, was es hier gab, waren diese whiskyschlürfenden Leute, die herumsaßen und banale Sachen fragten. Also gut, das Packhorse war auch nicht gerade der Mittelpunkt des Universums, aber was den Unterhaltungswert anging, schlug es das Ring of Bells um Längen. Der Abend war reichlich öde, und ich fragte mich, wie es so wäre, hier zu leben, wenn das der einzige Pub wäre. Im Hinterkopf behielt ich, daß sich die Mühe nicht lohnte, wiederzukommen.

***

Am nächsten Morgen war ich ziemlich früh unten am See und entschlossen, heute mit dem Steg fertig zu werden. Als ich mit dem Traktor losfuhr, sah ich Mr. Parker aus dem Küchenfenster blicken, aber er kam nicht raus. Tatsächlich konnte ich erst am

Abend mit ihm reden. Bis dahin machte ich mit den Reparaturarbeiten weiter. Inzwischen war ich beim Entfernen der alten Bretter ganz geschickt und auch viel sicherer im Umgang mit der Kreissäge. Irgendwann nachmittags tauchte der alte Mann wieder auf und legte bald mit Hand an. Mir war nicht klar, ob er absichtlich wiedergekommen oder nur zufällig vorbeigelaufen war, aber wie dem auch sei: Die Arbeit ging dadurch merklich schneller. Gleichzeitig schien er nicht in Betracht zu ziehen, daß ich ihn für seine Mühe bezahlen sollte. Soweit ich es beurteilen konnte, half er mir, weil er genau wie ich nichts Besseres zu tun hatte. Kurz vor Sonnenuntergang waren wir fertig. Wieder verschwand er, ohne sich zu verabschieden. Ich räumte das Werkzeug weg und sammelte die restlichen Bretter ein, um sie mit zurück zum Hof zu nehmen. Als ich mit allem fertig war, ging ich bis zum Stegende und schaute über den See.

Mir war aufgefallen, daß sich im Laufe des Tages das Wetter verändert hatte. Es sah so aus, als wären die sonnigen Tage endgültig vorbei, denn inzwischen hatte leichter Wind eingesetzt. Das Wasser sah jetzt grau aus und lud nicht mehr zu nachmittäglichen Bootsfahrten ein. Auch der Himmel war grau, und die Hügelkette wirkte noch bedrohlicher als sonst. Das war genau die richtige Zeit, um aufzubrechen, dachte ich mir. Nach einer Weile hörte ich ein Fahrzeug näher kommen und drehte mich um. Mr. Parker parkte seinen Lieferwagen in Ufernähe. Auf der Ladefläche stapelte sich eine Reihe leerer Ölfässer. Er kam näher und stellte sich zu mir auf den Steg.

»Sie sagten doch, Sie wollten morgen aufbrechen, oder?« fragte er.

»Ja«, antwortete ich. »Das habe ich jedenfalls geplant.«

»Also, Sie sollten früh losfahren«, sagte er. »Sie haben starken Regen vorhergesagt.«

»Ja, das dachte ich mir schon. Sieht ein bißchen düster aus.«

»Der Mensch vom Wetterdienst sagt, die Isobaren ziehen sich zusammen.«

»Wirklich?«

»Bei 978, rasch fallend.«

»Oh«, sagte ich. »Ach so.«

Mr. Parker hatte auf das gegenüberliegende Ufer geschaut, aber jetzt wandte er sich zu mir.

»Sie werden dann keinen Regen hier erlebt haben.«

»Aber es hat doch vor ein paar Tagen ein bißchen geregnet.«

»Das war noch gar nichts«, sagte er. »Sie haben nichts von der Gegend mitbekommen, wenn Sie hier keinen richtigen Regen erlebt haben.«

»Mag sein.«

»Schüttet wie aus Kübeln. Im Ernst.«

»Bestimmt.«

»Also, an Ihrer Stelle würde ich früh losfahren.«

»Okay.«

Damit macht er kehrt und marschierte zum Lieferwagen zurück. Wir verstauten die restlichen Bretter zwischen den Ölfässern. Er fuhr los, ich folgte mit dem Traktor.

Ich war leicht beunruhigt, daß er gar keine Andeutung gemacht hatte, wieviel er mir bezahlen würde, aber dann sah ich ein, daß es keinen besonderen Grund zu Eile gab, wo ich doch erst am nächsten Tag loswollte.

Viel mehr enttäuschte mich die Tatsache, daß er kein Wort über die Qualität meiner Arbeit verloren hatte. Es machte mir nicht wirklich viel aus, aber es wäre schon nett gewesen, wenn er wenigstens irgendwas dazu gesagt hätte. Auch wenn ihm nur aufgefallen wäre, daß ich alle Bretter gerade gesägt hatte.

Dann kam mir der Gedanke, daß es für ihn vermutlich keine große Sache war. Nicht mehr als irgendein anderer erledigter Job: aus den Augen, aus dem Sinn. Es würde auch gar nicht zu ihm passen, jemanden für ein bißchen Tischlerarbeit mit Lob zu überschütten.

Nachdem wir das Zeug in den Schuppen gebracht hatten, blieb er allerdings an der Tür stehen.

»Ich habe mir was überlegt«, sagte er. »Wahrscheinlich schulde ich Ihnen etwas für die Arbeit, die Sie für mich erledigt haben.«

»Äh …, na ja, ist schon gut«, antwortete ich.

»Von wegen«, rief er. »Es war ziemlich nachlässig von uns, nicht zuerst eine richtige Abmachung zu treffen.«

»Kann schon sein.«

»Also wirklich, ich muß Ihnen irgend etwas geben, bevor Sie fahren.«

»Na gut.«

Er zeigte auf die grüne Zapfsäule neben dem Schuppen.

»Was würden Sie dazu sagen, wenn ich Ihre Maschine auftanke?«

»Ach …, okay«, sagte ich. »Wenn Ihnen das recht ist.«

»Natürlich«, sagte er. »Das ist doch das Mindeste, was ich Ihnen anbieten kann.«

Ich ging los und holte mein Motorrad. Er quetschte zweieinhalb Gallonen in den Tank.

»Danke«, sagte ich.

»Keine Ursache«, antwortete er. »Ich hoffe, Sie hatten es bequem im Wohnwagen?«

»Ach ja«, sagte ich rasch. »Ja, das war sehr nett von Ihnen.«

»Gut.«

Er schloß die Zapfsäule ab und drehte sich zu mir.

»Na ja, gut. Ich werde Sie vermutlich nicht mehr sehen, bevor Sie aufbrechen. Also: Gute Reise. Und kommen Sie mal wieder, wenn Sie können.«

Wir gaben uns die Hand. Er steuerte auf das Haus zu, wo schon für den Abend das Licht angemacht worden war, wie ich bemerkte. Dadurch wirkte es warm und gemütlich, was den Rest des Hofes im Vergleich dazu ziemlich trostlos aussehen ließ. Als ich an meinem Wohnwagen ankam, fiel mir auf, daß der Wind immer stärker wurde. In der einsetzenden Dunkelheit hörte ich ein unregelmäßiges Klappern. Wahrscheinlich hatte sich ein Stück Wellblech auf dem großen Schuppen gelöst. In den darauffolgenden Stunden ging ich mehrmals raus, um die genaue Lärmquelle zu orten, aber es war bald zu dunkel, um irgend etwas zu sehen. Ich sagte mir, daß es wahrscheinlich sowieso nichts machte. Ohne Zweifel wußte Mr. Parker Bescheid und würde es wieder befestigen, wann es ihm paßte. Unterdessen machte ich mir etwas zum Abendessen. Ich hatte vorgehabt, danach mein Zeug zusammenzupacken und mir zu überlegen, was ich für die Reise am nächsten Tag brauchte. Besonders wichtig war ein bestimmtes Teil. Irgendwo in den Tiefen meiner Tasche mußte sich Regenkleidung befinden. Ich war froh, daß ich daran gedacht hatte, sie einzupacken.

Jetzt, wo sich das nasse Wetter draußen zusammenbraute, kam mir der Gedanke seltsam vor, daß es noch Sommer gewesen war, als ich hier ankam. Das schien jetzt schon eine Ewigkeit her, aber eigentlich waren es weniger als vierzehn Tage. Ich versuchte mir gerade vorzustellen, wie ein ganzer Winter hier sein würde, als es an der Wohnwagentür klopfte. Es war Gail.

»Ich bringe Ihnen den Ersatzschlüssel für den Heizraum«, sagte sie.

»Oh, danke«, antwortete ich. »Äh . . ., du weißt doch, daß ich morgen fahre, oder?«

»Schon, aber ich habe gedacht, Sie hätten vielleicht gerne heute nacht noch warmes Wasser.«

»Ach so. Na ja, danke nochmal.«

Sie blieb in der Tür stehen.

»Gibt's noch was?« fragte ich.

»Ja«, sagte sie. »Ich muß diesen Aufsatz für die Schule schreiben und weiß nicht, wie das geht.«

In diesem Moment erwischte der Wind die Tür und schlug sie gegen den Wohnwagen.

»Komm doch für 'ne Sekunde rein«, sagte ich. »Es wird kalt draußen.«

Sie trat ein. Ich beugte mich vor und schloß die Tür.

»Also, worüber ist der Aufsatz?«

»Er heißt ›Wo ich wohne‹.«

»Ist das die Überschrift?«

»Ja.«

»Also soll es eigentlich eine Beschreibung sein?«

»Ja.«

»Gut«, sagte ich. »Ich würde denken, das ist ziemlich einfach.«

»Warum?«

»Weil du an einem ziemlich interessanten Ort wohnst. Mit den Hügeln und den Schafen und so. Und dem See.«

»Was ist denn daran interessant?«

»Na ja, eigentlich nichts, stimmt schon. Aber man müßte das doch leicht beschreiben können.«

»Also, was soll ich schreiben?«

Während wir uns unterhielten, war mir aufgefallen, daß sie ein Übungsheft in der Hand hielt. Sie schlug es jetzt auf und wartete mit gezücktem Stift.

»Ich soll dir Vorschläge machen?«

»Ja, bitte«, sagte sie.

»Okay, du könntest so anfangen: ›*Ich wohne an einem Ort . . .*‹ Nein, warte mal. ›*Der Ort, wo ich wohne, ist . . .*‹ Äh . . ., vielleicht ist es besser, du setzt dich.«

»Mach' ich.«

»Ich schlag' dir was vor. Du setzt dich hierher und ich stehe.«

»Okay.«

Sie setzte sich auf das Klappbett. Ich ging ans andere Ende des Wohnwagens, bevor ich weitermachte.

»Also, startklar?«

»Ja.«

»›*Der Ort, wo ich wohne, ist ganz anders wie die meisten anderen Orte*‹.«

Ich machte eine Pause, während sie das hinschrieb.

»Nein, warte mal eine Sekunde. Änder das in ›*ganz anders als die meisten anderen Orte*‹.«

Sie stöhnte. »Können Sie das nicht einfach schreiben, und ich schreibe es danach ab?«

»Was, du meinst, ich soll dir das ganze Ding schreiben?«

»Ja«, sagte sie. »Sie können das besser als ich.«

»Na ja, aber ich wollte heute abend noch weggehen.«

Sie lächelte. »Sie brauchen doch nicht lange dafür.«

»Nein, vermutlich nicht«, sagte ich. »Aber vielleicht kannst du meine Schrift nicht lesen?«

»Das wird schon gehen.«

Ich dachte einen Augenblick lang nach. »Okay, ich schreib' dir eine erste Fassung. Die mußt du dann noch überarbeiten.«

»Danke.«

»Ich leg' sie hier auf das Regal.«

»Gut.« Sie stand vom Bett auf und ging zur Tür. Dann lächelte sie mir wieder zu. »Danke nochmal.«

»Äh ..., was hast du gesagt, wann wirst du sechzehn?« fragte ich.

»An Ostern«, antwortete sie.

»Ach so, herzlichen Glückwunsch vorträglich.«

»Danke, tschüs.«

Und sie verschwand in der Dunkelheit.

Ich brauchte ungefähr eine Dreiviertelstunde für den Aufsatz, aber ich hätte es wahrscheinlich auch in zehn Minuten geschafft, wenn ich gemußt hätte. Es war kinderleicht, so einfach wie Malen nach Zahlen. Ich beschrieb einfach die kastanienbraunen Boote, die ruhig am Ufer des baumumstandenen Sees lagen und die drohend aufragende Hügelkette in der herbstlichen Dämmerung. Am Ende stand da auch ein bißchen was über den Mond, der übertrieben wächsern vor einer sternübersäten Kulisse stand. Ich fand, das hörte sich ganz nett an. Dann holte ich einen Eimer warmes Wasser, wusch mich und ging los. Heute abend wollte ich nicht so viel trinken und entschied mich daher, zur Abwechslung mit dem Motorrad zu fahren. In Millfold angekommen, parkte ich es im Hof des Packhorse und betrat den Pub durch den Haupteingang. Als ich durch die obere Bar ging, fiel mir auf, wie vergleichsweise ruhig es dort war. Aber dieser Mangel wurde durch die untere Bar ausgeglichen, wo es offensichtlich ziemlich voll war. Allerdings sah ich nicht viele bekannte Gesichter. Sofort als ich reinkam, grüßte mich Gordon hinter dem Tresen.

»Schön, daß du da bist«, sagte er. »Wir spielen heute gegen die vom Journeyman, und uns fehlt ein Mann. Kannst du einspringen?«

»Na ja«, antwortete ich. »Ich bin nicht gerade ein Turnier-Experte.«

»Macht nichts. Wir wollen nur gleich viele sein.«

Ich sah mich in der vollen Kneipe um. »Will niemand anders spielen?«

»Die sind alle vom Journeyman«, sagte Gordon.

»Aber ich bin auch nicht von hier«, sagte ich.

»Mach dir mal keine Sorgen. Du bist oft genug hier gewesen. Das zählt.«

»Okay, also gut. Wo ist denn eigentlich der Journeyman?«

»In Wainskill, ungefähr zehn Meilen die Straße runter.«

Unerwarteterweise wurde ich so in einen echten Dartwettkampf zwischen zwei Pub-Mannschaften verwickelt. Ich war nicht überrascht, als ich mitkriegte, daß Bryan Webb der Kapitän der Packhorse-Mannschaft war. Tony sollte eigentlich Vizekapitän sein, aber weil sein Vater irgendwohin gerufen worden war, mußte er Gordon hinter dem Tresen helfen. Deshalb brauchten sie mich als Aushilfe. Bryan integrierte mich schnell in die Mannschaft und stellte mich dem Rest des Teams vor. Kenneth, der Kfz-Mechaniker, war auch dabei. Es stellte sich dann heraus, daß sie alle sowieso schon wußten, wer ich war. Sie verhielten sich, als würden sie mich seit Jahren kennen.

Der Abend war toll. Vom Journeyman waren genug Spieler und Fans gekommen, um dem Spiel eine echte Wettkampfatmosphäre zu verleihen. Zu meiner eigenen Überraschung gewann ich zwei von meinen Runden. Mir fiel auf, daß auch eine ganze Menge Frauen da waren, darunter auch die, die ich bei früheren Gelegenheiten mit Gordon und Tony hatte reden sehen. Nach einer Weile kam ich zu dem Schluß, daß sie so eine Art Manager für das Journeyman-Team war und daß sie an jenem Abend hiergewesen war, um die Spielvorbereitungen zu besprechen. Ich brauchte nicht viel Zeit um herauszufinden, daß sie Lesley hieß.

»Echt schade, daß wir kein Ex mehr für dich haben«, bemerkte Gordon, als ich an die Bar ging, um mir ein zweites Glas Helles zu holen.

»Eigentlich ganz gut so«, sagte ich. »Sonst würde ich womöglich für immer hier hängenbleiben.«

»Ach«, sagte er. »Stimmt ja. Du fährt morgen weg, was?«

»Das ist der Plan.«

»Ich an deiner Stelle würde schauen, daß ich so früh wie möglich wegkomme. Wir kriegen Regen.«

An einem Abend wie diesem konnte man leicht vergessen, daß das Wetter außerhalb des Packhorse zunehmend trüber wurde. Wie immer hing jeder mit seinem Bier herum, und ich bedauerte langsam, mit dem Motorrad dazusein, was nämlich hieß, daß ich nach diesem Glas keines mehr trinken sollte. Während das Dartspiel seinen Lauf nahm, merkte ich allmählich, daß Lesley sich ganz schön für mich interessierte. In welchem Teil der Kneipe ich mich auch immer aufhielt: Mir fiel auf, daß sie kurze Zeit später auch da war. Ein- oder zweimal ging ich hin und her, nur um zu gucken, was passierte. Jedesmal kam sie mir nach. Allerdings nicht so auffällig, daß jeder es mitbekommen hätte. Als der Sieg schließlich unser war und alle Spieler rumgingen und einander die Hände schüttelten, kam sie auf mich zu.

»Nettes Spiel«, sagte sie. »Darf ich dich einladen?«

»Äh ..., danke nein«, antwortete ich. »Noch eins, und ich bin über dem Limit. Aber vielen Dank.«

Sie lächelte. »Vielleicht ein andermal.«

»Eher nicht«, antwortete ich. »Ich fahre morgen.«

»Wohin? Irgendwas Interessantes?«

»Ja, Indien.«

»Echt?« Ihre Augen leuchteten.

»Ja, ich will auf dem Landweg dahin. Durch die Türkei und Persien, du weißt schon.«

»Hört sich super an.«

»Bist du schon viel rumgereist?«

»Noch nicht«, antwortete sie. »Ich warte noch auf die Gelegenheit.«

»Ach so.«

»Bist du sicher, daß du nichts mehr trinken willst?«

»Ja, ganz sicher ... Danke.«

Insgeheim verfluchte ich mein Pech. Was für eine verpaßte Chance! Das mußte natürlich an meinem letzten Abend hier passieren und an dem einzigen, wo ich mal mit dem Motorrad da war. Dann ging Lesley zu den Leuten aus ihrer Mannschaft zurück, und unser kurzes Gespräch war beendet. Kurz danach schlich ich mich aus dem Pub und machte mir nicht mal die Mühe, mich von irgend jemandem zu verabschieden. Der Wind wurde immer böiger und blies mir jetzt dicke Regentropfen entgegen. Am Hillhouse angekommen, erinnerte ich mich an Mr. Parkers Angebot, mein Motorrad in einem der Schuppen unterstellen zu können. Ich hätte das wirklich damals annehmen sollen, aber jetzt war es zu spät. Es war stockdunkel, als ich im oberen Hof hielt und ich vermutete, daß alle Türen während der Nacht zugeschlossen sein würden. Ich parkte neben dem Wohnwagen und ging hinein. Nachdem ich die Gaslampe angemacht hatte, schaute ich unwillkürlich auf das Regal, wohin ich Gails Aufsatz gelegt hatte. Er war verschwunden.

5

Ich schlief nicht gut in dieser Nacht. Aus irgendeinem Grund schwitzte ich sehr von dem Bier und wachte immer wieder auf, völlig in mein Bettzeug verheddert. Der Wind machte alles nur schlimmer. Stundenlang schepperte das lose Stück Wellblech im Rhythmus. Es klang jetzt so, als ob der ganze Schuppen mitknarrte, aus lauter Mitleid mit den immer stärker werdenden Böen. Es war sicher schon fast Morgen, bevor ich richtig wegdämmerte. Das Nächste, was ich mitkriegte, war, daß das Tageslicht durch die Wohnwagenfenster kam. Noch deutlicher zu bemerken war allerdings der trommelnde Regen auf dem Dach. Die Versuchung war groß, sich umzudrehen und weiterzuschlafen. Aber mir war klar, daß ich loskommen mußte, bevor das Wetter noch schlechter wurde. Irgendwie wälzte ich mich aus dem Bett. Am Abend vorher hatte ich den letzten Rest meiner Vorräte aufgebraucht und mir vorgenommen, erstmal ein paar Meilen hinter mich zu bringen, bevor ich irgendwo zum Frühstücken anhielt. Ich faltete meine Regenklamotten auseinander. Sie waren trocken und steif, und ich erinnerte mich, daß es lange her war, seit ich zuletzt Grund gehabt hatte, sie zu benutzen.

Als ich mit allem fertig war, ging ich nach draußen und ließ das Motorrad an. Die ganze Nacht über hatte es im Regen gestanden, aber zum Glück schien ihm das nicht geschadet zu haben. Nach einer letzten schnellen Kontrollrunde um den Wohnwagen fuhr ich dann los. Im unteren Hof und im Haus rührte sich nichts, als ich vorbeifuhr. Auch auf der Straße nach Millfold traf ich niemanden. Der Regen prasselte jetzt nur so runter. Mir dämmerte, daß das ein blöder Tag zum Reisen war. Dennoch verspürte ich keine Neigung, meine Pläne zu ändern. Ich hatte die Nase voll von der Gegend, auch wenn sie ganz nett war, und wollte jetzt los. Es war einfach Pech, daß es ausgerechnet an dem Tag regnete, an dem ich fahren wollte. Übrigens hatte ich das Gefühl, daß ich nur fünfzig oder sechzig Meilen weit kommen mußte, um besseres Wetter zu haben. Ein paar Minuten später fuhr ich am Packhorse und am Ring of Bells vorbei, die beide die Läden noch fest geschlossen hatten, und bog dann über die Brücke auf die Straße nach Süden ein. Einen Augenblick lang konnte ich Mr. Parkers Haus auf der anderen Seeseite sehen, dann war es aus meinem Blickfeld verschwunden. Die einzige Stelle, die ich sonst noch kannte, war Bryan Webbs Anwesen. Auch hier war niemand zu sehen, als ich vorbeifuhr. Nicht lange danach lief mir das Regenwasser den Nacken runter. Unter diesen Bedingungen war Motorradfahren eine traurige Angelegenheit. Ich stellte mich innerlich auf eine lange und trostlose Reise ein. Irgendwo hatte ich gelesen, daß der See neun Meilen lang sein sollte, aber von früheren Touren wußte ich, daß es auf der Straße noch weiter war. Die Biegungen und Kurven hörten gar nicht mehr auf. Auf meinem Zähler waren es mehr als zwanzig Meilen, bis ich endlich den See hinter mir gelassen hatte. Das hatte fast eine Stunde gedauert, weil ich vor den Kurven immer abbremsen mußte. Jetzt ging es bergauf, weil ich auf den ersten Paß zufuhr. Dabei tauchte für mich plötzlich die Frage auf, warum ich von Millfold aus nicht einfach Richtung Norden und auf die Autobahn gefahren war. Das wäre viel einfacher gewesen als sich hier auf dieser kurvigen Straße vorwärts zu quälen. Andererseits: Wäre ich Autobahn gefahren, hätten mich diese ganzen blöden Brummis vollgespritzt. Um ehrlich zu sein, egal welche Route ich heute fuhr, ich wurde pitschnaß. Und wenigstens war die Straße, die ich gewählt hatte, heute leer.

Leider gab es viele Pfützen. Beim Bergabfahren auf der anderen Seite des Passes fuhr ich mitten in eine rein. In diesem Augenblick merkte ich, daß meine Regenklamotten ziemlich wenig nützten. Aber was noch schlimmer war: Die Maschine blieb stehen. Sie hustete und spuckte noch einige Male, dann setzte sie aus. Ich rollte aus, hielt an und haute den Anlasser rein.

Nichts.

Mit sinkender Hoffnung versuchte ich es nochmal. Ich hatte bereits einen Verdacht, worin das Problem liegen könnte. Er bestätigte sich, als ich die Abdeckung vom Motor nahm und mir Regenwasser entgegenkam. Das bedeutete, daß ich stundenlang rumsitzen und warten konnte, bis die Zündkontakte wieder trocken waren.

Super gelaufen, dachte ich.

Weit und breit gab es nichts zum Unterstellen, keine Bäume oder Gebäude, nur grasbewachsene Berghänge, die bis in den nassen Nebel ragten. Vergebens bemühte ich mich noch einmal, das Motorrad anzulassen, ohne Erfolg. Dann kam mir die Idee, ich könnte es schieben, bis zu einer geschützten Stelle. Vielleicht würde ich sogar ein nettes trockenes Café am Straßenrand finden, wo ich mich hinsetzen und abwarten konnte. Von dieser Idee verabschiedete ich mich allerdings schnell wieder, da ich mit Sicherheit wußte, daß es im Umkreis von mehreren Meilen so etwas nicht gab. Nur vereinzelte Bauernhöfe und dann und wann ein Wochenendhaus. Ich blieb also, wo ich war, trat sinnlos auf der Stelle und schaute zu, wie sich neben der Straße kleine Bäche bildeten. Ab und zu kam ein Auto vorbei. Bevor sie vorbeifuhren, guckten die Leute jedesmal einen Moment lang in meine Richtung. Nach zwanzig Minuten tauchte ein Schulbus auf. Er sah so aus wie der, in den Gail jeden Morgen an der Einfahrt gestiegen war. Aber mir fiel sofort auf, daß die Schuluniform der Insassen eine andere Farbe hatte. Als der Schulbus vor der nächsten Biegung bremste, merkte ich, daß mich ein Dutzend rosafarbene Gesichter anstarrten.

Dann folgte eine längere Zeit, in der ich mich zu fragen begann, was ich machen sollte. Der Regen dachte gar nicht daran, aufzuhören, und das Motorrad sprang immer noch nicht an. Allerdings würde es auch nichts bringen, es stehenzulassen und Hilfe zu holen. Schließlich brauchte es eigentlich gar nicht repariert zu werden. Es mußte nur in Ruhe trocknen. Einmal mehr fragte ich mich, ob ich bescheuert war, an so einem Tag Motorrad zu fahren.

Nachdem nochmal zehn Minuten vergangen waren, hörte ich von Süden her ein Fahrzeug kommen. Ich wartete, bis es um die Kurve bog, und erkannte es sofort: Es war Mr. Parkers Lieferwagen, mit dem Anhänger hinten dran. Er hielt neben mir.

»Sieht so aus, als könnten Sie sich nicht von der Gegend trennen«, sagte er zur Begrüßung.

»Motorschaden«, antwortete ich.

»Ich dachte, Sie wollten früh loskommen.«

»Bin ich ja auch.«

»Nein«, sagte er. »Das war bei weitem nicht früh genug.«

Er stieg aus und begutachtete das Motorrad.

»Die Zündkontakte sind naß geworden«, erklärte ich.

Er nickte. »Immer der gleiche Ärger mit diesen alten Maschinen. Sie werden einfach zu schnell undicht.«

»Sie müssen nur trocknen.«

»Na ja, hier draußen wird das nichts werden.«

»Sieht nicht danach aus.«

»Da können Sie warten, bis Sie schwarz werden.« Einige Augenblicke verstrichen. Dann fügte er hinzu: »Ich sage Ihnen mal was. Warum nehmen wir es nicht mit zurück und stellen es in meinen Schuppen?«

»Macht Ihnen das nichts aus?«

»Natürlich nicht«, sagte er. »Ich kann Sie doch nicht hier stehenlassen, oder?«

Ich hatte keine Wahl. Zum ersten Mal hatte mich das Motorrad im Stich gelassen. Jetzt hing ich hier fest, und Mr. Parker bot mir seine Hilfe an. Ich nahm also an. Ein paar Minuten später hatten wir das Motorrad auf den Anhänger geladen und fuhren wieder Richtung Norden. Die Heizung im Fahrerhaus war ganz aufgedreht. Sehr schnell fingen meine Regenklamotten an zu dampfen.

»Wo waren Sie denn?«

»Ich hatte eine Lieferung«, antwortete er. »Beruflich, wissen Sie. Ziemlich Schwein gehabt, daß Sie ausgerechnet dort Ihre Panne hatten.«

»Ja, stimmt schon.«

»Ich finde immer, die Fahrt lohnt sich mehr, wenn ich auch auf der Rückfahrt eine Ladung habe.«

»Oh …, äh …, ja«, sagte ich. »So kann man das auch sehen.«

Danach irgendwann kamen wir bei Bryan Webb vorbei. Mr. Parker fuhr langsamer und spähte in den Hof. Ich konnte nicht ganz genau sehen, nach was er Ausschau hielt. Aber soweit ich es mitbekam, konzentrierte sich seine Aufmerksamkeit auf den Tieflader in Bryan Webbs Remise. Er verlor jedoch kein Wort darüber. Und schon lag der Hof hinter uns. Nochmal fünfundzwanzig Minuten später hielten wir im oberen Hof.

»Herzlich willkommen wieder bei uns«, sagte er.

»Danke.«

»Wenn Sie möchten, können Sie Ihr Motorrad in den großen Schuppen stellen. Das ist der beste Ort, um es trocken zu kriegen.«

»Gerne.«

»Vielleicht sollten wir Kenneth Turner einen Blick drauf werfen lassen, bevor Sie nochmal irgendwohin fahren.«

»Ich glaube, das lohnt sich nicht«, sagte ich. »Ich bin sicher, es ist nichts Ernstes.«

»Na ja, Sie können es sich ja mal durch den Kopf gehen lassen.«

»Okay.«

Ich ging rüber zum Schuppen und schob die Türen auf. Sofort erkannte ich den Geruch wieder, entfernt nach Industrie. So hatte es sonst auch immer gerochen. Ich hatte das seltsame Gefühl, an einen irgendwie vertrauten Ort zurückzukommen. Als ich mich umsah, fielen mir zwei Reihen Holzblöcke auf, die mitten im Raum aufgestellt worden waren, genau neben dem Boot, das wir am Tag zuvor dorthin gelegt hatten. Ich rollte das

Motorrad in den Schuppen und stellte es zwischen den Betonmischer und den auseinandergenommenen Schlepper. Irgend etwas hatte sich verändert, seit ich zuletzt hier drinnen gewesen war, irgend etwas fehlte, aber ich kam auf die Schnelle nicht darauf, was genau. Ich guckte mich immer noch um, als Mr. Parker zu mir in die Tür trat.

»Jetzt müßte genug Platz sein für die anderen Boote«, sagte er.

»Bringen Sie sie denn über den Winter alle hier rein?« fragte ich.

»Ja, es ist wirklich besser, sie sind drinnen.«

»Stimmt.«

»Vielleicht hätten Sie Lust, mir zu helfen, sie hier hochzubringen?«

»Klar«, sagte ich. »Das ist doch das mindeste, was ich tun kann. Nachdem Sie mir so geholfen haben.«

»Also gut, sollen wir sofort loslegen?«

»Sicher, von mir aus.«

Wir gingen zum Lieferwagen zurück. Erst da merkte ich, daß der Regen aufgehört hatte und der Himmel weitaus weniger düster aussah als zuvor. Als wir zum See runterfuhren, sah es fast so aus, als könnte sogar die Sonne rauskommen. Die sechs Boote lagen noch so da, wie wir sie zurückgelassen hatten. Mr. Parker rangierte seinen Anhänger in die richtige Ausgangsposition. Wir hievten zwei der Boote darauf, wobei wir die neue Kurbelvorrichtung benutzen. Zurück im Schuppen mußten sie auf die Holzblöcke gehoben werden. Ich dachte erst, das Abladen könnte eine ziemliche Schufterei werden, aber er hob einfach den Anhänger an und stieß die Boote mit Gewalt hinten runter. Ich zuckte zusammen, als sie auf den Beton schrammten, aber sie waren so stabil, daß sie nicht einmal Kratzer bekamen. Dann ging es nur noch darum, sie ein bißchen anzuheben und die Blöcke darunter zu schieben. Es wirkte so, als hätte er sich den ganzen Ablauf vorher überlegt, was die Sache sehr vereinfachte. Trotzdem fühlte ich mich nach drei solchen Touren allmählich etwas erschöpft. Ich glaube, ich stöhnte, als wir das letzte Boot versetzten.

Dies veranlaßte Mr. Parker zu der Bemerkung: »Sie sind nicht sehr kräftig, was?«

»Also, schwach bin ich auch nicht gerade«, protestierte ich. »Eigentlich habe ich Übung im Hochhieven von Sachen.«

»Woher denn?« fragte er.

»In der Fabrik habe ich an der Laderampe gearbeitet.«

»Aber Sie haben doch gesagt, Sie waren in der Lackiererei beschäftigt?«

»Am Ende war ich auch da. Aber angefangen habe ich an der Laderampe.«

»Sie haben also schon mal lackiert und beladen«, sagte er. »Was denn noch?«

»Eigentlich nichts. Nur ein bißchen geschreinert.«

»Sind Sie denn ausgebildet?«

»Äh . . ., nein.«

»Und Klempnerarbeit? Wissen Sie da Bescheid?«

»Nein, tut mir leid.«

»Ich schon«, verkündete er. »Und Schweißen. Eigentlich kann ich nur ein paar wenige Dinge nicht, wenn ich's mir so überlege. Ich habe Ahnung vom Landtrockenlegen, Bäumepflanzen, Zäunebauen und Holzfällen. Ich kann die Hydraulik in den meisten Traktorarten austauschen und mache alles an meinen Fahrzeugen selbst. Und das betrifft wohlgemerkt die Dieselwagen wie die Benziner. Früher habe ich auch noch gepflügt, gemolken, die Schafe geimpft und gewaschen. Ich habe Faulgruben gebaut. Ich kenne die inneren Mechanismen der Watforder Jauchepumpe. Den Schuppen hier, in dem wir stehen, habe ich auch gebaut. Und das meiste von dem Beton gegossen, den Sie hier überall sehen.«

Während er mir das alles erzählte, stand ich neben den Booten und nickte andeutungsweise. Ich konnte mir keinen Reim darauf machen, wohin das alles führen sollte, aber so für sich genommen war es schon ganz interessant.

»Ich kann Kreissägen bedienen, mechanische Löffelbagger, Schlagbohrer und Rammhämmer«, fügte er hinzu. Dann machte er eine Pause und sah mich bedeutungsvoll an. »Die einzige Sache, von der ich gar keine Ahnung habe, sind Boote.«

»Ach was«, sagte ich. »Tatsächlich?«

»Null.«

»Na ja, ich weiß auch nicht gerade viel.«

»Kann schon sein, aber ich sehe doch, daß Sie mehr mit ihnen anfangen können als ich.«

»Ja, ich mach's ganz gerne.«

Er steckte die Hände in die Taschen und starrte auf den Fußboden.

»Die Sache ist die«, sagte er. »Ich würde sie gerne anstreichen lassen, und zwar von Ihnen.«

»Aber das ist ein Riesenprojekt«, antwortete ich. »Um das ordentlich zu machen, muß man sie mehrmals überstreichen.«

»Macht nichts. Wir haben jede Menge Farbe.«

»Und vielleicht stellt sich dabei dann raus, daß sie auch noch kalfatert werden müssen.«

Er hob den Kopf. »Kalfatert?«

»Um sie abzudichten.«

»Das ist der Beweis«, sagte er. »Ich hätte das nie gewußt. Nie was von kalfatern gehört. Sie sind genau der Richtige für den Job.«

Während wir uns unterhielten, tanzte ein Strahl Sonnenlicht auf einem der Boote. Es schien, als hätte sich das nasse Wetter draußen verzogen und als würde es nun aufklaren. Die direkte Beleuchtung gab den goldenen Dollborden einen Teil ihres früheren Glanzes zurück, was ziemlich beeindruckend aussah. Keine Frage, der Anstrich mußte irgendwie aufgearbeitet werden, aber ein paar Sekunden lang konnte ich mir vorstellen, wie es danach aussehen würde. Vor meinem inneren Auge sah ich den Bug aus dem Wasser ragen, mit allen seinen sorgfältig von Hand restaurierten Einzelheiten, und die goldenen Linien, die von vorne bis achtern liefen. Das fertige Boot würde herrlich aussehen, da war ich mir ganz sicher.

»Das Problem ist«, sagte ich, »daß es Wochen dauern wird, alle sieben zu machen.«

»Aber bis Weihnachten könnten Sie das schon schaffen, oder?« fragte Mr. Parker.

»Ja, wahrscheinlich schon. Aber ich sollte wirklich demnächst aufbrechen.«

Meinen schwachen Einwand überhörte er. »Wir haben noch ein Gartenhäuschen, wo Sie schlafen können, wenn Sie wollen.«

»Ach so«, sagte ich. »Äh . . ., wirklich?«

»Dort drüben auf der anderen Hofseite. Wirklich ganz gemütlich im Winter. Und Sie können jeden Tag bei uns Frühstück bekommen.«

»Hört sich gut an.«

»Natürlich von Gail zubereitet.«

Ich ließ mir den Vorschlag durch den Kopf gehen und stellte fest, daß mein Widerstand dagegen immer kleiner wurde. Ich war ganz schön fertig, um die Wahrheit zu sagen. Seit Stunden hatte ich die Regenklamotten an. Zwar waren die jetzt wieder trocken, aber die Vorstellung, nochmal so einen Aufbruch wie heute morgen zu erleben, behagte mir gar nicht. Demgegenüber kam mir das Angebot, eine Unterkunft und jeden Morgen warmes Frühstück zu haben, sehr verlockend vor.

»Kann ich das Motorrad erstmal hier drinnen lassen?« fragte ich.

»Klar, können Sie«, antwortete er.

»Also gut«, sagte ich. »Ich bleibe.«

***

Ein paar Minuten später ging ich mit ihm quer über den Hof, um das Gartenhäuschen in Augenschein zu nehmen. Es war winzig, mit einem noch winzigeren Badezimmer. Drinnen war es ein bißchen kühl, aber durch das Umlegen eines Elektroschalters konnte man es ziemlich schnell beheizen, wie Mr. Parker demonstrierte. Aus einem der Fenster hatte man eine gute Sicht auf das Haus. Der See war allerdings nicht zu sehen. Nachdem er gegangen war, damit ich mich einrichten konnte, realisierte ich entsetzt, daß ich den ganzen Tag über noch nichts gegessen hatte. Kein Wunder, daß ich so fertig und müde war. Ich entschied, daß die beste Vorgehensweise die war, zu Hodges Lädchen runterzufahren und ein paar Sachen einzukaufen. Ich machte mich also auf und versuchte noch einmal mein Glück mit dem Motorrad. Mit gemischten Gefühlen – einerseits Erleichterung, andererseits Enttäuschung – reagierte ich auf die Entdeckung, daß der Motor immer noch nicht ansprang. Darum lief ich dann nach Millfold.

An der Tür zu Hodges Laden hing eine kleine Glocke. Als ich reinging, klingelte sie, aber ein paar Minuten lang tat er so, als hätte er sie nicht gehört. Ich war mir aber sicher, daß er da war. Ich hörte ihn in einem Hinterzimmer herumkramen, in dessen Tür eine Art Vorhang aus Plastikstreifen in mehreren Farben hing. Es klang so, als würde er Tee aufsetzen, denn ich hörte ihn mit Löffeln und Tassen klappern und etwas umrühren. Schließlich ging ich zur Tür und machte sie wieder auf, damit die Glocke nochmal läutete. Erst dann erschien Hodge zwischen den Plastikstreifen.

»Baked Beans, was?« fragte er.

»Sie haben doch geöffnet, oder?«

»Jeden Tag«, sagte er. »Nur Mittwoch nachmittags nicht.«

»Oh, ich verstehe. Also gut. Ja, bitte, Baked Beans.«

Er ging zu dem Regal, wo sie standen. »Da haben Sie Glück. Das sind die zwei letzten Dosen.«

»Aha«, sagte ich. »Aber Sie kriegen doch sicher wieder ein paar neue rein, oder?«

Hodge grinste gutgelaunt und schlug die Hände zusammen. »Leider nicht.«

»Warum denn nicht?« fragte ich.

»Keine Nachfrage außerhalb der Saison. Lohnt sich nicht, noch einen Karton aufzumachen.«

»Aber ich bleibe jetzt doch noch eine Weile da. Also, ich werde bestimmt welche kaufen.«

»Das sagen sie alle.«

»Wer?«

»Die Leute, die hier reinkommen und Sachen wollen.«

»Sie meinen, die Kunden?«

»Nennen Sie sie, wie Sie wollen«, sagte Hodge. »Dieses Jahr gibt's keine Bohnen mehr.«

»Und das ist wirklich Ihr letztes Wort?«

»Ich glaube schon.«

»Also gut«, sagte ich.

An diesem Punkt hätte ich Lust gehabt, aus dem Laden zu gehen, ohne auch nur irgend etwas zu kaufen, aber leider konnte ich nirgendwo anders hin. Ich hatte keine andere Wahl, als die beiden Dosen Baked Beans zu kaufen, dazu noch ein paar andere wichtige Dinge. Aber ich war fest entschlossen, dort nie wieder einzukaufen. Als ich nach Hause kam, fiel mir ein, daß mir in einer Ausgabe der *Trader's Gazette* eine Anzeige aufgefallen war. Ich brauchte eine Weile, um sie zwischen all den Seiten wiederzufinden, und wurde immer wieder von anderen Anzeigen abgelenkt, aber am Ende hatte ich gefunden, wonach ich suchte.

LEBENSMITTELLIEFERUNGEN FREI HAUS stand da. AUCH GERINGE BESTELLMENGEN.

Eine örtliche Telefonnummer war angegeben. Abends stellte ich eine Liste zusammen. Auf dem Weg zum Pub rief ich dort von einer Telefonzelle aus an. Ich mußte ungefähr zwanzigmal klingeln lassen, bevor eine Männerstimme antwortete.

»Hallo.«

»Ist dort der Lieferservice?«

»Kann sein«, sagte er. »Wer ist da?«

»Also, ich wohne oben im Gartenhäuschen bei Mr. Parker.«

»Ja, und?«

»Und ich wollte fragen, ob ich ein paar Lebensmittel bestellen könnte.«

»In diese Richtung fahren wir nur dienstags und donnerstags.«

»Das ist okay«, sagte ich.

»Und Ihre Bestellung müssen Sie zwei Tage im voraus aufgeben.«

»Super.«

»Also gut«, sagte er. »So wie's aussieht, können wir Sie noch dazwischenkriegen.«

»Danke.«

»Eine Sekunde, ja? Ich muß nur schnell mal was zum Schreiben holen.«

Während ich wartete, fiel mir auf, daß dieser Typ mit seinen Kunden genauso umging wie Hodge. Ich mußte ihn praktisch überreden, mir die Lebensmittel zu liefern. Und jetzt stellte sich auch noch heraus, daß er nicht einmal ein richtiges Auftragsbuch zur Hand hatte. Als er endlich wieder ans Telefon kam, hörte ich ihn lange und ausgiebig seufzen.

»Also dann«, sagte er. »Schießen Sie mal los.«

»Gut«, fing ich an. »Äh ..., Toastbrot.«

Schweigen.

»Was jetzt: ›Toastbrot‹ oder ›äh ..., Toastbrot‹?«

»Toastbrot.«

Wieder Schweigen, während er schrieb. »Ja. Was noch?«

»Zwölf Dosen Baked Beans.«

Langes Schweigen. »Ja. Was noch?«

»Tee.«

»Ja.«

»Zucker.«

»Ja.«

»Haben Sie auch diese fertig abgepackten Fray-Bentos-Steaks zum Einfach-im-Ofen-Erhitzen mit Bohnen und Soße?«

»Ja, haben wir.«

»Davon drei, bitte.«

Er stieß wieder einen Seufzer aus. Dann vergingen einige Sekunden mit Bleistiftkritzeln.

Dann sagte er endlich: »Ja.«

»Drei Pfund Kartoffeln.«

An dieser Stelle kam das Besetztzeichen. Nachdem ich noch eine Münze eingeworfen hatte, war wieder nur langes Schweigen.

»Hallo?« sagte ich.

»Hallo.«

»Haben Sie das aufgeschrieben?«

»Was?«

»Drei Pfund Kartoffeln.«

»Ja«, sagte er ungeduldig. »Was noch?«

»Ich brauche auch noch Kekse.«

»Ja.«

»Was für Sorten haben Sie?«

»Alle.«

»Ach so, gut«, sagte ich. »Dann zwei Packungen Feigenröllchen, bitte.«

»Nein, die haben wir nicht.«

»Haben Sie welche mit Vanillecremefüllung?«

»Nein.«

»Mit Karamel?«

Jetzt kam schon wieder das Besetztzeichen. Ich warf noch eine Münze in den Schlitz und hörte wieder nur Schweigen, wie vorher.

»Hallo?« sagte ich.

Schweigen.

Ich wartete noch eine ganze Weile, legte dann auf und wählte nochmal die Nummer. Aber diesmal ging er nicht mehr dran.

***

Am Packhorse hing eine neue Werbung für Topham's Excelsior Bitter. Nach dem ganzen Frust mit dem Telefonat waren das erfreuliche Aussichten, auch wenn es mich etwas überraschte.

»Ein Pint Ex?« fragte mich Tony, kaum hatte ich die untere Bar betreten.

»Ja, bitte«, sagte ich. »Aber ich dachte, ihr kriegt keines mehr rein.«

»Das war auch so«, sagte er. »Die Nachfrage war nicht groß genug.«

»Aber jetzt schon?«

»Ja, jetzt schon, wo du wieder da bist«, sagte er. »Du hast die Statistik verändert.«

»Ach so. Toll.«

Tony hatte schon ein Glas unter den Zapfhahn gestellt und angefangen, ihn zu bedienen.

»Die Sache ist nur: Wir mußten den Preis ein bißchen anheben.«

»Tatsächlich?«

»Nur damit es rentabel bleibt.«

»Wieviel kriegst du also?« erkundigte ich mich.

Er war fertig mit Zapfen und stellte mir das volle Glas auf den Tresen. »Das hier geht noch auf's Haus.«

»Danke.« Ich grinste. »Gibt's einen besonderen Grund?«

»Wir möchten dich gerne als festen Spieler in die Dartmannschaft aufnehmen. Von deiner Leistung neulich abends waren wir alle ziemlich beeindruckt. Übrigens auch der Kapitän von der anderen Mannschaft.«

»War er wirklich?«

»Sie.«

»Sie?«

»Ja«, sagte er. »Du kennst sie doch – Lesley.«

»Ach ... ja, richtig.«

»Sie war sehr angetan.«

»Na ja, ich hatte eigentlich einfach nur Glück. Und Spaß.«

»Du hättest also Lust, bei uns mitzumachen?«

»Wenn ihr wollt, gerne.«

»Klar, wollen wir.«

»Also gut«, sagte ich. »Dann bin ich dabei.«

An diesem ersten Abend im Packhorse nach meiner Rückkehr trank ich mehr Bier, als ich vorgehabt hatte, hauptsächlich, weil Tony von mir kein Geld dafür nahm. Ich wußte, daß das erste Pint »auf's Haus« ging, aber als ich erst ein zweites und dann noch ein drittes hinterherkippte, bestand er darauf, daß es okay war, erstmal anzuschreiben. Ich wollte ihn nicht beleidigen, indem ich sein Vertrauen zurückwies. Ich machte also mit und hatte schließlich fünf Pints intus. Später am Abend, schon auf dem Heimweg, nahm ich mir fest vor, diese Anschreiberei nicht einreißen zu lassen.

***

Das »Klonk« der Milchflasche vor meiner Tür war das erste Geräusch, das ich am folgenden Morgen hörte. Ich guckte aus dem Schlafzimmerfenster und sah, wie Deakin über den Hof zu seinem Lieferwagen zurückging. Dann fuhr er ab. Ich fand es erst ein bißchen unverschämt von ihm, einfach so anzufangen, mir die Milch hinzustellen, ohne das vorher mit mir abgesprochen zu haben, aber im Prinzip machte mir das auch nichts, weil ich ihn sowieso fragen wollte. Eigentlich war ich froh, daß er mich geweckt hatte, denn sonst wäre ich zu spät zum Frühstück gekommen. Ich stand schnell auf und ging rüber zum Haus. Gail machte mir auf. Anscheinend freute sie sich, mich wiederzusehen.

Mr. Parker saß schon am Tisch, als ich mich setzte.

»Sie fangen doch heute schon mit den Booten an, oder?« fragte er.

»Hatte ich vor«, sagte ich. »Natürlich braucht es ein bißchen Vorbereitung, bevor man mit der Farbe anfangen kann.«

»Freut mich, das zu hören«, sagte er. »Bloß keine Schlamperei.«

»Klar.«

»Im großen Schuppen drüben liegt eine elektrische Schleifmaschine, wenn Sie eine brauchen. Und ein Schweißbrenner.«

»Gut.«

»Sie können sie also bis Weihnachten fertig haben?«

»Ja, klar. Kein Problem.«

»Gut.«

Gail stellte mir mein Frühstück hin, bevor sie sich auch setzte.

»Haben Sie's sich in Ihrem neuen Zuhause gemütlich gemacht?« fuhr ihr Vater fort.

»Ja, danke«, antwortete ich.

»Genug Platz?«

»Oh ja«, sagte ich. »Mehr als genug.«

»Das ist gut.«

»Ihnen geht's ein bißchen wie den drei kleinen Schweinen«, bemerkte Gail.

»Ach, ja?« fragte ich und starrte auf meine Würstchen.

»Ja«, sagte sie. »Ihr Zelt war wie das Strohhaus. Dann der Wohnwagen: wie das Holzhaus. Und jetzt wohnen Sie in einem Steinhaus.«

In diesem Moment hielt das Postauto im Hof. Der Fahrer wiederholte die gleiche Prozedur wie letztes Mal, als ich ihn gesehen hatte. Er stürmte die Treppe hoch, öffnete die Küchentür vier Inch weit, warf die Post auf das Regal, sagte in einem komischen Singsang »Dankeschön« und verschwand wieder.

Mr. Parker schaute hinüber zum Regal. »Ach, gut«, sagte er. »Da ist ja die *Gazette*.«

Er ging durch die Küche und holte sich die einzige Post, die gekommen war: eine neue, speziell für den Postversand zusammengerollte und adressierte Ausgabe der *Trader's Gazette*. Er rollte sie auseinander und fing an, interessiert die Seiten durchzugehen. In der Stille, die damit einsetzte, erinnerte ich mich an eine Frage, die ich hatte stellen wollen.

»Kennen Sie diese Schafe?«

Mr. Parker sah kurz auf. »Welche Schafe?«

»Die auf dem Hügel da oben?«

»Ach die, ja.«

»Haben die irgend etwas mit Ihnen zu tun?«

»Sie meinen, ob sie mir gehören?«

»Ja.«

»Nein.«

»Wem denn dann?«

»Zum Großteil Bryan Webb. Er lagert sein Heu hier auf unserem Dachboden.«

»Ach so.«

»So wie's aussieht, wird er demnächst ein paar Mutterschafe durch den Hof treiben. Wahrscheinlich könnte er dabei Hilfe gebrauchen. Ich habe ihm schon gesagt, daß Sie hier sind und ihm helfen können.«

»Ach so, in Ordnung«, sagte ich. »Aber Sie selbst halten keine Schafe?«

»Nein, nicht mehr«, antwortete er. Vor Jahren haben wir in einem Winter mal eine ganze Herde verloren und beschlossen, es aufzugeben.«

»Das ist schade.«

»Ist auch keine sichere Sache mehr, das mit den Schafen. Mit diesen ganzen künstlich hergestellten Fasern und so.«

»Klar, verstehe ich.«

»Wir haben uns statt dessen auf den An- und Verkauf verlegt.«

»Ja, mir ist schon aufgefallen, daß Sie das tun.«

»Heute die beste Methode, sein Geld zu verdienen.«

»Und was ist mit den Booten?« fragte ich.

»Was soll sein?«

»Kann man davon nicht gut leben?«

»Nein«, sagte er. »Praktisch ein Verlustgeschäft, um ehrlich zu sein.«

Während dieses Gesprächs hatte Mr. Parker in der *Gazette*

geblättert und mit einem Kuli Striche und Kreuze neben bestimmte Anzeigen gemalt. Jetzt stand er auf und ging ins angrenzende Zimmer, in dem sich das Telefon befand.

Nachdem er verschwunden war, fragte Gail: »Und wie sind Sie in Erdkunde?«

»Also, ich kann Osten von Westen unterscheiden«, antwortete ich. »Warum denn, geht's schon wieder um deine Hausaufgaben?«

Sie grinste. »Ja.«

»Na gut, bring's mir irgendwann rüber, ich guck's mir mal an.«

»Wenn Sie wollen, kann ich's Ihnen auch jetzt schon geben.« Sie beugte sich unter den Tisch und holte ein Heft aus ihrer Tasche.

Ich las mir die Fragen durch. »Okay. Das ist nicht schwierig.«

»Könnten Sie bitte diesmal ein paar Fehler reinmachen?« fragte sie.

»Wieso denn?«

»Na ja, für die Geometrieaufgaben haben Sie schon die volle Punktzahl gekriegt. Es könnte ihnen komisch vorkommen.«

»Stimmt.«

»Übrigens«, fügte sie hinzu. »Ihr Aufsatz ist laut vorgelesen worden.«

»Ach«, sagte ich. »Tatsächlich?«

»Der Lehrer meinte, so was Gutes hätte ich noch nie geschrieben. Also, nochmal vielen Dank.«

»War mir ein Vergnügen.«

Sie lächelte wieder und sah auf die Uhr an der Wand. »Ich muß los.«

»Ja«, sagte ich und stand auf. »Ich sollte auch besser mal los. Danke für das Frühstück.«

Ich machte mich aus dem Staub und ging rüber zum großen Schuppen. Irgend jemand war schon dort gewesen und hatte das Vorhängeschloß aufgemacht. Ich schob das Tor auf und ging hinein. Hinter mir machte ich wieder zu. Dann betrachtete ich den Ort, der für die nächsten paar Wochen mein Arbeitsplatz sein würde. Innen war es ziemlich hell, da im Dach ein paar lichtdurchlässige Platten eingelassen waren. Außerdem gab es eine Menge Lampen. Die Schleifmaschine und der Schweißbrenner, von denen Mr. Parker gesprochen hatte, lagen auf einem Regal auf der einen Seite, zusammen mit ein paar anderen, offenbar ganz nützlichen Werkzeugen. Obwohl der Schuppen mit lauter Zeug vollgestopft war, blieb zwischen den Booten noch reichlich Platz zum Arbeiten. In einer der Ecken gab es sogar einen Ofen mit einem Rauchfang, um den Schuppen in der kalten Jahreszeit zu beheizen. Insgesamt war ich von dem Anblick ziemlich ermutigt und nahm mir vor, daß ich mich hier ganz zu Hause fühlen würde. Bevor ich mit der Arbeit anfing, wollte ich herausfinden, was ich beim ersten Betreten des Schuppens hinten an der Rückwand hatte glitzern sehen. Ich mußte dafür über ein paar Packkisten und Gerüststangen und hinter einem großen Metallgehäuse vorbeiklettern, in dem sich offenbar eine Art Waage befand. Nachdem ich mich durch verschiedenste Lücken gequetscht hatte, gelangte ich endlich zum Objekt meiner Neugier. Es handelte sich um eine Reihe Motorräder, insgesamt ungefähr ein halbes Dutzend. Einige waren nagelneu, noch unter einer fettigen Schutzfolie. Der Frachtschein des Herstellers, in Japanisch ausgefüllt, klebte noch auf ihnen. Die anderen waren gebraucht, Oldtimer-Modelle wie meines. Eins hatte sogar ein uraltes Getriebe. Gerade war ich dabei, mich zu fragen, was Mr. Parker mit ihnen wohl vorhatte, da hörte ich, wie die Schuppentür aufgeschoben wurde.

Dann ertönte seine Stimme. »Wo sind Sie denn?«

»Hier hinten«, sagte ich. »Ich glaube, da ist irgendwo ein Stück Wellblech locker. Ich habe gerade versucht, es zu finden.«

»Ach ja«, sagte er. »Neulich nachts habe ich es klappern gehört. Wir sollten es demnächst mal festmachen.«

Er kam über die Kisten geklettert.

»Hübsche Maschinen«, bemerkte ich.

Er nickte. »Ich denk' mal, ich behalte sie noch eine Weile. Mal gucken, ob die Preise steigen.«

Er war schon dabei, die Schuppenwände nach dem losen Blech abzusuchen. »Sieht so aus, als könnten wir hier ein paar neue Nieten gebrauchen.«

Ich drückte gegen irgendeine Wellblechplatte. Sie klappte nach draußen.

»Da haben wir's«, sagte ich. »Die daneben ist auch ein bißchen locker.«

»So ist es«, sagte Mr. Parker. Dann schaute er mich an und fragte: »Haben Sie schon mal etwas vernietet?«

6

Ich brauchte drei Tage, um die ganzen Nieten an dem Schuppen zu erneuern. Kaum hatte Mr. Parker die lockeren Wellbleche mit eigenen Augen gesehen, beschloß er, daß dies das Gebot der Stunde war.

»Eine Kette ist nur so stark wie ihr schwächstes Glied«, verkündete er. »Und das gleiche gilt für Nieten.«

Folglich schleppte er eine Nietmaschine an und unterwies mich in ihrem Gebrauch. Ich bekam auch eine Bohrmaschine, um die alten Nieten zu entfernen, und eine Leiter, um an sie dranzukommen.

»Passen Sie da oben schön auf, ja?« sagte er.

Ich muß zugeben: Oben vom Schuppen hatte man eine grandiose Sicht. Ich konnte fast den ganzen See sehen und ein großes Stück der Straße nach Millfold. Plötzlich hatte ich eine Ahnung, wieviel Mr. Parker im Blick hatte, wenn er durch die Fenster auf der Vorderseite des Hauses schaute. Außer der Küche hatte ich noch nichts zu sehen bekommen, aber schon dort hatte ich immer das Gefühl, sehr weit oben zu sein. Hier auf dem Schuppendach war ich noch höher. Ich genoß daher die Aussicht in vollen Zügen. Auch wenn das Wetter nicht besonders gut war. Die Hoffnung, nach dem Regen könnte die Sonne wieder rauskommen, hatte sich zerschlagen, und der Himmel blieb grau und kalt. Es war nicht einfach, bei dem Wind auf der Leiter herumzuturnen. Mein Arbeitstempo war dementsprechend langsam. Gegen Ende war nichtsdestotrotz aus mir ein perfekter Nieter geworden. Von Zeit zu Zeit tauchte Mr. Parker am Fuß der Leiter auf und fragte mich, wie ich vorankäme, aber meistens ließ er mich einfach machen. Was wahrscheinlich darauf hindeutete, daß er mit meiner Arbeit ganz zufrieden war.

Beim Frühstück am dritten Tag sagte er: »Sie sind doch jetzt fast fertig mit dem Schuppen, oder?«

»Ja«, antwortete ich. »Ich brauch' nur noch eine knappe Stunde.«

»Können Sie danach mit den Booten weitermachen?«

»Jawohl.«

Von draußen kam ein Scheppern. Als nächstes bog Deakin mit seinem Lieferwagen voller Milch in den Hof. Er stieg aus und stürzte die Treppe hoch. Dann rannte er rüber zum Gartenhäuschen, lief zu seinem Fahrzeug zurück und fuhr eilig wieder los.

Nachdem er verschwunden war, guckte Mr. Parker mich an und sagte: »Das könnten Sie auch machen, wenn Sie Lust hätten.«

»Entschuldigung«, fragte ich. »Was genau?«

»Die Milch ausfahren.«

»Ach du meine Güte, bloß nicht«, antwortete ich. »Ich verstehe überhaupt nichts von Kühen.«

»Deakin auch nicht.«

»Wirklich?«

»Natürlich nicht.«

»Aber ich dachte, er wäre ein Milchmann.«

»Er holt sie doch nur von der Molkerei ab, sonst nichts.«

»Ach so«, sagte ich. »Das wußte ich nicht.«

»Sie bräuchten nur Ihren eigenen Lieferwagen, dann könnten Sie loslegen.«

»Im Ernst, da habe ich eigentlich noch nie dran gedacht.«

»Da kann man ganz schön was rausholen aus dieser Milchliefertour.«

»Sicher, aber ich will nicht, daß Deakin arbeitslos wird.«

Mr. Parker schüttelte den Kopf. »Deakin wird keiner vermissen.«

In diesem Moment klingelte nebenan das Telefon. Sofort sprang Gail auf.

»Ich geh' dran«, sagte sie und stürzte zur Tür.

Sekunden später kam sie zurück.

»Papa, ist für dich.«

Mr. Parker ging rüber und nahm den Hörer. Gail setzte sich wieder mir gegenüber.

»Die Hausaufgaben waren in Ordnung, oder?« fragte ich.

»Ja, danke«, antwortete sie. »Wollen Sie noch mehr?«

»Frühstück oder Hausaufgaben?«

»Hausaufgaben.«

»Klar, das macht mir nichts aus. Was hast du denn auf?«

Sie wühlte unter dem Tisch in ihrer Tasche und holte einen Stapel Hefte raus.

»Geschichte, Mathe und Textverständnis.«

»In Ordnung«, sagte ich. »Ich kümmer' mich drum.«

Mr. Parker kam in die Küche zurück. »Das war Bryan Webb. Er holt heute seine Schafe rein.«

Eine Stunde später war ich mit dem Vernieten fertig und räumte gerade die Leiter weg, als ich sie kommen hörte. Aus dem oberen Hof führte ein Weg rauf auf den Hügel, hinter dem dauernd jemand »Ho! Ho!« brüllte. Gleich darauf wagten sich die Leittiere durch das offene Tor, und schon kam die ganze Herde hinterher. Gail war inzwischen längst in der Schule und Mr. Parker in der einen oder anderen Angelegenheit unterwegs. Also war nur ich übrig, um die Schafe durch den Hof und runter zum Betonweg zu treiben. Da ich so etwas noch nie gemacht hatte, wußte ich zuerst nicht, wie ich mich verhalten sollte. Aber schnell hatte ich raus, daß die beste Vorgehensweise war, an einer Stelle zu bleiben und mit den Armen zu fuchteln. Schließlich tauchten Bryan und noch ein Mann hinter der nervösen Herde auf, begleitet von drei offenbar hilfreichen Hunden. Das erste, was mir an Bryan auffiel, war seine Pappkrone. Er hatte sie sogar beim Schafehüten noch auf. Als er an mir vorbeikam, nahm er sich die Zeit für eine kurze Unterhaltung.

»Kommst du mit dem Anstreichen gut voran?« fragte er.

»Na ja, ich habe noch gar nicht angefangen«, antwortete ich. »Mußte erst noch ein paar Sachen am Schuppen reparieren.«

Die beiden Männer grinsten sich an. Ich erkannte jetzt auch den zweiten, der regelmäßig ins Packhorse kam.

»Ach so«, meinte Bryan. »Da mußt du ja ganz schön loslegen, wenn du's bis Weihnachten noch schaffen willst.«

»Wird schon klappen.«

»Und wie kommst du mit Tommys Laune zurecht?«

»Ach«, sagte ich. »Damit hab' ich gar kein Problem.«

»Tatsächlich?«

»Solange ich auf das höre, was er sagt, ist es ein Kinderspiel.«

»Das ist der ganze Trick dabei, was?«

»Sieht ganz so aus.«

»Sehr gut«, sagte er und grinste wieder. »Am besten, man legt sich nicht mit ihm an.«

Bald danach verabschiedeten Bryan und ich uns, der andere Typ deutete ein Nicken an, und dann machten sich die beiden auf ihren Weg hügelabwärts.

Jetzt endlich konnte ich mich um die Boote kümmern. In den letzten paar Tagen war ich dauernd in den großen Schuppen rein- und wieder rausgegangen, hatte neue Nieten kontrolliert, alte entfernt und so fort, aber heute vormittag hatte es dazu noch keinen Anlaß gegeben. Daher sah ich jetzt erst, daß Mr. Parker eine Menge Farbdosen gleich hinter der Tür aufgestapelt hatte. Zu meiner Bestürzung stellte ich fest, daß sie alle kein Etikett hatten, was bedeutete, daß überall grüne Farbe drin war. Ich war schon ein klein wenig enttäuscht darüber, weil ich bisher in dem Glauben gelebt hatte, ich sollte die Boote wieder in ihren Originalfarben anstreichen. Ich wußte zwar, daß er bergeweise grüne Farbe besaß, hatte jedoch angenommen, daß sie für den Alltagsgebrauch bestimmt war: für Tore und Türen und ähnliches. Mit Sicherheit verdienten Boote mit einem klassischen Bug etwas Besseres. Das hätte ich jedenfalls gedacht. Wie dem auch sei, es waren umfangreiche Vorbereitungen zu treffen, bevor ich auch nur eine Dose öffnen konnte. Ich schluckte meine Enttäuschung hinunter und schnappte mir die Schleifmaschine.

Wer auch immer die Boote das letzte Mal gestrichen hatte: Ich brauchte nicht lange, um zu der Erkenntnis zu gelangen, daß er ganze Arbeit geleistet hatte. Vielleicht war die Farbqualität damals auch besser gewesen, denn es hatte den Anschein, als sei das Holz von dem Zeug regelrecht durchtränkt. Nur wenn ich mich sehr anstrengte, konnte ich überhaupt der Sache zu Leibe rücken. Mit gebeugtem Kopf hantierte ich stundenlang mit der Schleifmaschine herum, kämpfte gegen die hartnäckigen Farbschichten an und machte nur sehr langsam Fortschritte. Krach machte es auch. Aus diesem Grund überhörte ich die Ankunft eines Fahrzeugs im Hof. Erst als sich die Schuppentür öffnete, merkte ich, daß ich Besuch bekommen hatte. Es war Deakin.

Er kam rein, und ich stellte die Schleifmaschine ab.

»Aha«, sagte er, als es stiller wurde. »Tommy hat Sie also dazu gekriegt.«

»Ja«, sagte ich. »Wollten Sie ihn sprechen?«

»Ja, ich hätte nichts dagegen, mit ihm mal ein paar Worte zu wechseln wegen einer bestimmten Sache.«

»Da haben Sie ihn wohl schon wieder verpaßt. Warum reden Sie nicht mit ihm, wenn Sie die Milch bringen?«

»Keine Zeit«, sagte er. »Ist schon gut, ich komme in den nächsten Tagen nochmal vorbei.«

»Ist es denn nicht so dringend?«

»Nein, eigentlich nicht.«

Er machte keine Anstalten, zu verschwinden, sondern glotzte statt dessen im Schuppen herum. Dabei fielen seine Augen auf die Stelle, an der mein Motorrad stand.

»Sieh mal einer an«, sagte er. »Da ist er den Schneepflug doch endlich losgeworden.«

»Äh ..., oh, ja«, sagte ich. »Der ging neulich weg.«

»Stand hier rum, seit wir den Schuppen gebaut haben, das Ding.«

»Haben Sie denn dabei geholfen?«

»Ja«, sagte er mit merklichem Stolz. »Ich habe die ganzen Nieten gemacht.«

Kurz danach verkrümelte er sich. Ich sah ihm nach, wie er die Schuppentür aufschob und wieder hinter sich schloß. Dann warf ich die Schleifmaschine wieder an. Ein paar Augenblicke später kam von draußen ein anderes Geräusch herein. Ich machte die Maschine gerade noch rechtzeitig aus, um das unverkennbare Bimmeln eines Eiswagens zu hören. Die Melodie war »Half a pound of treacle«.

Rasch ging ich zur Tür und guckte hinaus, aber der Hof war völlig leer.

***

Mr. Parker kam an diesem Abend mit ein paar weiteren Ölfässern zurück. Ich war gerade dabei, meine Arbeit für heute zu beenden, als er mit seinem Lieferwagen im Hof hielt. Ich ging daher rüber und war ihm beim Abladen behilflich. Auf dem Haufen an der Einfahrt lagen jetzt ungefähr fünfzig Fässer, aber es sah so aus, als sei er wild entschlossen, jedesmal wenn er losfuhr, noch mehr mitzubringen. Diesmal hatte er ein halbes Dutzend auf dem Anhänger und nochmal vier hinten auf der Ladefläche.

Kurze Zeit später verzog ich mich auf eine Tasse Tee ins Gartenhäuschen. Noch nie hatte ich die Tür abgeschlossen, und kaum war ich eingetreten, bemerkte ich, daß an diesem Nachmittag außer Deakin noch jemand zu Besuch dagewesen war. Direkt hinter der Tür stand eine Kiste mit meiner Lebensmittelbestellung. Ich kontrollierte Stück für Stück und stellte fest, daß alles dabei war, was ich bestellt hatte, außer den Keksen. Es war die falsche Sorte. Da weder Feigenröllchen noch welche mit Vanillecremefüllung oder Karamel vorrätig waren, hatten sie offensichtlich beschlossen, daß ich mich mit einfachen Vollkornkeksen zufriedengeben mußte. An der Kiste war die Rechnung für die Bestellung befestigt. Unten drauf stand in Rot quer über der Seite: »Keine Bohnen mehr vorrätig.«

Oben auf der Rechnung stand außerdem ein einziges fettgedrucktes Wort: »HODGE«. Ich verstaute die Lebensmittel und setzte den Kessel auf.

Im Packhorse nahm ich an diesem Abend an meinem ersten Pubdartliga-Spiel als vollwertiges Mannschaftsmitglied teil. Uns stand demnächst ein Auswärtsspiel gegen das Journeyman-Team bevor, auf das ich mich ziemlich freute. Aber vorerst mußten wir gegen die Mannschaft vom Golden Lion hier bei uns antreten. Die Mannschaftsaufstellung war wie immer. Und mit Bryan Webb als Mannschaftsführer trugen wir wieder einmal den Sieg davon. Das Team von auswärts hatte allerdings keine weiblichen Fans dabei, so daß der Abend so gesehen einen etwas schalen Nachgeschmack hinterließ. Mein Gegner aus der Golden-Lion-Mannschaft war ein beleibter Typ, den es nicht im geringsten zu stören schien, daß ich ihn schlug. Augenblicklich stürmte er los, um mir ein Pint Lager zu besorgen. Als ich ihn fragte, ob er es in Ordnung fände, wenn ich statt dessen lieber ein Glas Topham's Excelsior nähme, guckte er mich ein bißchen mitleidig an, als hinge ich noch an der Mutterbrust.

»Am besten zapfst du ihm gleich auch noch ein zweites«, sagte er zu Tony.

»Oh«, sagte ich. »Vielen Dank. Prost.«

Diese Dartsleute waren schon ein freundliches Völkchen. Den Frauenmangel machten sie wieder wett, indem sie sich gegenseitig einen nach dem anderen ausgaben. Irgendwie war ich immer der, der ein Glas nach dem anderen spendiert bekam. Und selbst wenn ich eine eigene Runde schmiß, mußte ich nicht bezahlen. Tony war gleichzeitig Vize und Barmann, was er wiederholt zum Vorwand nahm, mich weiter anschreiben zu lassen.

»Das kannst du dann regeln, wenn wir nicht mehr so im Streß sind«, sagte er immer wieder, bevor er zur nächsten Runde an die Linie trat.

»Ja, klar«, antwortete ich. »Aber demnächst will ich meine Schulden bei dir schon loswerden.«

»Mach dir da mal keine Sorgen«, sagte er grinsend.

Aus dem Verhalten der Leute aus dem Ort schloß ich, daß sie alle davon ausgingen, ich würde auf absehbare Zeit in der Gegend bleiben. Ich war mir inzwischen darüber im klaren, daß hier jeder alles von jedem wußte. Während die Tage vergingen, bestätigte sich dieser Eindruck immer wieder. Zum Beispiel sagte Kenneth Turner mehrmals, daß er sich endlich einmal aufmachen und nach meinem Motorrad schauen kommen müsse, während sich Bryan Webb fortlaufend erkundigte, wie ich mit den Booten vorankäme. Und immer gab es irgendeine neue Geschichte über Deakin, wie er schon wieder die falsche Milch gebracht hatte oder zu spät gekommen war.

Einmal drehte sich Bryan am Ende eines solchen Berichts zu mir um und sagte: »Du solltest den Job von Deakin übernehmen.«

Ich war mir nicht sicher, ob diese Bemerkung ernst zu nehmen war oder nicht, aber als er sie gemacht hatte, ging eindeutig ein zustimmendes Gemurmel durch die untere Bar.

***

Ein paar Abende später lief ich auf dem Weg in den Pub über den Hof, als mir ein rhythmischer dumpfer Lärm auffiel, der aus dem großen Schuppen kam. Es war gegen neun Uhr, und die Lichter waren alle an. Ich ging hinüber und spähte durch das Tor, das ungefähr einen Inch weit aufstand. Sofort war mir klar, daß der dumpfe Lärm von dem Betonmischer herrührte. Sein Dieselmotor war wieder zusammenmontiert und angeworfen worden. Aufmerksam beobachteten Mr. Parker und Kenneth Turner die Maschine. Kenneth trug einen blauen Overall und hielt einen verstellbaren Schraubenschlüssel in der Hand. Anscheinend waren beide wie hypnotisiert von der Mischtrommel, die langsam

Runde um Runde vor ihren Augen rotierte. Eine ganze Minute lang starrten sie darauf, dann noch eine. Unterdessen stand ich draußen im Dunkeln und beobachtete sie. Schließlich sagte Mr. Parker irgendwas, und Kenneth nickte. Er ließ den Schraubenschlüssel tief in seiner Tasche verschwinden. Dann gingen sie 'rüber zu meinem Motorrad. Einen Augenblick später hatte sich Kenneth schon draufgesetzt und warf den Motor an. Zu meiner Überraschung sprang die Maschine dröhnend an. Er verbrachte einige Zeit damit, sie auf Touren zu bringen, und lauschte konzentriert dem Geräusch. Unbeaufsichtigt rumpelte der Betonmischer weiter vor sich hin. Schließlich machte Kenneth den Motor wieder aus. Mr. Parker und er begutachteten jetzt den Lack und die Chromteile. Dann drehten sie sich um und sahen sich das Boot an, an dem ich den Tag über gearbeitet hatte. Kenneth hob eine der Farbdosen auf, die immer noch ungeöffnet daneben standen. Als er bemerkte, daß kein Etikett darauf war, sah er Mr. Parker an und grinste breit. Dann kletterten die zwei über die Kisten in die Richtung der anderen Motorräder an der hinteren Schuppenwand. Zu diesem Zeitpunkt hatte ich keine Lust mehr, ihnen hinterherzuspionieren, und machte mich wieder auf den Weg über den Hof. Als ich einen Blick auf das Haus warf, wurde mir klar, daß Gail jetzt dort drinnen allein sein mußte, und ich fragte mich bei dieser Gelegenheit, was sie nun die Abende über machte, wo sie keine Hausaufgaben mehr hatte.

Siedendheiß fiel mir plötzlich ein, daß ich bis morgen früh ein paar Grammatikaufgaben abzugeben hatte! Ich hatte vorher gebadet und war dann losgegangen und hatte das völlig vergessen! Jetzt mußte ich wieder zurück zum Gartenhäuschen rennen und mich daran setzen, bevor ich losziehen konnte. Irgendwie brauchte ich länger als sonst. Die Folge war, daß ich erst gegen zehn loskam. Zu diesem Zeitpunkt war es im großen Schuppen schon völlig dunkel. Als ich im Packhorse ankam, sah ich Kenneth auf seinem Stammplatz am Ende des Tresens sitzen. Er sagte zwar »Hallo«, erwähnte seinen Besuch bei Mr. Parker aber nicht. Ich machte daher auch keine Anspielung darauf.

Am nächsten Morgen wurde ich wieder von dem rumpelnden Geräusch geweckt. Ich guckte durch die Vorhänge und sah, daß Mr. Parker schon auf den Beinen war. Er hatte das Schuppentor weit geöffnet und den Betonmischer auf die Laderampe geschoben. Mit laufendem Motor stand er da, und die Mischtrommel drehte sich Runde um Runde. Nach einer Weile sah ich, wie er auf die Uhr schaute und in die Richtung des Gartenhäuschens spähte. Ich verstand das als Zeichen, daß es Zeit zum Aufstehen war, und wälzte mich aus dem Bett. Irgend etwas verhieß mir, daß ich heute mit den Booten nicht sehr weit kommen würde. Aber erst beim Frühstück enthüllte er mir seine Pläne.

»Es war längst höchste Zeit, daß wir mal einen neuen Anker für den Bootsliegeplatz herstellen«, kündigte er an. »Wenn wir noch länger damit warten, wird es auf dem See zu stürmisch.«

»Im Winter wird das noch schlimmer, was?« fragte ich.

»Kommt vor«, sagte er. »Und es hat keinen Sinn, die Sache bis zum Frühjahr aufzuschieben.«

»Da haben Sie recht.«

»Sie wissen doch, wie man einen Liegeplatzanker herstellt, oder?«

»Ja, kann ich mir so ungefähr vorstellen.«

»Gut. Ich habe Ihnen schon das ganze Zeug vorbereitet. Ein LKW-Rad, eine lange Kette und jede Menge Beton.«

»In Ordnung.«

»Sie müssen ihn nur noch mischen.«

»Okay.«

Einige Augenblicke vergingen. Über den Hof hörte man das rhythmische Rumpeln.

»Haben Sie die Hausaufgaben gemacht?« fragte Gail.

»Ach, ja«, antwortete ich. »Hab' ganz vergessen, sie mit rüberzubringen. Alles ist fertig, du kannst sie abholen, wann immer du willst.«

»Danke«, sagte sie. »Übrigens, Ihr Aufsatz hat einen Preis bekommen.«

»Tatsächlich?«

»Ja, sie haben ihn in der Schulzeitung abgedruckt.«

»Ach«, sagte ich. »Das freut mich aber wirklich. Was war denn der Preis?«

»Ein Büchergutschein.«

»Oh, klasse.«

»Wollen Sie ihn haben?«

»Willst du ihn denn nicht?«

»Nicht unbedingt.«

»Ach so, ja, okay.«

»Sie können ihn zum Ausgleich für die ganzen Hausaufgaben haben.«

»Äh …, danke.«

Sie griff in ihre Schultasche, holte den Büchergutschein heraus und legte ihn auf den Tisch.

»Am besten unterschreibst du ihn auf der Rückseite«, bemerkte ihr Vater.

Ich dachte zuerst, er hätte einen Witz gemacht. Aber Gail hatte schon einen Kuli in der Hand und schrieb mit ernstem Gesicht ihre Unterschrift darauf.

»Danke«, sagte ich nochmals, als sie mir den Gutschein gab. »Hast du noch ein Exemplar von der Zeitung, damit ich mich auch mal gedruckt sehen kann?«

»Oh, nein, tut mir leid«, antwortete sie. »Ich hab' sie schon weggeschmissen.«

Draußen kündigte ein Scheppern das Nahen von Deakins Lieferwagen an. Wir sahen durch das Fenster zu, wie er rumrannte und eilig seine Milch ablieferte, erst am Haus, dann am Gartenhäuschen, bevor er schnell wieder abfuhr.

»Ich habe gehört, im Süden wird wieder gestreikt«, sagte Mr. Parker.

»Ach, wirklich?« sagte ich. »Wußte ich gar nicht.«

»Sie haben's gestern abend im Fernsehen gebracht.«

»Haben Sie denn einen Fernseher?«

»Ja, natürlich. Warum?«

»Na ja, ich habe nur gedacht, die Leute hier bräuchten gar keine Fernseher. Wegen der Landschaft und allem.«

»Na klar haben wir einen da drinnen«, sagte er und deutete mit dem Kopf auf das Nebenzimmer. »Haben ihn für *One Man and His Dog* gekauft.«

»Warum streiken sie denn?« fragte Gail. Dabei sah sie mich an.

»Wahrscheinlich machen sie sich Sorgen wegen der Arbeitslosigkeit«, war mein Vorschlag.

»Aber was soll denn ein Streik bringen?«

»Äh …, na ja, bringen tut er eigentlich nichts«, sagte ich. »Er ist eher als eine Art Meinungsäußerung gedacht.«

»Ach so«, sagte sie. »Klar.«

»Ich glaube nicht an die Arbeitslosigkeit«, sagte Mr. Parker.

»Tatsächlich?«

»So was gibt's gar nicht. Irgendwas ist immer zu tun.«

»Kann sein.«

»Gab es da in dieser Fabrik, wo Sie waren, viele Streiks?«

»Nein, nicht während meiner Zeit.«

»Hört sich an, als wäre der Laden gut gelaufen.«

»Ja, sah ganz danach aus.«

»Gut gezahlt haben sie auch?«

»Nicht schlecht.«

»'ne Menge gespart, was?«

»Ja, ein bißchen.«

»Das ist gut.«

Angesichts dieser Wendung, die das Gespräch nahm, hielt ich den Augenblick für gekommen, eine Sache anzusprechen, die ich seit ungefähr einer Woche vermieden hatte. Das Problem war, daß wir, als ich eingewilligt hatte, die Boote fertig zu machen, es versäumt hatten, über meine Bezahlung zu reden. Ich hatte keine Ahnung, ob ich für die Arbeit einen Pauschalbetrag oder einen Stundenlohn oder was bekommen sollte. Daher beschloß ich, das Thema jetzt anzuschneiden.

»Äh ..., eigentlich«, sagte ich, »wo wir schon mal beim Thema Arbeit sind ...«

»Da haben Sie ganz recht«, sagte Mr. Parker und stand abrupt auf. »Vom Rumsitzen allein kriegen wir auch nichts geschafft.«

Als nächstes stürmte er zur Küchentür. Mir blieb keine andere Wahl, als mein Frühstück eilig herunterzuschlingen und ihm zu folgen.

Wir gingen hinaus und quer über den Hof zum Betonmischer, dessen leere Mischtrommel sich immer noch Runde um Runde drehte. Neben ihm stand ein Schubkarren mit den Zutaten für den Beton. Außerdem eine Radfelge und eine ungeheuer lange Stahlkette. In der Nähe des Betonmischers war es zu laut, um der Frage nach meiner Bezahlung noch weiter nachzugehen, weshalb ich sie zunächst aufschob. Im übrigen gab es keine wirkliche Notwendigkeit, da ich in der letzten Zeit nicht aufgefordert worden war, Geld rauszurücken. Im Packhorse ließ ich immer noch anschreiben, und meine Lebensmittel und die Milch wurden gegen Rechnung geliefert. Es war klar, daß diese wachsenden Schulden in der nahen Zukunft beglichen werden mußten, aber anscheinend hatte es niemand mit dem Eintreiben sehr eilig. Ich beschloß also, mir darüber keine Sorgen zu machen.

Es war eigentlich ziemlich einfach, den Anker für die Anlegestelle herzustellen. Das eine Ende der Kette machte ich an der Felge fest. Dann fing ich an, Sand, Kies und Zement in den Betonmischer zu schaufeln. Sobald Mr. Parker mitbekommen hatte, daß ich wußte, was ich zu tun hatte, war er zufrieden, sagte, er würde mich jetzt »meinem Schicksal überlassen«, und brach mit seinem Lieferwagen, den Anhänger im Schlepptau, irgendwohin auf. Kurz darauf stiefelte Gail in ihrer Schuluniform den Hügel hinunter und winkte mir kurz zu, wie immer. Als der Beton fertig war, goß ich ihn in die Felge und ließ ihn trocknen. Ich vermutete, er brauchte dafür eine Woche, bevor er gefahrlos auf dem Boden des Sees versenkt werden konnte.

Für diesen Job hatte ich überhaupt nicht lange gebraucht, und das Ergebnis sah okay aus. Bevor ich die Arbeit an den Booten wiederaufnahm, beschloß ich, mich mit einer Tasse Tee zu belohnen, und trottete rüber zum Gartenhäuschen. Auf dem Tisch lag die neueste Ausgabe der *Trader's Gazette*. Ich hatte es mir zur Gewohnheit gemacht, sie auszuleihen, nachdem Mr. Parker sich daraus alle Informationen besorgt hatte, die er brauchte. Ich tat das einfach aus Interesse und Neugier, die Absicht, irgendeine Sache, die dort angeboten wurde, zu kaufen, hatte ich nicht. Im Hinterkopf behielt ich, daß ich jetzt im Besitz eines Büchergutscheins war und mir tatsächlich etwas Richtiges zu lesen besorgen sollte, aber erst einmal öffnete ich die *Gazette* auf einer beliebigen Seite. Meine Augen fielen sofort auf eine Anzeige, die mir vorher noch nie aufgefallen war. Sie stand unter der Rubrik »Dienstleistungen« in der Gegend um Millfold und lautete:

KREISSÄGE MIT MANN ZU VERLEIHEN
Alle Holzschneidearbeiten werden an Ort und
Stelle durchgeführt.
Auskünfte T. Parker

Eine Telefonnummer stand auch dabei. Mehrere Male las ich die Anzeige, um sicherzugehen, daß ich mich nicht getäuscht hatte. Dann blätterte ich weiter in den Seiten. Ein Stück weiter forderte jemand dazu auf, Vorbestellungen für Weihnachtsbäume aufzugeben. Bei sofortiger Bezahlung gab es zehn Prozent Rabatt. Mir kam das ein bißchen verfrüht vor, bis mir aufging, daß es bis Weihnachten jetzt nur noch ein paar Monate hin waren. Der Herbst hatte sich hinterrücks angeschlichen, während ich an den Booten herumwerkelte. Ein Windstoß draußen verstärkte diesen Eindruck. Mir war kaum aufgefallen, daß das Wetter langsam immer schlechter wurde, weil ich den Großteil eines jeden Tages in dem riesigen Schuppen verbrachte. Dennoch, die Anzeichen waren nicht zu übersehen. Trotz der ganzen Nieten, die ich am Schuppen angebracht hatte, krachte und knarrte er immer noch unter dem Ansturm der Naturgewalten. Und es gab noch andere Anzeichen. Die Bäume waren kahl geworden, und die Temperatur nahm allmählich ab. Wenn ich abends zum Pub lief, konnte ich Seevögel draußen auf dem See hören, die kreischten und stritten. Es hörte sich so an, als wären es Tausende. Ich hatte keine Ahnung, wo sie hergekommen waren, aber es wirkte so, als hätten sie sich für den Winter hier niedergelassen. Ich dachte an die sieben Boote, die noch gestrichen werden mußten, die Dartpartien und die endlosen Mengen an Pints mit Topham's Excelsior Bitter, und mir fiel auf, daß auch ich mich für den Winter niedergelassen hatte.

***

Es war schon fast dunkel, als Mr. Parker mit einer weiteren Ladung Ölfässer zurückkam.

Da ich meine Arbeit für den Abend beendet hatte, ging ich auf den Hof, um ihn zu treffen. Ich wollte ihn etwas wegen des Ankers für die Anlegestelle fragen.

»Er ist ziemlich schwer geworden«, sagte ich. »Wie bringen wir ihn denn raus auf den See?«

»Sie sind der Mann für die Boote«, sagte er. »Verraten Sie's mir.«

»Also, den Kahn können wir nicht nehmen, der kippt einfach um.«

»Wirklich?«

»Ja. Was wir bräuchten, wäre ein richtiges Ankerfloß mit einem Loch in der Mitte, um den Anker durchzulassen.«

»Ach so«, sagte er. »Verstehe.«

Als mir Mr. Parker zum ersten Mal erzählt hatte, daß er von Booten nichts verstünde, hatte ich ihn nicht wirklich ernst genommen, aber während der letzten paar Wochen hatte ich eingesehen, daß es stimmte. Offenbar hatte er nicht den geringsten Schimmer davon, wie man einen Bootsliegeplatz verankerte. Und jetzt wurde mir klar, daß ich diese ganze Operation in die Hand nehmen mußte.

»Also, wie bauen wir ein Ankerfloß?« fragte er.

»Eigentlich ganz einfach«, antwortete ich. »Man braucht nur vier leere Ölfässer und ein paar Bretter.«

»Aber ich habe keine Ölfässer übrig.«

»Ach ..., wirklich nicht?«

»Eigentlich nicht«, sagte er. »Ich wollte sie alle dieser Fabrik verkaufen, wo Sie gearbeitet haben.«

»Haben Sie sie dafür gesammelt?«

»Natürlich. Sie haben doch gesagt, ich würde dafür einen guten Preis bekommen.«

»Ja, schon, aber ... das ist ewig weit weg.«

»Das macht nichts. Mir ist es egal, wie weit ich fahren muß, solange ich dabei Gewinn mache.«

»Aber wie wollen Sie sie denn alle da runterkriegen?«

»Auf meinem LKW.«

»Ich wußte gar nicht, daß Sie einen haben.«

»Doch, Sie haben ihn schon gesehen. Drüben in Bryan Webbs Scheune.«

»Ach, stimmt.«

»Er lagert sein Heu hier, und ich stelle meinen Laster dort unter.«

»Hört sich nach einer praktischen Abmachung an.«

»Beide Seiten haben etwas davon, und außerdem spart man sich den Bargeldtransfer.«

Ich nickte, und wir schwiegen. Mr. Parker starrte auf den Anker und sah so aus, als würde er sich meinen Vorschlag überlegen.

»Na gut«, sagte er schließlich. »Ich glaube, wir könnten notfalls vier Fässer opfern. Können Sie dieses Floß bauen?«

»Wenn es sein muß.«

»Also okay«, sagte er. »Sie haben den Job.«

***

Wie gewöhnlich leistete ich mir abends ein Vollbad. Im Grunde war das das Beste überhaupt an meinem Aufenthalt im Gartenhäuschen. Es gab Unmengen warmes Wasser, und auch wenn es lange dauerte, bis die Wanne vollgelaufen war, war es jedesmal ein Hauch von Luxus nach einem anstrengenden Tag. Im allgemeinen wartete ich damit bis nach dem Abendessen und aalte mich dann etwa eine Stunde lang im Wasser, bevor ich in den Pub aufbrach. Auch am heutigen Abend machte ich keine Ausnahme. Gegen acht Uhr drehte ich die Wasserhähne auf, langsam füllte sich das Badezimmer mit Dampf. Zehn Minuten später glitt ich in die warme Wanne und rutschte so tief hinunter, bis das Wasser mich ganz bedeckte. Wie lange ich dort gelegen hatte, bevor ich gestört wurde, konnte ich nicht mit Sicherheit sagen. Meine Ohren befanden sich unter der Wasseroberfläche, und meine Füße lagen auf den Badewannenrändern, als ich ein Klopfen bemerkte. Einen Moment lang dachte ich, es sei das lose Wellblech auf dem Schuppen, aber dann sagte ich mir, daß es das nicht sein konnte. Nein, das Klopfen kam ganz aus der Nähe. Ich setzte mich auf und lauschte. Von draußen klopfte jemand ans Fenster. Ich stieg aus der Wanne, ging zum Fenster und spähte durch die Milchglasscheibe. In der Dunkelheit konnte ich gerade so ein rosa Oval erkennen.

»Hallo?«

Es war Gail.

»Gerade haben die vom Packhorse angerufen«, sagte sie. »Sie sollen doch beim Darts mitmachen.«

»Aber heute doch nicht«, sagte ich.

»Das haben sie aber gesagt«, antwortete sie, und schon war das rosa Oval verschwunden.

Ich trocknete mich schnell ab und zog mich an. Dabei fragte ich mich, wieviel sie wohl durch das Badezimmerfenster gesehen hatte. Die Nachricht war mehr als seltsam. Bisher hatte noch jedes Dartturnier an einem Donnerstag stattgefunden. Heute war aber erst Dienstag. Ich hatte also keinen Schimmer, was sie von mir wollten. Sie würden sicherlich nicht anrufen, nur damit ich zum Training käme. Immerhin war es nur ein Spiel. Dennoch dachte ich mir, es wäre am besten, sofort aufzubrechen. Ich ging also rüber zum Schuppen, um mein Motorrad zu holen. Dort stellte ich fest, daß Mr. Parker das Tor schon für die Nacht abgeschlossen hatte, und beschloß daher, zu Fuß zu gehen. Schon vor längerer Zeit war ich zu dem Schluß gekommen, daß das ohnehin vernünftiger wäre im Hinblick auf die Mengen Bier, die an diesen Matchabenden flossen. Im nachhinein betrachtet, wäre es allerdings wahrscheinlich besser gewesen, mit dem Motorrad zu fahren.

Als ich in den unteren Barraum kam, war mir augenblicklich klar, daß irgend etwas nicht stimmte. Es war halb zehn, und an einem Matchabend hätte der Saal rappelvoll sein müssen. Statt dessen war er fast völlig leer. Keine Spur von Tony oder Gordon. In der oberen Bar redete der Wirt mit ein, zwei Leuten und beachtete mich eine Zeitlang gar nicht. Als er sich endlich dazu bequemte, mich zu bedienen, war er alles andere als freundlich.

»Ja?« sagte er.

»Wo sind die anderen denn alle?« fragte ich.

»Sie spielen heute im Journeyman«, antwortete er. »Da, wo Sie auch jetzt sein sollten.«

»Aber ich dachte, die Spiele wären donnerstags.«

»Das gilt für die Heimspiele«, schnauzte er mich an. »Die Auswärtsspiele sind immer dienstags.«

»Ach«, sagte ich. »Das wußte ich nicht.«

»Schauen Sie denn nie auf den Spielplan?«

»Äh ..., nein, Entschuldigung.«

»Na ja, Sie sind jetzt sowieso zu spät dran. Das Spiel wird schon halb um sein.«

»Tut mir leid.«

»Was trinken Sie?«

»Ein Pint Ex, bitte.«

»Das Faß ist alle.«

»Ach so«, sagte ich. »Na ja, ich kann auch warten, bis Sie es ausgetauscht haben.«

»Ich hole kein neues.«

»Nein?«

»Nein, leider nicht.«

Mit dieser Bemerkung ging er in die obere Bar zurück. Alle seine Kumpels starrten zu mir herunter. Ich blieb unten stehen, fühlte mich unwohl in meiner Haut und überlegte, was ich jetzt tun sollte. Da merkte ich, daß ich nicht völlig allein war. In der unteren Bar saß auch noch Bryan Webbs Komplize von der Schafreinhol-Aktion. Seit diesem Ereignis hatten wir uns ein bißchen näher kennengelernt, und inzwischen wußte ich, daß er Maurice hieß. Auf alle Fälle war er der Schulbusfahrer. Er machte mir ein Zeichen, mich zu ihm zu setzen. Ich ging also zu ihm rüber. Er fing leise an zu reden.

»Verständlicher Fehler«, sagte er. »Kann man nichts machen.«

»Doch«, sagte ich. »Ich wäre viel früher gekommen, wenn ich das gewußt hätte. Ich habe mich so darauf gefreut, nochmal gegen die vom Journeyman zu spielen.«

»Kann ich mir vorstellen. Aber jetzt haben Sie die anderen alle verärgert. Also dürfen Sie jetzt eine ganze Weile kein Aufsehen erregen.«

»Wie soll ich mich denn verhalten?«

»Na ja, Sie fahren sicher am besten damit, für ein oder zwei Wochen woanders hinzugehen, bis sie alles vergessen haben.«

Plötzlich fühlte ich eine Woge des Entsetzens in mir aufsteigen.

»Aber hier gibt's doch sonst nur den Ring of Bells«, wandte ich ein.

Maurice sah mich mitleidig an. »Dann müssen Sie wohl dahin gehen, was?«

7

Am folgenden Nachmittag war ich im Schuppen am Arbeiten, als vom Hof her die Melodie zu »Half a pound of treacle« ertönte. Schnell ging ich zum Tor und linste durch den Spalt. Gerade hielt draußen ein gelb-weißer Eiswagen. Es handelte sich um ein sehr altertümliches Gefährt. Auf dem Dach war eine große Plastikwaffel montiert, unter der in blauen Buchstaben »SNAITHES OF WAINSKILL« stand. Obwohl der Wagen jetzt stand, surrte seine Kühlanlage unentwegt weiter, und seine Lichter blinkten. Einen Moment lang konnte ich den Fahrer gar nicht sehen. Er fummelte an irgend etwas unterhalb des Armaturenbretts herum. Es sah so aus, als hätte er ein ziemlich großes Problem mit dem Glockenspiel, das in unregelmäßigen Abständen »Half a pound of treacle« bimmelte und ihm offenbar außer Kontrolle geraten war. Außerdem war es ziemlich laut. Das Gebimmel kam aus vier silbernen Hörnern vorne am Wagen, und die Gebäude um den Hof herum warfen das Echo zurück. Ich schob das Tor auf und trat hinaus. In der Kabine erblickte ich den Fahrer bei dem verzweifelten Versuch, verschiedene Drähte zu entwirren, um damit das Gebimmel zu beeinflussen. Der Erfolg war gering. Ich klopfte ans Fenster, und er drehte den Kopf. Es war Deakin.

»Dieses beschissene Glockenspiel«, sagte er, rutschte über den Fahrersitz Richtung Tür und stieg aus. »Immer bleibt es hängen.«

»Können Sie es denn nicht ganz abstellen?« schlug ich vor.

»Nein«, erwiderte er. »Wenn ich das tue, gehen die Scheinwerfer und die Kühlmaschine aus.«

»Ach du meine Güte.«

»Alles ist falsch angeschlossen. Ich kriege es nie richtig hin.«

»Was ist denn mit dem Rest von dem Lied passiert?«

»Keine Ahnung«, sagte er. »Ich habe noch nie was anderes als ›Half a pound of treacle‹ gehört.«

Während unseres Gesprächs wurden wir immer wieder von dem Geschmetter der vier Hörner unterbrochen. Jedesmal mußten wir dann unser Gespräch beenden, bis der Lärm aufhörte.

»Soll ich mal einen Blick darauf werfen?« fragte ich.

»Wenn Sie wollen«, sagte er. »Ich bin mit meinem Latein am Ende. Tommy ist nicht da, nehme ich an?«

»Leider nicht.«

Ich kletterte in die Fahrerkabine und stellte fest, daß es dort drinnen genauso laut war. Kein Wunder bei dem brummenden Kühlaggregat und dem fortwährenden Gebimmel des Glockenspiels oben auf dem Dach. Auf dem Armaturenbrett gab es einen Kontrollschalter, unter dem eine Anzahl bunter Drähte hervorkam. Versuchsweise stöpselte ich einige um, mit dem einzigen Ergebnis, daß die Glühbirnen im Innern der Plastikwaffel zu blinken anfingen. Ich brachte die Drähte in ihre Ausgangsposition zurück und stieg aus. Dann schlug ich vor, in den Schuppen zu gehen, um ein bißchen Frieden und Ruhe zu haben.

»Sie heißen aber doch nicht Snaithe, oder?« fragte ich, als wir drinnen angekommen waren.

»Nein«, sagte er. »Ich heiße Deakin.«

»Wußte ich's doch. Aber warum steht dann da Snaithe?«

»Das ist der Mann, dem die Eiscremefabrik in Wainskill gehörte.«

»Ach«, sagte ich. »Ich wußte gar nicht, daß es dort eine gibt.«

»Na ja, er ist jetzt auch vom Großhändler aufgekauft worden, aber den Namen haben sie behalten.«

»Und wie kommt es, daß Sie jetzt mit dem Wagen rumfahren?«

Deakin schüttelte den Kopf. »Fragen Sie mich das besser nicht.«

»Ach so, okay.«

»Also gut, wenn Sie wollen, sage ich es Ihnen.« Er ließ seinen Blick über die umgedrehten Boote gleiten und setzte sich auf das nächstbeste, bevor er fortfuhr. »Dieser Eiswagen ist seit Jahren in der Ferienzeit hier in der Gegend rumgefahren und hat jedesmal ein gutes Geschäft gemacht. Die Leute vom Campingplatz standen immer Schlange für die Eishörnchen und Waffeln. Und Lutscher. War wirklich eine Goldgrube. Als Snaithe aufgab, hat er die Konzession behalten und sie Tommy angeboten, inklusive Wagen. Tommy hat natürlich zugegriffen, aber anschließend mich überredet, alles zu übernehmen.«

»Aber Sie sind doch mit dem Milchausfahren schon ganz gut beschäftigt, oder nicht?«

»Das habe ich ihm auch gesagt, aber er meinte, ich könnte den Eisverkauf auch noch machen, in meiner Freizeit.«

In diesem Moment wurde Deakin durch das Gebimmel von »Half a pound of treacle«, das von draußen hereinkam, unterbrochen.

»Warum haben Sie nicht einfach nein gesagt?« fragte ich, als es aufhörte.

Deakin seufzte und schüttelte wieder den Kopf. »Als Tommy davon sprach, hörte es sich nach einer guten Idee an. Am Ende habe ich meinen LKW gegen den Lieferwagen und den Eiswagen getauscht.«

»Ist das der Laster drüben bei Bryan Webb?«

»Ja, genau.«

»Und Geld ist keines geflossen?«

»Nein, es war eine für beide Seiten vorteilhafte Abmachung. Aber deswegen will ich ja mit Tommy reden. Eigentlich wollte ich den Eiswagen nur zur Probe übernehmen, aber jetzt sitze ich auf ihm fest, wie es aussieht.«

»Macht das Eisverkaufen denn keinen Spaß?«

»Es war so viel los, daß ich völlig ausgelaugt war!« sagte Deakin. »Aber jetzt ist die Saison vorbei, und nichts läuft mehr.«

»Das kann ich mir denken.«

»Also habe ich mich dagegen entschieden. Der Wagen ist zu nichts anderem zu gebrauchen. Ich möchte ihn am liebsten zurückgeben.«

»Und warum tun Sie das dann nicht?«

»Weil ich Tommy nie erwische.«

Eine Aura von Schwermut und Niedergeschlagenheit umgab Deakin. Er saß dort auf dem Boot und rieb vor lauter Aufregung immer wieder mit den Handflächen über die abgeschliffene Farbe. Die Folge war, daß sie sich kastanienbraun färbten. Als er das merkte, verzog er entsetzt das Gesicht. Ich konnte mich gerade noch beherrschen, meinen Arm um seine Schultern zu legen und »ei, ei« zu machen.

Statt dessen reichte ich ihm einen Lappen, damit er seine Hände abwischen konnte, und bewirtete ihn dann mit Tee und Keksen im Gartenhäuschen.

»Wenn ich Ihnen einen Rat geben darf«, sagte ich, während wir darauf warteten, daß das Wasser kochte, »reden Sie doch mit Tommy, wenn Sie ihn das nächste Mal sehen.«

»Ja«, sagte Deakin. »Ich muß das jetzt wirklich mal regeln.«

»Schieben Sie es nicht länger als nötig vor sich her.«

»Ja, da haben Sie recht.«

»Wo wir schon mal dabei sind: Ich sollte endlich mal meine Milchrechnung bezahlen.«

»Machen Sie sich deswegen keine Sorgen«, sagte er. »Das hat noch Zeit.«

Jetzt, wo er sich seine Eiswagengeschichte von der Seele geredet hatte, stieg Deakins Laune ein bißchen. Als ich ihm eine Tasse Tee und ein paar Kekse anbot, wurde er langsam wieder der alte. Doch dann fiel sein Blick auf die neue Ausgabe der *Trader's Gazette*.

»Ach ja«, sagte er. »Da drin gibt's etwas, das ich Ihnen unbedingt zeigen muß.«

Er griff nach der Zeitung und blätterte die Seiten durch, bis er fand, was er suchte. Es überraschte mich gar nicht, als er mir die

Anzeige mit dem Text »Kreissäge mit Mann zu verleihen« unter die Nase hielt.

»Das sind Sie«, verkündete er.

»Ja«, sagte ich. »Das dachte ich mir schon.«

»Hat Tommy denn nicht mit Ihnen darüber gesprochen?«

»Nein, nicht direkt.«

»Na ja«, sagte Deakin. »Er verleiht Sie für soundsoviel in der Stunde und zahlt Ihnen soundsoviel. Die Differenz ist sein Gewinn.«

»Ist da der Materialverschleiß mit einbegriffen?«

»Äh …, nein. Das kommt auf eine extra Rechnung.«

»Ach so«, sagte ich. »Haben Sie eine Ahnung, wieviel man bei ihm für die Stunde bekommt?«

»Leider nicht.«

»Aber was hat er Ihnen denn gezahlt?«

»Wann?«

»Als Sie ihm mit dem Schuppen geholfen haben.«

»Nichts.«

»Was?«

»Die Sache ist die«, sagte er. »Tommy rückt nicht gerne Bargeld raus. Nicht, solange er es irgendwie vermeiden kann.«

»Ja, das ist mir auch schon aufgefallen.«

»Aber ich kann schon sagen, daß ich für meine Arbeit das eine oder andere bekommen habe.«

»Sie meinen Sachleistungen?«

»Ja, mehr oder weniger.« Deakin stand auf. »Jedenfalls vielen Dank für den Tee und die Kekse, aber ich muß jetzt los. Ich hab' noch ein bißchen H-Milch im Kühlfach. Eine Sonderlieferung.«

»Für wen?«

»Für Bryan Webbs Onkel Rupert. Er kommt immer mittwochs zu Besuch.«

Nicht lange darauf machte sich Deakin auf den Weg. Ich kam mit in den Hof und blickte ihm nach, als er in seinem unnützen Eiswagen den Betonweg hinabfuhr. Noch einmal hörte ich die schmetternde Melodie zu »Half a pound of treacle«, dann war er verschwunden.

***

An diesem Abend begann ich damit, meine zweiwöchige Strafe im Ring of Bells abzusitzen. Zwei Wochen lang in einem Pub zu hocken, in dem es keine Frauen, keine Darts und kein Topham's Excelsior Bitter gab, war nicht gerade eine erfreuliche Aussicht. Ich zögerte meinen Aufbruch daher bis ungefähr Viertel vor zehn hinaus. Vorher verbrachte ich ein paar Stunden damit, Pläne für das Ankerfloß zu entwerfen und mich zu fragen, warum ich mich hatte breitschlagen lassen, das Ding zu bauen. Um die Wahrheit zu sagen: Obwohl ich wußte, wie es am Ende aussehen mußte, hatte ich keinerlei Erfahrung im praktischen Zusammenbauen. Erst nachdem ich den halben Abend lang mit Stift und Papier rumprobiert hatte, gelang mir ein annehmbares »Design«. Als ich danach nichts mehr zu tun hatte, brach ich auf.

Im Ring of Bells schien es heute noch ruhiger als bei meinem früheren Besuch zu sein. Die gleichen Leute saßen auf den gleichen Plätzen und starrten in ihre Gläser, während der Wirt (der angeblich Cyril hieß) hinter dem Tresen stand und welche polierte. Die Gespräche konnte man bestenfalls schleppend nennen. Dann und wann machte jemand eine Bemerkung über das Wetter oder erwähnte, wem er tagsüber begegnet war, aber der Großteil der Unterhaltung war noch uninteressanter. Hodge war natürlich auch anwesend und saß auf einem Hocker an der Bar. Als ich hereinkam, nickte er mir zu, ich nickte zurück, und mir fiel nicht zum ersten Mal auf, daß unsere Art Bekanntschaft seltsam war. Ich hatte ihn inzwischen regelmäßig wegen meiner Lebensmittelbestellungen angerufen und Rechnungen bekommen, die ich noch nicht bezahlt hatte. Ich war mir sicher, daß Hodge am Apparat war, wenn ich anrief, aber er machte keine Anstalten, diese Tatsache zu bestätigen. Ich nannte auch nie meinen Namen. Ich bat einfach nur darum, die Lebensmittel zum Gartenhäuschen zu liefern. Falls Hodge wußte, daß ich es war, ließ er sich nichts anmerken. Was mich betraf, hatte ich keine Vorstellung, wann ich die Rechnung begleichen sollte. Wir sprachen nie darüber und saßen einfach mit unseren Gläsern Seite an Seite und hatten kaum etwas miteinander zu tun.

Zumindest bis zum dritten Abend waren die Lebensmittel nicht Gegenstand der Diskussion gewesen, und auch dann waren sie es nur kurz. Nach einer besonders stummen Pause drehte er sich zu mir um und sagte: »Übrigens haben wir eine neue Lieferung Baked Beans 'reinbekommen.«

»Baked Beans?«

»Ja.«

»Ach, gut«, sagte ich. »Merke ich mir.«

»Ich dachte nur, ich sag' Ihnen Bescheid.«

»Danke.«

Danach wandten wir uns beide wieder der Betrachtung unserer Gläser zu und kamen nicht mehr auf dieses Thema zurück.

Als ich nach Hause lief, fiel mir ein, daß ich auch zum Journeyman hätte rüberfahren können und schauen, ob Lesley da war. Immerhin war sie an diesem ersten Abend sehr freundlich gewesen, als wir zusammen Darts gespielt hatten. Sie hatte mir einen ausgeben wollen und dann gesagt: »Vielleicht ein andermal.« Das war zweifellos ein Wink mit dem Zaunpfahl gewesen. Das einzige Problem war, daß ich keine ausreichend gute »Ausrede« hatte, um plötzlich einfach so in ihrer Stammkneipe aufzutauchen. Wainskill war gute zehn Meilen entfernt, und die Straße endete dort, so daß ich kaum reingehen konnte und einfach sagen, ich wäre zufällig vorbeigekommen. Dieses Dartspiel, bei dem ich gefehlt hatte, wäre die perfekte Gelegenheit gewesen, sie näher kennenzulernen. Aber leider hatte ich diese Chance verpaßt. Und jetzt hatte ich keine Ahnung, wann ich sie je wiedersehen würde.

***

In der Zwischenzeit verbrachte ich meine Tage mit dem Versuch, an den Booten weiterzukommen, aber immer wieder hielt mich Mr. Parker von der Arbeit ab. Wie es aussah, lag dauernd irgend etwas Wichtigeres an. Eines Morgens, kurze Zeit nachdem ich eingewilligt hatte, das Ankerfloß zu bauen, verkündete er mir, daß alle benötigten Materialien unten am Steg auf mich warteten.

»Wollen Sie heute damit anfangen?« fragte er.

»Könnte ich schon«, antwortete ich. »Aber natürlich heißt das, daß ich dann die Arbeit an den Booten erstmal aufschieben muß.«

»Das macht nichts«, sagte er. »Bis Weihnachten sind es noch ein paar Wochen hin.«

Sein Wunsch war mir Befehl, weshalb ich mich wenig später in einem Berg von Ölfässern und Brettern wiederfand. Außerdem lag da eine Schachtel Bolzenschrauben, um alles zusammenzumontieren. Trotz meines sorgfältig gezeichneten Plans werkelte ich den ganzen Tag herum, bis ich alle Einzelteile zu einem vollständigen Etwas zusammengebaut hatte. Das fertige Floß sah ziemlich stabil aus, die Frage war aber, ob es auch schwamm. Ich versuchte, es für einen Schwimmtest zum Ufer zu zerren, und merkte dabei, daß es ziemlich schwer war. Tatsächlich konnte ich es nur unter größten Schwierigkeiten bewegen. Das hatte ich nicht bedacht. Ich hantierte gerade mit ein paar übriggebliebenen Brettern herum und versuchte, eine Art Rutschbahn zu konstruieren, als jemand von hinten an mich herantrat und fragte: »Brauchen Sie Hilfe?«

Es war der alte Mann, der mir schon beim Ausbessern des Stegs geholfen hatte.

»Oh, danke«, sagte ich. »Ja, zu zweit kriegen wir es vielleicht ins Wasser.«

»Haben Sie das gebaut?« fragte er und begutachtete das Floß.

»Ja, bin gerade fertig geworden.«

»Dieser andere Kerl hätte so was nie zustande gebracht.«

»Nein?«

»Niemals. Lungerte immer nur den ganzen Tag rum und machte die Mädchen an.«

»Was für Mädchen?«

»Alle«, sagte er. »Urlauberinnen, Ausflüglerinnen. Hat nie einen Finger gerührt, außer sie mit seinem Bootshaken reinzuziehen.«

»Hört sich ja nett an, diese Arbeit«, bemerkte ich.

»Arbeit?« schnauzte der alte Mann. »Das ist doch keine Arbeit!« Er ging auf die andere Seite des Floßes und suchte eine geeignete Stelle zum Anfassen. »Also, was ist, soll ich mit anfassen, oder nicht?«

»Doch, vielen Dank«, sagte ich. »Das wäre eine große Hilfe.«

Ich hob das Floß auf meiner Seite an. Zu zweit gelang es uns, es zum Wasser zu ziehen. Noch ein Stoß, und schon schwamm es neben dem Steg. Dort band ich es fest und ging probehalber an Deck.

»Und, hält es?« fragte er.

»Sieht so aus«, antwortete ich. »Ja, ich bin ganz zufrieden.«

Ich ging wieder an Land und fing an, das restliche Zeug aufzuräumen.

»Da haben Sie gute Arbeit geleistet«, sagte er.

»Danke.«

»Ich habe gehört, Sie arbeiten morgen bei uns?«

»Ich?«

»Mit der Kreissäge.«

»Ach so«, sagte ich. »Äh . . ., stimmt ja.«

»Um acht kommen Sie, oder?«

»Okay.«

Offenbar hatte jemand auf Mr. Parkers Anzeige in der *Trader's Gazette* geantwortet, aber ich hörte gerade zum ersten Mal davon. Zweifelsohne hatte er vor, mich darüber in Kenntnis zu setzen, wenn er den Zeitpunkt für gekommen hielt. Vorerst beschäftigte mich der Gedanke, daß ich anscheinend immer als letzter mitbekam, was hier so los war. Sogar dieser alte Mann hatte es vor mir gewußt.

»Wo wohnen Sie nochmal?« fragte ich.

»Stonecroft«, sagte er und zeigte den See hinunter. »Die zweite Abbiegung links.«

»Klaro.«

»War auch Zeit, daß wir das ganze Holz mal sägen lassen.«

»Ja.«

»Seit sechs Monaten liegt es da schon.«

»Na dann«, sagte ich. »Wird schon klappen, daß wir morgen damit anfangen.«

Er nickte und verschwand zwischen den Bäumen, ohne sich zu verabschieden. Ich räumte weiter auf. Kurze Zeit später kam Mr. Parker mit seinem Lieferwagen angefahren.

»Fertig?« fragte er beim Aussteigen.

»Ja«, antwortete ich. »Wollen Sie's ausprobieren?«

»Sollte ich wohl machen.« Er ging auf den Steg und machte Anstalten, auf das schwimmende Floß zu steigen, aber dann änderte er offenbar seine Meinung. »Nein, ich vertraue Ihnen.«

»Da kann nichts passieren«, sagte ich.

»Das mag schon sein«, sagte er. »Aber es besteht kein Anlaß, unnötige Risiken einzugehen.«

»Ja, stimmt.«

Ich lud das restliche Zeug auf die Ladefläche von Mr. Parkers Lieferwagen und wartete dann, solange er meine Arbeit begutachtete.

»Übrigens«, sagte er schließlich. »Ich halte Sie morgen schon wieder von den Booten ab, wenn Ihnen das nichts ausmacht.«

»Aha, okay. Was liegt denn an?«

»Wir haben einen Mietvertrag für die Kreissäge mit den Pickthalls. Das bedeutet einen Tag lang Brennholz sägen.«

»In Ordnung.«

»Mr. Pickthall möchte, daß Sie um acht Uhr anfangen. Sie werden schon drauf achten, ordentlich für ihn zu arbeiten, was?«

»Ich tue mein Bestes.«

»Das ist gut.«

Inzwischen war es fast dunkel. Wir stiegen in den Lastwagen und fuhren in den Hof. Als ich das Gartenhäuschen betrat, merkte ich sofort, daß Gail hiergewesen war und sich die Geschichtshausaufgaben abgeholt hatte, die ich auf einem Regal neben der Tür hinterlassen hatte. Im Austausch dafür hatte sie ihr Geometriebuch hingelegt und einen Zettel, auf dem stand, daß sie die Aufgaben spätestens übermorgen abgeben mußte. Ich hatte langsam den Eindruck, daß Gail meine Gutmütigkeit ausnutzte. Mir machte es nichts aus, ihre Hausaufgaben zu machen, denn sie waren leicht und gaben mir Gelegenheit, nach Einbruch der Dunkelheit noch etwas zu tun. Man konnte sogar etwas dabei lernen. Im Laufe der vergangenen Wochen hatte ich beispielsweise festgestellt, daß sich ihr Erdkundelehrer sehr für Kalkstein interessierte. In regelmäßigen Abständen tauchten Fragen nach Stalaktiten, Stalagmiten und unterirdischen Höhlen auf, und alle Antworten, in denen die Worte »Sediment« und »Niederschlag« vorkamen, wurden mit Sicherheit gut bewertet. Der Englischlehrer oder die Englischlehrerin war hingegen von dem Begriff der Ironie völlig fasziniert. Offenbar gehörten Fragen über den ironischen Gehalt fest in sein oder ihr Repertoire. Im Aufsatz brauchte ich nur anzudeuten, daß es so aussah, als würde diese oder jene Romanfigur vom Schicksal oder den Umständen zum besten gehalten werden, und schon wurde ich mit einem roten Stern und einem »s. g.« unter meinem Schlußsatz belohnt.

Dennoch dämmerte mir allmählich, daß Gail viel mehr von diesem Deal profitierte als ich. Schließlich mußte sie nur mit ihrem neuesten Stapel Hausaufgaben beim Gartenhäuschen aufkreuzen, und sie wurden im Handumdrehen erledigt. Deshalb hatte sie jeden Abend frei und konnte machen, was sie wollte. Zum Ausgleich hätte sie wenigstens die Sachen dann vorbeibringen können, wenn ich zu Hause war. Andererseits mußte ich zugeben, daß es mir manchmal schwerfiel, mich zu konzentrieren, wenn sie da war. Ich brauchte immer doppelt so lange für die Hausaufgaben, wenn sie auf dem Sofa saß und wartete, bis ich damit fertig war. Vielleicht war das ihre Art der Rücksichtnahme, ihr Zeug während meiner Abwesenheit zu bringen.

Ich blätterte kurz durch die Geometrieaufgaben, die alle einigermaßen einfach aussahen. Gail hatte schon eine alleine beantwortet. Ich war ziemlich begeistert, als ich feststellte, daß sie sie richtig gelöst hatte. Nur Hypotenuse hatte sie falsch geschrieben.

***

Von Mr. Parker war keine Spur zu sehen, als ich am folgenden Morgen aufstand, aber die Türen des großen Schuppens standen sperrangelweit offen, und der Traktor und die Kreissäge waren zum Aufbruch vorbereitet. Bei meiner Ankunft in Stonecroft Punkt acht Uhr morgens kam ich mir ziemlich professionell vor. Das Anwesen unterschied sich insofern stark von Hillhouse, als es sehr weit unten, am Fuß eines steil aufragenden Hanges lag. Man gelangte über einen kleinen Weg dorthin, der zwischen zwei Hecken versteckt lag. Wenn der alte Mann mir nicht gesagt hätte, daß es die zweite links war, hätte ich die Abbiegung nie gefunden. Nach ungefähr einer Viertelmeile mündete der Weg auf einen Hof, über dem sich eine Bergwand auftürmte. Wie vorausgesehen, war das Haus ganz aus Stein gebaut. Ich hatte mich inzwischen schon so sehr an die Lage von Mr. Parkers Haus, hoch oben am Hang, gewöhnt, daß mir dieser Ort wirklich sehr weit unten und beengt vorkam. Und auch sehr feucht. Es war ein düsterer Tag, aber ich konnte mir nicht vorstellen, daß die Sonne selbst im Sommer je hierherkam. Um das Anwesen herum lagen eine ganze Menge karger Felsbrocken, zum großen Teil von einer moosigen Schicht bedeckt, als würden sie nie richtig trocken. Der See war hier natürlich völlig außer

Sichtweite. Zu sehen gab es nur begraste Hänge, die bis in die Wolken aufragten.

Der Mann, der aus dem Haus trat und mir entgegenkam, sah so aus, als hätte er sein ganzes Leben an diesem dunklen Ort verbracht. Da war ich nun vollständig ausgerüstet angefahren gekommen, um eine Menge Arbeit für ihn zu erledigen, und alles, was er tat, war, mürrisch auf einen Holzstapel an der anderen Hofseite zu deuten. Dann warf er einen Blick auf seine Uhr, um sicherzugehen, daß ich pünktlich gekommen war. Trotz dieser wenig überschwenglichen Begrüßung bemühte ich mich, freundlich zu sein und ein bißchen mit ihm ins Gespräch zu kommen. Ich stellte den Motor aus und kletterte aus dem Traktor.

»Morgen«, sagte ich betont fröhlich. »Sie sind Mr. Pickthall, oder?«

»Ja, richtig«, sagte er.

»Also ... äh, ja gut, ich habe die Säge dabei.«

»Ja, das sehe ich auch«, sagte er. »Und Sie sind wohl derjenige, der sie bedienen soll, was?«

»Genau.«

»Gut. Also, ich brauche Scheite als Brennholz, nicht kürzer als neun Inch, aber auch nicht länger als vierzehn. Verstanden?«

»Nicht kürzer als neun und nicht länger als vierzehn. Okay.«

Mr. Pickthall sah mich schräg von der Seite an. Er schaute auf die Geräte und dann zurück zu mir. »Und Sie verstehen auch wirklich was davon?«

»Aber ja doch«, sagte ich mit einem beruhigenden Nicken.

»Gut. Na dann, es ist zehn nach acht. Sie fangen also besser langsam mal an.«

Offensichtlich wirkte ich längst nicht so professionell, wie ich dachte. Ich ließ den Traktor wieder an und setzte die Kreissäge in Bewegung, wobei ich mir darüber im klaren war, daß Mr. Pickthall mich auf Schritt und Tritt beobachtete. Nachdem ich ein paar bedeutungsvoll aussehende Sicherheitschecks unternommen hatte, nahm ich mir ein Stück Holz von dem Stoß und fing an, es in Stücke zu sägen. Aus meiner Sicht sah jedes Scheit so aus, als wäre es zwischen neun und vierzehn Inch lang, aber nach einer Weile kramte er einen Papierstreifen aus seiner Tasche und maß sie nach. Dann kam er rüber zum Traktor.

»Sie haben wohl keinen Zollstock, was?« wollte er wissen.

»Äh …, na ja, nein«, antwortete ich. »Darüber mache ich mir normalerweise keine Gedanken.«

»Also schätzen Sie die Länge einfach nur ab?«

»Ja.«

Er schüttelte den Kopf. »Also, ich habe keine Zeit mehr, noch länger rumzustehen, aber Sie passen besser mal auf, daß hier nichts schiefläuft.«

»Okay.«

»Ansonsten wird Mr. Parker davon hören.«

»Verstanden.«

Mit diesen Worten ging er wieder ins Haus und schloß die Tür. Ein paar Minuten darauf kam er wieder heraus, blickte in meine Richtung und steuerte dann einen niedrigen Schuppen an, in dem ein Lieferwagen parkte. Ich fühlte mich ziemlich erleichtert, als er einstieg und ohne ein weiteres Wort den Weg hinauffuhr. Sobald er verschwunden war, stellte ich die Maschine ab und legte eine Pause ein. Nach meinem Eintreffen hatte ich so schnell an die Arbeit gemußt, daß ich noch gar keine Gelegenheit gehabt hatte, den Ort in Augenschein zu nehmen. Darum stand ich nun ein paar Minuten da und sah mich um. Als erstes fiel mir auf, daß das Haus anscheinend in zwei Hälften unterteilt war. Die Tür, die Mr. Pickthall benutzt hatte, befand sich auf meiner Seite. Auf der Schwelle stand eine leere Milchflasche. Am anderen Ende des Gebäudes sah ich jetzt noch einen anderen Eingang, mit einer eigenen Milchflasche vor der Tür. Einen Moment lang kam es mir so vor, als hätte ich im Fenster ein rosa Gesicht gesehen, das neugierig herausguckte, aber für weitere Nachforschungen blieb keine Zeit. Plötzlich hörte ich ein Fahrzeug den Weg entlangkommen, und weil ich dachte, Mr. Pickthall käme zurück, warf ich den Motor wieder an und arbeitete weiter.

Einen Augenblick später bog Deakin in den Hof ein.

Wie immer hatte er es wahnsinnig eilig. Er rannte mit der frischen Milch zu den beiden Türen und sammelte die leeren Flaschen ein. Als er mich neben dem Traktor bemerkte, winkte er mir hektisch zu.

»Haben Sie inzwischen mit Tommy gesprochen?« rief ich ihm zu.

»Nein!« antwortete er. »Hatte noch keine Zeit! Aber ich hab's vor!«

»Ja, tun Sie das, unbedingt!«

»In Ordnung!«

Dann war Deakin schon wieder weg und bretterte den Weg entlang, um mit seiner Milchtour weiterzumachen, die mir langsam eine etwas undankbare Aufgabe zu sein schien. Warum jeder hier in der Gegend dachte, ich könnte Interesse daran haben, den Job zu »übernehmen«, war mir schleierhaft. Sogar Hodge hatte den Vorschlag irgendwo aufgeschnappt. Am Abend zuvor hatte er im Ring of Bells davon zu schwafeln angefangen, im »Molkereibereich« gäbe es »Verbesserungsmöglichkeiten« und ein passender Kandidat sei »auch schon in Reichweite«. Ich hatte natürlich so getan, als hätte ich das alles nicht mitbekommen und mich auf keine direkte Unterhaltung mit ihm eingelassen. Dennoch drängte sich mir der Eindruck auf, daß einige Leute schon davon ausgingen, ich wäre tatsächlich ihr Milchmann. Soweit ich wußte, hatte ich nichts unternommen, um diesen Glauben zu untermauern. Und Deakin zu verdrängen war das letzte, was ich wollte. Er hatte schon ohne mein Zutun genug Probleme.

Mit diesen Gedanken im Kopf wandte ich mich wieder der Kreissäge zu und arbeitete weiter. Kurz darauf sah ich jemanden aus dem hinteren Teil des Hauses kommen. Es war der alte Mann. Er hatte ein Paar feste Handschuhe und Arbeitsstiefel an und steuerte geradewegs auf mich zu. In der Hand hielt er eine Art Stock. Als er den Hof überquerte, blickte er immer wieder auf den vorderen Teil des Hauses und auch zum Schuppen, in dem der Lieferwagen gestanden hatte. Dann war er bei mir angekommen und wedelte mit dem Stock.

»Hier kommt ein Zollstock«, sagte er zur Begrüßung. »Ich gehe mal nicht davon aus, daß Sie einen haben, oder?«

»Nein«, antwortete ich. »Vielen Dank.«

»Was hat er Ihnen gesagt? Zwischen neun und vierzehn?«

»Ja.«

»Das dachte ich mir. Also gut, machen Sie weiter.«

Als nächstes zerrte er einen riesigen Holzstamm zur Säge. Er nahm sich den Zollstock und zeichnete die Länge der zu schneidenden Stücke an. Wie immer beschleunigte seine Anwesenheit die Arbeit merklich. Während der folgenden Stunde schaffte ich ganz schön was weg. Mr. Pickthall hatte davon zwar nicht gesprochen, aber offensichtlich sollten die zurechtgesägten Holzstücke in einem nahe gelegenen Schuppen gestapelt werden. Bald hatte der alte Mann einen Schubkarren neben die Säge gerollt und schaffte die Stücke so schnell weg, daß ich mit dem Sägen kaum hinterherkam. Eine Weile machten wir so weiter, dann kam er an und brüllte mir ins Ohr.

»Wollen Sie 'ne Tasse Tee?«

»Gerne!«

»Gut. Warten Sie hier!«

Er verschwand in seiner Haushälfte und kam nach ein paar Minuten mit einem Tablett wieder, auf dem sich zwei dampfende Tassen und ein paar Doughnuts befanden. Ich machte den Traktor aus, und nachdem der Lärm verstummt war, gönnten wir beide uns eine wohlverdiente Pause. Ohne Motorlärm war es in dem Hof sehr friedlich. Eine Weile standen wir da und nippten schweigend an unserem Tee.

»Sie scheinen sich sehr gut mit dieser Art von Arbeit auszukennen«, bemerkte ich schließlich.

»Sollte ich auch«, antwortete der alte Mann. »Vierzig Jahre lang war ich selbst in der Holzbranche.«

»Wo, hier?«

»Genau hier.«

»Aber jetzt sind Sie doch Rentner, oder?«

»Auf's Altenteil geschickt, das trifft die Sache eher.«

»Na ja, gut, man kann eben nicht ewig arbeiten.«

Er sah mich an. »Warum nicht?«

»Na ja ... äh ..., weiß auch nicht.«

»Ich hasse es, nicht zu arbeiten«, sagte er, brach dann ab und guckte den Weg hinauf, auf dem sich hörbar ein Fahrzeug näherte. Im nächsten Augenblick stürmte er mit dem Tablett und den beiden leeren Bechern in den Holzschuppen. Ich ließ den Traktor an und fing gerade wieder an zu arbeiten, als Mr. Pickthall in den Hof fuhr. Er hielt an, stieg aus und nahm zuerst den geschrumpften Holzstapel, dann den Schuppen in Augenschein. Schließlich kam er zu mir herüber.

»Haben Sie meinen Vater gesehen?« fragte er.

»Äh ..., wen?«

»Den alten Mann aus dem hinteren Teil des Hauses.«

»Nein«, sagte ich. »Ich habe niemanden gesehen.«

»Aber woher wußten Sie dann, daß die Stücke in den Holzschuppen sollten?«

»Hab' ich mir so gedacht«, antwortete ich. »Gehört doch zu meiner Arbeit.«

Einen Moment lang sah er mich mißtrauisch an, dann marschierte er in den Holzschuppen. Ich war überrascht, daß er allein war, als er wieder herauskam.

»Wenn Sie ihn doch noch sehen«, sagte er, »nehmen Sie seine Hilfe nicht an.«

»Klaro.«

»Ich will nicht, daß er noch arbeitet.«

»Okay.«

Er guckte kurz zum Holzstapel. »Sieht so aus, als kämen Sie ganz schön schnell voran.«

»Ich tue mein Bestes«, antwortete ich.

Nachdem er mir noch einen mißtrauischen Blick zugeworfen hatte, stieg er wieder in seinen Lastwagen und fuhr los. Ich wartete noch ein paar Minuten länger, um sicherzugehen, daß er verschwunden war. Dann ging ich in den Holzschuppen, um nachzuschauen, was aus dem alten Mann geworden war.

»Mr. Pickthall?« rief ich. »Hallo?«

Er gab keine Antwort. Ich hörte nur ein klopfendes Geräusch unter meinen Füßen. Im Schuppen war es ziemlich dunkel, und ich war davon ausgegangen, daß ich auf einer Art Holzboden stand. Aber als ich einen Schritt zurücktrat, sah ich, wie sich eine Falltür öffnete. Kurz darauf kletterte der alte Mann aus seinem Versteck.

»Seit vierzig Jahren wohnt er schon hier«, sagte er triumphierend. »Und er weiß immer noch nichts von dem Versteck.«

»Mensch«, sagte ich. »Ist ja echt praktisch.«

»Wenn er sich mehr fürs Geschäft interessiert hätte, würde er jetzt jeden Winkel hier kennen.«

»Hat er das denn nicht?« fragte ich. »Sich dafür interessiert?«

»Natürlich nicht!« sagte der alte Mann. »Er wollte, daß ich's aufgebe, und dann hat er's ruiniert!«

»Warum wollte er, daß Sie's aufgeben?«

»Wegen meiner Gesundheit.«

»Aber«, sagte ich, »das ist doch ein guter Grund, oder nicht?«

»Es ist die Hölle!« fuhr er mich an. »Dieses ganze Nichtstun wird mich noch umbringen! Darum muß ich auch immer diese langen Spaziergänge machen, ich hab' nichts anderes zu tun!«

Er hob ein danebengefallenes Holzstück hoch und legte es oben auf den Stapel.

»Wenn Sie wollen, können Sie mir gerne weiter helfen«, bot ich ihm an.

»Danke«, sagte er. »Das Problem ist nur, daß er wahrscheinlich jeden Moment zurückkommt.«

»Warum fährt er dann immer wieder weg?«

»Ach, fragen Sie mich nicht. Er sagt, er macht jetzt in An- und Verkauf. Sie wissen schon, Versteigerungen und so weiter. Ist ein verdammt beklopptes Geschäft, wenn Sie nicht wissen, was Sie da machen.«

»Also«, sagte ich, »Mr. Parker kann anscheinend ganz vernünftig davon leben.«

»Kann sein, aber Tommy hat seinen Kopf auch an der richtigen Stelle. Wenn er in irgendwas investiert, können Sie sicher sein, daß es eine sichere Sache ist.«

»Stimmt schon.«

»Aber das heißt noch lange nicht, daß das jeder kann.« Der alte Mann sah sich im Hof um und schüttelte verächtlich den Kopf. »Der Laden ist früher gut gelaufen«, sagte er. »Aber das ist jetzt auch vorbei.«

Kurz danach ging ich zur Kreissäge zurück und machte mich daran, wieder mit der Arbeit anzufangen. Mr. Pickthall senior hatte offenbar beschlossen, daß er mir nicht mehr helfen konnte, was ich sehr schade fand, denn wir waren ein gutes Team. Ein paar Minuten später nickte er mir zu und machte sich auf den Weg in Richtung See. Ich schaute mir den Holzstoß an und stellte fest, daß es noch eine ganze Menge zu tun gab, obwohl wir im Laufe des Vormittags einiges geschafft hatten. Der Stoß bestand aus gefällten Stämmen, alten Balken und kaputten Zaunpfosten, die alle darauf warteten, in zwischen neun und vierzehn Inch lange Stücke geschnitten zu werden. Ich griff mir einen uralt aussehenden Balken, markierte ihn und fing gerade mit dem ersten Schnitt an. Plötzlich machte die Säge ein schrilles, kreischendes Geräusch. Ich zog den Balken weg, aber das Geräusch hörte nicht auf. Daher machte ich den Traktor aus. Anstatt langsam auszulaufen, blieb das Sägeblatt schlagartig stehen. Dann fiel mir auf, daß Rauch aus der Maschine kam. Ich legte meine Hand darauf und stellte fest, daß sie sehr heiß war. Leise fluchend beschloß ich, die Säge einen Moment lang abkühlen zu lassen, bevor ich es nochmals ausprobierte, aber ich hatte das ungute Gefühl, daß irgend etwas ernsthaft schiefgegangen war. Eine Viertelstunde lang schleppte ich die restlichen paar Holzstücke in den Schuppen. Als dann nichts mehr zu tun war, versuchte ich, die Maschine wieder anzuschmeißen. Sofort war der kreischende Lärm wieder da, und meine schlimmsten Befürchtungen bestätigten sich: Ich hatte es irgendwie geschafft, daß sich das ganze Ding verklemmt hatte. Da fiel mir die Fettpresse ein. Natürlich! Mr. Parker betonte immer extra, wie wichtig es wäre, alle beweglichen Teile vor und nach dem Gebrauch einzufetten, aber vor meinem Aufbruch heute morgen hatte ich das nicht gemacht. Jetzt blieb mir keine andere Wahl, als einzupakken und nach Hause zu fahren. Ich hinterließ den Hof so sauber wie möglich, schaufelte das Sägemehl ordentlich auf einen Haufen und brach auf.

Auf halbem Weg kam mir der junge Mr. Pickthall mit seinem Lastwagen entgegen. Mir fielen vier leere Ölfässer hinten auf der Ladefläche auf. Da wir nicht aneinander vorbeipaßten, mußte ich den ganzen Weg bis in den Hof zurücksetzen. Er fuhr mir nach. Sobald wir angekommen waren, stieg er aus und kam zum Traktor.

»Wohin fahren Sie?« fragte er.

»Zurück zum Hillhouse.«

»Warum?«

»Die Säge klemmt.«

»Und was ist mit meinem Holz?«

»Ich muß wohl an einem anderen Tag nochmal vorbeikommen«, sagte ich.

»Ich möchte nicht, daß Sie an einem anderen Tag nochmal vorbeikommen!« sagte Mr. Pickthall mit erhobener Stimme. »Der Auftrag sollte sofort ausgeführt werden.«

»Tut mir leid, aber ich sehe keine andere Möglichkeit.«

»›Tut mir leid!‹ Kommen Sie mir nicht damit«, brüllte er. »Ich werde mit Mr. Parker ein Wörtchen reden!«

Mit diesen Worten marschierte er ins Haus und knallte die Tür zu.

Bevor die Sache so aus der Spur lief, hatte ich mich ziemlich darauf gefreut, zum Hillhouse zurückzufahren. Auf einem Traktor versteckte Landsträßchen entlangzurumpeln wäre nach einem harten Arbeitstag richtig nett gewesen. Statt dessen ging mir jetzt die ganze Zeit im Kopf herum, wie ein erboster Mr. Pickthall Mr. Parker anrief und wie der dann wiederum mich fertigmachte. Etwas schwer von Begriff und ungeschickt im Umgang mit Farbdosen zu sein war eine Sache; eine anstandslos funktionierende Maschine zu schrotten war hingegen etwas vollkommen anderes. Unzählige Male hatten mich Bryan Webb und die anderen vor Tommy Parkers Wutanfällen gewarnt. Diesmal würde ich einen abbekommen, da war ich mir sicher. Wie auch immer, mir blieb nichts anderes übrig, als nach Hause zu fahren und die Sache wieder geradezubiegen.

Zu allem Elend zogen nun auch noch Wolken auf, und es begann zu regnen. Der Traktor hatte kein Verdeck, so daß ich bei meiner Ankunft am Hillhouse pitschnaß war. Das grüne Farbviereck in der Einfahrt sah unter diesen Umständen besonders auffällig aus und trug nicht gerade dazu bei, das Gefühl des Unbehagens zu vertreiben, das sich meiner bemächtigte. Kurzfristig zog ich die Idee in Erwägung, zu behaupten, der Regen habe mich von meiner Arbeit vertrieben, aber schnell tat ich das wieder als eine billige Ausrede ab. Und die Wahrheit würde letzten Endes sowieso herauskommen. Ich kam also nicht drum herum.

Weit und breit war niemand zu sehen, als ich den Traktor im Schuppen abstellte. Mr. Parker war anscheinend nicht zurück und Gail noch in der Schule. Ich wechselte meine nassen Kleider, hängte sie im Heizungsraum auf und nahm die Arbeit an den Booten wieder auf. Ich versuchte, mich zu erinnern, wann ich eigentlich das letzte Mal hier gewesen war und das getan hatte, wozu ich dageblieben war. Es schien Jahre her, obwohl es wahrscheinlich nur ein paar Tage waren. Der Regen, der auf das

Schuppendach prasselte, brachte mich schnell wieder in einen Arbeitsrhythmus, und ich machte kurz darauf da weiter, wo ich aufgehört hatte. Ich merkte, daß die Boote mein Lieblingsprojekt waren. Noch ein paar Tage, und ich würde das erste Boot anstreichfertig haben. Ich werkelte eine Weile mit der Schleifmaschine herum und vergaß darüber praktisch das ganze Problem mit der Kreissäge. Da ging die Schuppentür auf, und Mr. Parker kam herein.

8

»Vom Regen vertrieben?« fragte er.

»Ja ... Na ja, nein ... Irgendwie schon«, antwortete ich.

Er grinste. »Was denn jetzt?«

»Dann haben Sie also noch nicht mit Mr. Pickthall gesprochen?«

Sein Grinsen gefror. »Nein, ich bin gerade erst zurückgekommen. Wieso?«

»Na ja, ich habe offenbar ein kleines Problem mit der Säge gehabt.«

Er blickte flüchtig in Richtung Traktor. »Was für ein Problem?«

»Ich glaube, sie klemmt.«

»Aber Sie haben sie doch mit der Fettpresse behandelt, bevor Sie angefangen haben, oder?«

Mr. Parker hatte jetzt angefangen, sich die Säge genauer anzusehen. Er legte seine Hand auf das Sägeblatt und versuchte es anzustoßen, doch es bewegte sich nicht.

»Nein, tut mir leid«, sagte ich. »Das habe ich vergessen.«

Mit einem Ruck drehte er sich zu mir um. »Vergessen? Wie konnten Sie das vergessen, wo ich es Ihnen doch immer wieder vorgemacht habe?«

»Weiß auch nicht.«

Einen Moment lang dachte ich, Mr. Parker würde einen Wutanfall bekommen. Statt dessen seufzte er nur und schüttelte den Kopf.

»Oh Gott oh Gott oh Gott«, sagte er. »Was machen wir nur mit Ihnen?«

Schweigend stand ich daneben, während er weiter den Schaden untersuchte. Allem Anschein nach hatte sich tatsächlich das Lager festgefressen. So langsam fragte ich mich, was es wohl kostete, es zu ersetzen, und wie lange das dauerte.

»Mr. Pickthall ist ein bißchen sauer, weil ich die Sache nicht zu Ende machen konnte«, wagte ich schließlich zu sagen.

»Da bin ich mir sicher«, sagte Mr. Parker. »Und natürlich kann ich ihm nicht den ganzen Betrag in Rechnung stellen.«

»Nein, wahrscheinlich nicht.«

Er seufzte wieder. »Ein ziemlich verschwendeter Tag, oder? Zum Glück gibt es zu der Säge ein Ersatzlager. Aber ich hoffe, das ruinieren Sie nicht auch noch?«

»Nein, nein. Natürlich nicht.«

»Dann mache ich Ihnen jetzt einen Vorschlag: Kommen Sie nach dem Tee wieder, dann bauen wir es ein.«

»Gut. Äh ... Was ist mit Mr. Pickthall?«

»Machen Sie sich keine Sorgen.«

»Okay ... Danke.«

Ich verließ den Schuppen, stapfte über den Hof und war ziemlich erleichtert. Offenbar war ich nochmal relativ gut weggekommen. Auf halbem Weg zum Gartenhäuschen fiel mir ein, daß ich noch ein paar Kleider zum Trocknen im Heizungsraum hängen hatte. Also drehte ich um, um sie zu holen. Es war jetzt dunkel, und als ich mich der Tür näherte, sah ich, daß drinnen Licht brannte. Ohne mir etwas dabei zu denken, ging ich hinein und sah dort Gail in Unterwäsche stehen.

»Oh je, Entschuldigung«, sagte ich und machte einen Schritt zurück nach draußen.

»Schon in Ordnung«, sagte sie. »Sie können reinkommen, wenn Sie wollen.«

»Bist du sicher?«

»Ja, schon okay.«

Ich ging rein und fing an, meine Kleider von der Wäscheleine zu sammeln, auf der jetzt ein Großteil von Gails Schuluniform hing.

»Bin richtig in den Regen gekommen«, sagte sie mit einem Lächeln. »Jetzt trockne ich sie nur schnell.«

»Oh ..., ja. Äh ..., hast du keinen Bademantel oder so?«

»Das lohnt sich kaum«, antwortete sie. »Nochmal zehn Minuten, und das ganze Zeug ist trocken.«

»Ja«, sagte ich. »Ganz schön heiß hier drin, was?«

»Ja.«

Obwohl das alles nur ein paar Augenblicke dauerte, fiel mir – ohne daß ich etwas dafür konnte – ihr unglaublich weißer BH auf. Und auch, daß er ein bißchen in das weiche Fleisch ihrer Schultern einschnitt. Ich rollte meine trockenen Klamotten zusammen und wandte mich zur Tür. »Also, tschüs.«

»Geht das in Ordnung, wenn ich nachher noch ein paar Erdkundehausaufgaben rüberbringe?« fragte sie.

Ich drehte mich in der Tür um und sah sie an. »Na ja, eigentlich wollte ich mal mit dir genau darüber sprechen.«

»Ach ja?«

»Hm. Siehst du, die Sache ist so: Ich finde es langsam ein bißchen schwierig.«

»Warum?«

»Ist eben so.«

»Aber Sie haben doch gesagt, es wäre einfach.«

»Na ja, die Hausaufgaben selbst sind ja auch einfach, das schon. Aber du wirst ganz schön schnell erwachsen und … äh …, ich glaube wirklich, du solltest anfangen, sie allein zu machen.«

Sie zuckte mit den Schultern. »Ach so, okay.«

»Du bist mir nicht böse?«

»Natürlich nicht. Ich geh' nicht mehr lange zur Schule und wahrscheinlich werde ich das alles danach sowieso vergessen.«

»Na ja, so kann man das sicher auch sehen.«

Sie zog ihre Bluse von der Leine, schlüpfte hinein und fing an, sie zuzuknöpfen.

»Ich mache Ihnen einen Vorschlag«, sagte sie. »Warum bringen Sie mir nicht statt dessen etwas anderes bei?«

Die Bluse hatte fünf Knöpfe, den obersten nicht mitgerechnet.

»Was denn genau?« fragte ich.

»Geben Sie mir Darts-Unterricht.«

»Darts?«

»Hm.«

»Warum denn das?«

»Damit wir eine Runde spielen können, Dummkopf.«

»Oh …, äh …, gut.«

»Wir können oben auf dem Heuboden spielen.«

»Ich dachte, da wäre alles voll mit Bryan Webbs Heu?«

»Fast, aber an dem einen Ende hat er ein bißchen Platz gelassen.«

»Und woher kriegen wir eine Dartscheibe?«

»Unter Ihrem Bett im Gartenhäuschen liegt eine.«

***

Sobald ich nach Hause kam, schaute ich unter dem Bett nach, und tatsächlich lag dort eine Dartscheibe. Es war ein rot-schwarzes Modell und schon oft benutzt worden, wie man an der Menge der Löcher erkennen konnte. Unter der Ziffer sechs bemerkte ich ein Metallschild, in das die Worte »Eigentum der Inter-Pub-Darts-Liga. Nicht entfernen« eingraviert waren.

Ich fragte mich, was für ein Typ eine Dartscheibe aus einem Pub klauen würde.

Bis ich meinen Tee getrunken hatte und wieder rüber zum großen Schuppen gegangen war, war Mr. Parker fast schon mit dem Auseinandernehmen der Kreissäge fertig.

»Kann ich helfen?« fragte ich.

»Bißchen spät«, antwortete er. »Ich habe fast alles schon alleine gemacht.«

Sein Tonfall war nicht ganz so versöhnlich wie zuvor. Ich bemühte mich daher, mich so nützlich wie möglich zu machen. Er machte sich daran, das neue Lager einzubauen, und wies mich an, es in Position zu halten.

»Ich gehe mal davon aus, daß Sie nie vergessen, Ihr Motorrad zu ölen«, bemerkte er, während er die Schraubenmuttern anzog.

»Ich versuche es zumindest«, sagte ich.

»Gut, dann versuchen Sie, es auch nicht zu vergessen, wenn Sie meine Geräte benutzen.«

»Ja, in Ordnung. Es tut mir leid.«

Eine halbe Stunde später hatten wir das ganze Zeug wieder zusammengebaut und völlig einsatzbereit gemacht.

»Möchten Sie, daß ich morgen wieder zu Mr. Pickthall fahre?« erkundigte ich mich.

»Nein«, antwortete Mr. Parker. »Es ist am besten, man gibt ihm Gelegenheit, sich zuerst eine Weile zu beruhigen.«

»Ach so, okay.«

»Ach ja, morgen oder übermorgen fahre ich runter zu Ihrer Fabrik.«

»Oh, wirklich?«

»Heute habe ich noch ein paar Ölfässer gekauft, so daß ich jetzt eine ganze Ladung zusammen habe.«

»Oh, na ja, ich hoffe, das klappt alles gut.«

»Ja«, sagte er. »Es sieht ganz so aus, als hätten Sie mich da unter Umständen auf ein lohnendes Geschäft gebracht.«

Zuerst dachte ich, das sei ein günstiger Moment, meine Bezahlung anzusprechen, aber dann fiel mir ein, daß Mr. Parker gerade erst mehrere Stunden damit zugebracht hatte, den Schaden, den ich angerichtet hatte, zu reparieren. Ich beschloß daher, auf einen anderen Zeitpunkt zu warten. Statt dessen lief ich zum Gartenhäuschen zurück, badete und ging dann aus.

Ich mußte noch ein paar Lebensmittel bestellen. Bevor ich ins Ring of Bells ging, legte ich deshalb an der Telefonzelle einen Zwischenstopp ein. Wie immer mußte ich es lange klingeln lassen, ehe Hodge abnahm. Und dann mußte ich nochmal warten, bis er etwas zu schreiben geholt hatte. Es war das vierte oder fünfte Mal, daß ich bei ihm anrief, und mittlerweile stand meine Einkaufsliste mit den Dingen, die ich brauchte, mehr oder weniger fest. Die einzige unsichere Sache waren die Kekse, die ich immer erst ganz zum Schluß bestellte. Wie immer war das Angebot ziemlich begrenzt.

»Haben Sie inzwischen die Feigenröllchen reinbekommen?« fragte ich.

»Leider nicht«, antwortete Hodge.

»Und welche mit Vanillecreme?«

»Nein.«

»Mit Karamel?«

»Nein.«

»*Tartan shorties*?«

»Bleiben Sie dran. Ich gehe mal schauen.«

»Okay.«

Eine Minute verging, bis das Besetztzeichen ertönte, und ich mußte noch eine Münze in den Schlitz werfen. Dann ging Hodge wieder dran.

»Haben Sie *Tartan shorties* gesagt?«

»Ja.«

»Also, wir haben keine.«

»Ach so«, sagte ich. »Aber einfache Vollkornkekse haben Sie doch, nehme ich an?«

»Ja, die haben wir.«

»Also gut. Dann nehme ich die.«

Die Kekswahl bedeutete im allgemeinen das Ende der Unterhaltung, aber diesmal schien Hodge noch gespannt auf etwas zu warten. Ich für meinen Teil sagte nichts. Unterdessen verstrichen die Minuten.

Dann sagte er endlich etwas. »Vielleicht interessiert es Sie zu erfahren, daß wir eine neue Lieferung Bohnen reinbekommen haben.«

»Tatsächlich?« sagte ich.

»Gerade eingetroffen. Möchten Sie welche bestellen?«

»Sind es Baked Beans?«

»Ja.«

»Baked Beans in schmackhafter, reichhaltiger Tomatensoße?«

»Richtig.«

»Fabrikfrisch, in Dosen, mit dem praktischen Aufreißsystem?«

»Genau die sind es«, sagte Hodge.

»Tut mir leid«, sagte ich. »Ich komme inzwischen ohne sie aus.«

In diesem Moment ertönte wieder das Besetztzeichen. Ich legte auf.

***

Ich hatte seit ungefähr zehn Minuten im Ring of Bells gesessen, als Hodge hereinkam. Er grüßte mich nur andeutungsweise, setzte sich auf seinen Stammhocker am Tresen und bestellte bei Cyril einen Whisky.

»Besser nur einen einfachen«, sagte er. »Das Geschäft läuft gerade nicht so gut.«

Wieder einmal verlief der Abend im Ring of Bells ruhig. Draußen verdichtete sich das Spätherbstwetter zu einer Art dauerhafter, feuchter Dunkelheit. Die Sicht drinnen war kaum besser. Die Beleuchtung bestand aus einer Reihe violetter Glaslampen, die auf die Sichtblende über der Bar geschraubt waren. Vermutlich waren sie dazu gedacht, den Raum etwas freundlicher aussehen zu lassen, aber eigentlich hatten sie die gegenteilige Wirkung. Wir saßen in ihrem trüben Schein, starrten in unsere Gläser und warteten darauf, daß der Abend vorbeiging.

Es war unwahrscheinlich, daß Hodge mich angesichts der Umstände heute abend in eines seiner hochtrabenden Gespräche verwickeln wollte. Ich ging davon aus, daß er mich dieses eine Mal in Frieden lassen würde. Daher war ich völlig überrascht, als er sich plötzlich in meine Richtung wandte und redete.

»Ich habe mitbekommen, daß Sie mit Mr. Pickthall nicht besonders gut klargekommen sind«, verkündete er.

»Ach ja?« sagte ich.

»Soweit mir berichtet wurde, nicht.«

Hodge hatte eine Angewohnheit, Leute so anzusprechen, daß jeder andere im Pub alles mitbekam, ob er nun wollte oder nicht. Außer mir, Cyril und ihm waren noch drei oder vier andere Gäste anwesend, und sobald das Gespräch begonnen hatte, fiel mir auf, daß sie alle interessiert zuhörten. Ich merkte auch, daß ich eigentlich keine andere Wahl hatte, als zu antworten.

»Meinen Sie den jungen Mr. Pickthall?« fragte ich.

»Ja.«

»Na ja, ich würde nicht sagen, daß wir nicht miteinander klargekommen sind. Wir hatten heute nur eine kleine Auseinandersetzung, das war alles.«

»Für mich hörte sich das aber nach mehr als nach einer kleinen Auseinandersetzung an«, sagte Hodge. »Ich würde es eher ungehörig nennen.«

»Warum?«

»Soweit ich gehört habe, haben Sie einen Auftrag abgebrochen, bevor er erledigt war.«

»Schon«, sagte ich. »Aber da war nichts zu machen.«

Er schüttelte den Kopf. »Da war wohl auch nichts zu machen, als Sie die Dartmannschaft vom Packhorse im Stich gelassen haben?«

»Äh ... na ja, das war ein Mißverständnis.«

»Ach so«, sagte er. »Ein Mißverständnis, ich verstehe.«

Während dieses Gesprächs war Cyril hinter dem Tresen mit seiner Arbeit beschäftigt. Er paßte auf, was gesagt wurde, und polierte gleichzeitig Gläser. Jetzt mischte er sich mit einer eigenen Bemerkung ein. Sie richtete sich an mich.

»Wissen Sie, sie haben das Topham's extra für Sie gekauft.«

»Wer denn?«

»Die im Packhorse.«

»Das war nicht nur für mich«, protestierte ich.

»Na ja, sonst trinkt es keiner.«

»Ach …, wirklich nicht?«

»Ist eigentlich schon ein bißchen undankbar, sie dann so zu behandeln«, sagte er. »Kein Wunder, daß sie Sie ausgeschlossen haben.«

»Sie haben mich nicht ausgeschlossen.«

»Doch, das haben sie. Seitdem kommen Sie doch hierher.«

»Sie können nicht dauernd alle Leute im Stich lassen«, setzte Hodge hinzu. »Nicht, wenn Sie den Plan haben, hier die Milch auszufahren.«

»Aber ich habe doch gar nicht gesagt, daß ich das plane.«

»Sie sollten versuchen, sich mit den Leuten anzufreunden, und nicht rumrennen und sie verärgern.«

Bei diesen Worten murmelten die anderen Gäste zustimmend.

»Also gut«, sagte ich und leerte mein Glas. »Ich denke, ich gehe mal besser.«

»Aber Sie sind doch gerade erst gekommen«, sagte Cyril. »Sie können doch nicht schon wieder gehen.«

»Doch, kann ich. Gute Nacht.«

Ich stürmte zur Tür.

»Wir wollen Ihnen nur freundliche Ratschläge geben«, sagte Hodge, als ich nach draußen in die Dunkelheit trat.

»Gute Nacht«, wiederholte ich.

»Gute Nacht«, sagten die Stimmen drinnen im Chor. Dann fiel die Tür hinter mir ins Schloß.

Ich stand mitten auf dem Platz, erholte mich von dem hinter mir liegenden Kreuzverhör und schwor mir, nie mehr einen Fuß ins Ring of Bells zu setzen. Was natürlich bedeutete, daß ich jetzt tatsächlich aus beiden Pubs in Millfold verbannt war.

Okay, schön, das war nicht weiter schlimm. Für die nächste Zeit mußte ich also einfach ohne Alkohol leben, was mich nicht im geringsten störte. Schließlich gab es tausend Dinge, die ich tun konnte. Warum sollte ich meine Abende damit verschwenden, in Pubs rumzuhängen?

Ich beschloß, den Uferweg entlang zum Hillhouse zurückzulaufen. Als ich beim Packhorse vorbeikam, warf ich einen Blick über die Biergartenmauer. Aus der unteren Bar war Gläserklirren und heiseres Lachen zu hören. Mir kam es vor, als sähe ich durch das Fenster die Silhouette eines Mannes mit einer Pappkrone.

Dann lief ich Richtung Seeufer. Die Nacht war dunkel, aber ich war den Weg inzwischen so oft gegangen, daß ich ihn wahrscheinlich mit verbundenen Augen gefunden hätte. Das Haupthindernis waren die Baumwurzeln quer über dem Weg. Heute abend hatte ich allerdings nur ein Pint Lager getrunken, so daß sie kein großes Problem darstellten. Eigentlich paßte ich kaum auf, wohin ich überhaupt lief. Immer wieder ertappte ich mich bei dem Gedanken, wie es wohl wäre, wenn ich tatsächlich anfangen würde, die Milch auszufahren, wie alle andauernd vorschlugen. Eine Weile lang sah ich darin fast schon eine verlockende Aufgabe. Ich mochte die Vorstellung, frühmorgens loszufahren und meine Lieferungen zu erledigen. Es gab eine Menge potentieller Kunden, auch wenn sie ein bißchen verstreut wohnten, und es wäre eine gute Möglichkeit, die Gegend richtig kennenzulernen. Wenn ich schnell mit der Arbeit fertig würde, hätte ich außerdem die Nachmittage frei, um mit anderen Sachen weiterzumachen, die mich interessierten, wie zum Beispiel Mr. Parkers Boote auf Vordermann zu bringen.

Noch etwas anderes schoß mir durch den Kopf. Ich hatte es fast schon ganz vergessen, aber als Kind hatte ich immer einem Milchmann bei seinen Runden geholfen. Es war ein Ferienjob: Ich fuhr hinten auf dem Milchwagen mit, knallte die Flaschen auf die Türschwellen und brachte die leeren zurück. Seit ich denken konnte, war dieser Milchmann unsere Straße auf und ab gefahren, und schon oft hatte ich mich gefragt, ob er nicht einen Gehilfen gebrauchen konnte. Dann, eines Morgens, als ich mit meinem Fahrrad den Bürgersteig entlangradelte, hielt er neben mir und fragte: »Suchst du einen Job?«

Natürlich hatte ich die Gelegenheit beim Schopf gepackt und ihm mehrere Wochen lang ausgeholfen, bis die Ferien zu Ende waren. Immer ließ er mich die hinteren von den Reihenhäusern oder die mit vielen Stufen davor machen. Unterdessen blieb er beim Wagen und kontrollierte sein Auftragsbuch. Soweit ich wußte, war ich das einzige Kind in der Nachbarschaft, das ihm helfen durfte, was mir dort ein gewisses Prestige verlieh (wenngleich er mich eigentlich nie bezahlte). Wenn meine Erinnerung mich nicht trog, hatte ich diesen Job in dem selben Sommer, in dem ich im Park unseres Ortes rudern lernte. Das alles schien jetzt lange Zeit her zu sein, aber die Idee, die Milch auszufahren, weckte in mir ein paar angenehme Erinnerungen, so daß ich sie mir eine Weile im Kopf herumgehen ließ. Natürlich sah die Wirklichkeit anders aus. Wie konnte ich mich ohne Kapital im Geschäftsleben etablieren? Um überhaupt anfangen zu können, mußte ich einen Lieferwagen kaufen (Milchwagen waren nur in Vorstädten zu gebrauchen) und mit der Molkerei, die mich belieferte, irgendeine Art Kredit vereinbaren. Dann mußte ich Deakin alle seine Kunden abspenstig machen, wozu ich – wie bereits gesagt – nicht die Absicht hatte. Als ich ernsthaft darüber nachdachte, merkte ich, daß das ganze Projekt nichts als ein Wunschtraum war, und während ich durch die Dunkelheit wanderte, beschloß ich, alles zu vergessen.

Als ich mich dem Ufer näherte, hörte ich wieder das Geschrei der Seevögel von irgendwoher in der Mitte des Sees. Tausende mußten sich dort draußen zusammengerottet haben, aber in diesem Moment kam es mir so vor, als hörten sie sich alle ziemlich einsam an. Ich fragte mich, wie weit weg von zu Hause sie sein mochten und warum sie diese Gegend zu ihrem Winterquartier gemacht hatten. Schließlich war der See nicht gerade eine ruhige Oase. Während der vergangenen Wochen war das Wasser immer unruhiger geworden. Bei Tag sah es gleichbleibend grau aus. Der Wind, der nachts durch die Bäume heulte, war auch nicht gerade einladend.

Das erinnerte mich daran, daß wir den neuen Anker für die Anlegestelle demnächst einmal versenken mußten.

Vor ein paar Tagen hatte Mr. Parker davon gesprochen, als wäre dies eine Angelegenheit, die die größtmögliche Eile erforderte, aber seitdem ich mit dem Floß fertig geworden war, hatte er mich in eine Reihe anderer Aufgaben verwickelt, und die Sache war aufgeschoben worden. Als ich am Steg vorbeikam, hielt ich kurz an, um nachzusehen, ob das Floß dort immer noch sicher vertäut lag. Das tat es. Ich konnte es im Dunkeln gerade noch erkennen, wie es sanft hin und her schaukelte.

***

Am nächsten Morgen brachte Deakin die Milch zu spät. Der Zeitpunkt, zu dem er gewöhnlich vorfuhr, kam und ging ohne eine Spur von ihm vorbei, und ich fing schon an, mich zu fragen, ob er irgendein Problem hatte. Allerdings machte ich mir nicht die Mühe, die Sache Mr. Parker gegenüber zu erwähnen. Er schien an diesem Morgen etwas im Kopf zu haben und war nicht sehr gesprächig. Darüber hinaus war es eigentlich auch nicht wichtig, wann Deakin tatsächlich auftauchte, denn im Kühlschrank gab es immer noch einen Rest Milch. Wir saßen seit etwa einer Viertelstunde am Frühstückstisch, als das Telefon klingelte. Wie gewöhnlich veranlaßte dies Gail, sofort von ihrem Stuhl aufzuspringen.

»Ich geh' dran«, sagte sie und stürzte ins Nebenzimmer. Einen Augenblick später kam sie zurück.

»Papa, für dich.«

Nachdem Mr. Parker ans Telefon gegangen war, wandte sich Gail zu mir und sagte: »Sollen wir dann heute abend mit dem Training anfangen?«

»Du meinst, mit den Darts?« fragte ich.

»Hm.«

»Können wir, wenn du willst.«

»Sind Sie sicher, daß es Ihnen nichts ausmacht?«

»Nein, natürlich nicht. Komm' um sieben rüber.«

Sie lächelte. »Also dann, in Ordnung. Danke.«

Ihr Vater kam zurück ins Zimmer. »Das war Bryan Webb. Er hat angerufen, weil er wissen wollte, ob wir heute morgen was von Deakin gehört haben. Er macht sich Sorgen wegen der H-Milch für seinen Onkel Rupert.«

»Oh je«, sagte ich. »Deakin muß ewig Verspätung haben, wenn er jetzt noch nicht mal bei Bryan ist.«

»Das habe ich auch gesagt«, pflichtete mir Mr. Parker bei. »Aber egal, ich habe jetzt keine Zeit, mir den Kopf über Deakin zu zerbrechen. Ich will rüber zu Bryan und den Lastwagen holen, damit wir diese Ölfässer aufladen können. Danach sollten wir am besten den Anker für den Anleger versenken, bevor das Wetter noch schlechter wird.«

»Ach ja, stimmt«, sagte ich. »Das wollte ich auch schon vorschlagen.«

Anstatt auf meine Bemerkung zu reagieren, wurde Mr. Parker ungewöhnlich schweigsam, und wieder kam es mir vor, als hätte er irgend etwas im Kopf.

Zehn Uhr war lange vorbei, als Deakin endlich eintraf. Ich sah sofort, warum er so spät dran war: Er machte seine Lieferrunde mit dem Eiswagen. Das Fahrzeug war vollgestopft mit Milchkästen, die klirrten und klapperten, als er den Hügel hinauffuhr. Angekündigt wurde er von einem unkontrollierten zweistimmigen Trompetengeschmetter von »Half a pound of treacle«.

Armer Deakin. Er sah so fertig aus, daß ich richtig Mitleid mit ihm hatte. Um an die Milch zu kommen, mußte er die Einstiegstür hinten am Wagen aufmachen und sich zwischen die Kästen hinein- und dann wieder herausquetschen. Es sah schon nach einem ziemlichen Kampf aus, besonders, weil er so viele Leute beliefern mußte.

»Besser spät als nie!« rief ich ihm zur Ermutigung zu, als er in schrecklicher Eile über den Hof stürmte. »Wo ist denn Ihr Lieferwagen?«

»Kenneth Turner checkt ihn durch«, antwortete er, während er die Stufen zum Haus hochstürzte. »Sonst kriege ich ihn nie durch den Winter.«

»Haben Sie schon mit Tommy über den Eiswagen gesprochen?«

»Ich hatte noch keine Zeit. Ist er jetzt da?«

»Nein«, sagte ich. »Kommt aber nachher wieder.«

»In Ordnung«, sagte Deakin. »Sobald ich mit diesen Lieferungen durch bin, komme ich zurück und rede mit ihm.«

In der Art, wie Deakin das sagte, schwang ein gewisser Vorsatz mit. Ich dachte mir, daß das ein positives Anzeichen dafür war, daß er sich wirklich vorgenommen hatte, die Sache endlich zu regeln. Kurz darauf war er wieder unterwegs und brauste zu den Klängen von »Half a pound of treacle« den Hügel hinunter.

Ich hatte ungefähr eine Stunde lang an den Booten gearbeitet, als Mr. Parker mit dem Lastwagen zurückkam und ich ihm beim Beladen helfen mußte. Im oberen Hof stapelten sich inzwischen die Ölfässer, weit über hundert Stück, und es dauerte eine ganze Weile, bis wir sie alle aufeinandergeschichtet und festgebunden hatten. Während wir arbeiteten, fiel mir auf, daß Mr. Parker zunehmend nervös wurde. Das Aufladen der ganzen Fässer war keine leichte Arbeit. Jedesmal, wenn sich eins von ihnen in einer ungünstigen Position verkeilte, fluchte er leise und rüttelte wild daran, bis es sich lockerte. Ich konnte nicht ganz verstehen, was ihn bedrückte, weshalb ich meine gewöhnliche Taktik anwandte, wenig zu sagen und mich so nützlich wie möglich zu machen. Schließlich waren alle Fässer sicher auf der Ladefläche des Lasters festgebunden, und er war abfahrtbereit.

Nach einer kurzen Pause sagte Mr. Parker dann: »Also gut. Wir sollten jetzt lieber mal den Anlegeranker versenken.«

Ich blickte Richtung See und kam schnell zu dem Schluß,

daß dies nicht der beste Tag für diese Unternehmung war. Von den Hügeln blies ein kalter Wind, und in der Ferne konnte ich sehen, wie sich die Kronen der Bäume bogen. Dennoch wollte ich nicht mit Mr. Parker diskutieren. Wenn er den Anker heute versenken wollte, sollte es so sein.

Zuerst mußten wir ihn zum Ufer transportieren. Wir konnten dafür nicht Mr. Parkers Lieferwagen benutzen, denn den hatte er drüben bei Bryan Webb gelassen, als er heute morgen den Lastwagen geholt hatte. An dem Traktor war immer noch die Säge befestigt. Das einzige Fahrzeug, das zur Verfügung stand, war der alte Morris-Transporter, der neben dem Schuppen geparkt war. Zu meiner Überraschung sprang er sofort an, und kurz darauf hatte Mr. Parker ihn zu der Stelle manövriert, wo der Anker lag. Die Federn des Transporters quietschten, als wir beide uns bemühten, ihn mit dem betongefüllten Rad sowie der dazugehörigen Kette und der Anlegerboje zu beladen. Wiederum ging das alles nur mit viel Fluchen vor sich, denn Mr. Parkers Laune wurde immer schlechter. Aber zu guter Letzt hatten wir das ganze Zeug verstaut und machten die Hintertür zu. Dann fuhren wir langsam Richtung See.

Als wir näher kamen, stellte ich fest, daß das Wetter immer noch so grau und unruhig wie gestern war. Ich schaute mir das Floß an, wie es dort neben dem Steg auf und ab schaukelte und fragte mich, ob es wirklich so stabil wäre, wie ich dachte.

Die gleiche Frage schien Mr. Parker umzutreiben. Eine ganze Weile stand er auf dem Steg und schaute auf das Floß. Von Zeit zu Zeit drückte er eine Ecke mit dem Fuß hinunter, um festzustellen, wie groß der Widerstand war.

»Wackelt ganz schön ’rum, was?« sagte er. »Und Sie sind sicher, daß Sie es richtig gebaut haben?«

»Müßte klappen«, antwortete ich.

Offensichtlich mußte man ihn überzeugen. Ich trat also ganz auf das Floß, um zu beweisen, daß ich volles Vertrauen hatte. Zu meiner Erleichterung fühlte es sich okay an, und ich konnte mich auf dem kleinen Deck bewegen, ohne Angst vor dem Runterfallen zu haben.

»Wir müssen eins von den Rudern mitnehmen«, sagte ich. »Damit wir es steuern können.«

Mr. Parker schloß den grünen Verschlag auf und rüttelte an der Tür.

»Die bekloppte Farbe klebt schon wieder«, sagte er, während er an ihr zog.

Jedesmal, wenn ich mir den Anstrich an diesem Verschlag genauer ansah, bemerkte ich noch mehr Tropfspuren und schlecht gestrichene Bereiche. Mit Sicherheit handelte es sich dabei um keine handwerkliche Glanzleistung. Das alles trug nicht zur Verbesserung von Mr. Parkers Laune bei. Erst mit einem heftigen Ruck sprang die Tür auf. Daraufhin ging ich hinein und holte eins von den Rudern. Anschließend mußten wir die komplizierte Aufgabe bewältigen, den Anlegeranker (samt Kette) vom Transporter zum Floß zu bringen. Es war nicht weiter schwierig, ihn den Steg entlang zu bewegen, weil wir ihn langsam bis zum Ende rollen konnten. Ihn jedoch von dort auf das Floß zu bekommen war ein richtiger Kampf, den Mr. Parker mit erneutem Grunzen und Fluchen begleitete. Wir hatten es gerade geschafft, den Anker sicher an Bord zu verladen, als wir »Half a pound of treacle« durch die Bäume auf uns zukommen hörten.

Nicht jetzt, Deakin, dachte ich bei mir, aber ich konnte nichts dagegen machen. Als nächstes hielt der Eiswagen neben dem grünen Verschlag, wo er erneut ein improvisiertes Geschmetter seines unberechenbaren Instruments ertönen ließ.

»Was für ein beschissener Lärm!« brüllte Mr. Parker und versuchte, sein Gleichgewicht auf dem vertäuten Floß zu halten und dem Rand nicht zu nahe zu kommen. Als ich seine ungeschickten Bewegungen sah, dämmerte mir plötzlich, warum er so schlecht gelaunt war: Alle Anzeichen deuteten darauf hin, daß er aus irgendeinem Grund Angst vor dem Wasser hatte. Das erklärte sowohl sein Mißtrauen, was das Floß anging, als auch sein fehlendes Interesse für die Ruderboote. Solange er auf dem Trockenen war, benahm sich Tommy Parker selbstbewußter als jeder andere, den ich bisher kennengelernt hatte. Er war stark, unabhängig und im Geschäftsleben erfolgreich. Er konnte Tausende von Dingen erledigen, von denen viele andere Leute nicht einmal wußten, wie sie sie anpacken sollten. Aber hier draußen auf dem Wasser verschwand sein ganzes Selbstvertrauen einfach. Weshalb er es offensichtlich für nötig erachtete, Deakin anzubrüllen.

»Können Sie nicht dieses verdammte Ding abstellen!« schrie er, als der Pechvogel von Milchmann sich uns auf dem Steg näherte.

»Na ja, darüber will ich ja mit Ihnen reden«, antwortete Deakin, mit dem Ausdruck der Entschlossenheit im Gesicht.

»Wir sind gerade ein bißchen beschäftigt«, sagte ich in dem Versuch, die Situation zu entschärfen. »Warum kommen Sie nicht später nochmal vorbei?«

Um Deakin loszuwerden, legte ich schnell vom Steg ab und benutzte dabei das Ruder, um das Floß fortzubewegen. Noch einmal machte sich der Eiswagen durch sein Geschmetter gleich neben uns bemerkbar. Plötzlich wackelte das Floß heftig, und ich merkte, daß Deakin ebenfalls an Bord gesprungen war.

»Was machen Sie denn da?« schnauzte ihn Mr. Parker an.

»Ich fahre mit und helfe Ihnen«, antwortete Deakin. »Ich würde nämlich wirklich gern einmal mit Ihnen reden.«

Mr. Parker und Deakin verharrten nun bewegungslos. Zu ihren Füßen lag die viele Yards lange Ankerkette, die plötzlich Deakins Aufmerksamkeit erregte.

»Sieht so aus, als hättet ihr hier ein ganz schönes Durcheinander«, sagte er. »Mal sehen, ob wir das sortiert kriegen.«

Er bückte sich nach unten zu der Kette und fing an, sie auf dem Deck neu auszulegen. Mir wurde schnell klar, daß es an Bord kaum Platz für uns drei, den Anker, die Boje und diese ganze Kette gab. Was noch schlimmer war: Je weiter wir uns vom Ufer entfernten, um so merklich stürmischer wurde der See, so daß das Floß ganz schön schwankte und schlingerte. Als wir weit genug draußen waren, um den Anker auszuwerfen, sah Mr. Parker immer unglücklicher aus. Er hielt sich mit beiden Händen am Anker fest und starrte auf das schwarze Wasser unter uns. Unterdessen hatte Deakin weiter mit der Kette herumgemacht, sie dabei in Schlaufen und so weiter gelegt und irgendeine Art Justierung an der Ankerboje vorgenommen.

»Na dann«, sagte ich. »Machen Sie mal einen Schritt zurück, Deakin. Wir lassen ihn jetzt runter.«

Mit Mr. Parkers Hilfe schob ich den Anker über den Rand. Er stürzte in die Tiefe, gefolgt von der langen, rasselnden Kette. Einen Moment später war er verschwunden.

Deakin auch.

9

Als er in der Tiefe verschwand, brauste das Wasser auf und schwappte um unsere Füße. »Nein!« rief Mr. Parker und ruderte wild mit den Armen, um das Gleichgewicht zu halten. Da es so aussah, als sei er in Gefahr, Deakin jeden Moment hinterherzustürzen, griff ich nach seiner Hand. Während wir beide noch ein paar Sekunden lang herumschwankten, fiel mir die Anlegerboje auf, die neben uns trieb. An ihr war nichts mehr befestigt.

»Die Kette hat ihn nach unten gezogen!« sagte ich, gegen den Wind anschreiend. »Kann er schwimmen?«

»Eben nicht, verflucht nochmal!« ächzte Mr. Parker. »Sie etwa?«

»Nein, leider.«

»Verdammt, also ich kann's auch nicht!«

Eine Windböe ergriff uns und fegte über den See. Das Floß trieb jetzt schnell ab, was bedeutete, daß wir uns schon ein gutes Stück von der Stelle entfernt hatten, an der Deakin verschwunden war. Dennoch ging ich davon aus, daß er jeden Augenblick ganz in der Nähe auftauchen würde und wir ihn aufs Trockene ziehen könnten. Erst nachdem eine halbe Minute verstrichen war, kam mir das zunehmend unwahrscheinlich vor. Vom Ufer, das immer weiter verschwand, hörten wir das einsame Tuten des Eiswagens.

»Glauben Sie, da ist noch irgendwas zu machen?« fragte Mr. Parker.

Ich schüttelte den Kopf. »Nein«, sagte ich. »Ich glaube, wir haben ihn verloren.«

»Also, könnten Sie mich dann wohl bitte von hier wegbringen?«

Ich nutzte die Gelegenheit, um seine Hand loszulassen, die sich langsam etwas warm anfühlte, und sammelte die umhertreibende Boje ein. Danach fing ich an, zurückzupaddeln. Mr. Parker mußte sich sehr anstrengen, auf den Füßen zu bleiben. Ich half ihm vom Floß auf den Steg, woraufhin er »Danke« murmelte und sich rasch auf festen Boden begab. Dort angekommen, drehte er sich um und schaute eine ganze Weile auf den See hinaus.

»Oh Gott oh Gott oh Gott«, sagte er, als ich mich zu ihm stellte. »Daß das ausgerechnet jetzt passieren mußte. Wo Deakin gerade einen Job gefunden hatte, der ihm Spaß machte.«

Ich antwortete nicht, zuckte nur mit den Schultern und blickte in dieselbe Richtung, wobei es mir so vorkam, als wäre das Wasser weitaus dunkler als zuvor. In der Ferne kreiste ein Schwarm Seevögel.

Mit laufendem Motor und laut brummendem Kühlaggregat parkte hinter uns der Eiswagen. Im Vergleich zum wilden Brausen der Elemente war das ein sehr unnatürliches Geräusch, aufgrund dessen Mr. Parkers Aufmerksamkeit schließlich vom See abgelenkt wurde.

Ich sah, wie er sich ein- oder zweimal nach dem Fahrzeug umdrehte. Dann fragte er: »Also, was soll denn nun mit der Tonanlage nicht in Ordnung sein?«

»Sie bleibt immer hängen«, antwortete ich. »Das war eine der Sachen, wegen der Deakin mit Ihnen reden wollte.«

»Aber er hätte doch nur die Umstelltaste drücken müssen. Gucken wir uns das doch mal an.«

Er kletterte hinten in den Wagen, der jetzt nicht mehr voller Milchkästen war, und faßte mit der Hand auf eine Schalttafel. Als nächstes hörte ich ein leises Klicken.

»Können Sie es jetzt nochmal versuchen, bitte?« sagte er durch das Verkaufsfenster.

Ich beugte mich in die Fahrerkabine und drückte auf den Kontrollschalter. Sofort klang aus den Lautsprechern »Half a pound of tuppeny rice.« Danach war Stille. Ich drückte nochmal. Wieder ertönte die gleiche Melodie.

»Das reicht fürs erste«, sagte Mr. Parker.

»Aber was ist mit dem Rest?« fragte ich.

»Welcher Rest?«

»›Half a pound of treacle‹. Soll man das nicht auch hören?«

»Aber nein«, sagte er. »Man kann immer nur das eine oder das andere haben. Nicht beides auf einmal.«

Er stieg wieder aus dem Wagen, in der Hand eine Flasche H-Milch mit einem roten Deckel.

»Die war noch im Kühlschrank«, verkündete er. »Das ist wohl die für Bryan Webbs Onkel Rupert.«

»Ach, stimmt.«

»Könnten Sie die kurz rüberfahren?«

»Äh ..., ja, wenn Sie wollen.«

»Gut«, sagte er. »Das ist doch das Mindeste, was wir unter diesen Umständen tun können.«

»Hm, da haben Sie recht.«

»Sie sind schon mal einen Eiswagen gefahren«?

»Nein«, sagte ich. »Warum denn? Unterscheiden die sich denn so von anderen Fahrzeugen?«

»Eigentlich nicht sehr, aber in den Kurven müssen Sie aufpassen. Da können sie manchmal oberlastig sein.«

»Okay, ich werde daran denken.«

»Vielleicht wollen Sie sich erst mit den Funktionen vertraut machen?«

Er sagte das so befehlend, daß ich gehorsam in die Fahrerkabine kletterte. Von dort aus sah ich ihn zurück zum Ufer laufen. Er ging bis zum Stegende, blieb dort stehen und starrte wieder hinaus auf den See, bewegungslos und von grauen, schäumenden Wellen umgeben.

Ich wartete eine angemessene Zeitlang und rief dann durch das Fenster: »Also gut, ich fahre dann mal!«

Ohne sich umzudrehen, hob Mr. Parker grüßend die Hand.

Ich legte den Gang ein und fuhr durch die Bäume davon. Das blasse Nachmittagslicht verschwand bereits wieder. Als ich auf die Straße bog, schaltete ich deshalb das Licht ein. Mit gestrecktem Hals lehnte ich mich aus dem Fenster und stellte fest, daß die Lichter auf dem Dach ebenfalls angegangen waren. Wie es aussah, konnte ich nichts dagegen ausrichten. So blieb mir keine andere Wahl, als in voller Beleuchtung zu Bryan zu fahren. Trotz Mr. Parkers Warnung, was die Oberlastigkeit anging, kam ich mit dem Fahrzeug einigermaßen zurecht. In der Tat tuckerte es gemütlich die Straße entlang. Das Lenkrad kam mir allerdings unnötig groß vor. Als ich mich Millfold näherte, war ich kurz versucht, die Tonanlage anzustellen, aber dann kamen mir doch Bedenken wegen der Leute, die vielleicht angerannt kommen könnten, um Eis zu kaufen. Um keinerlei Aufmerksamkeit zu erregen, fuhr ich statt dessen betont gelassen durch den Ort.

Als ich bei Hodges Laden vorbeikam, stach mir ein großes neues Schild im Schaufenster ins Auge. Ich drosselte die Geschwindigkeit, um es mir anzusehen.

»SONDERANGEBOT«, stand darauf. »BAKED BEANS ZUM HALBEN PREIS.«

Während ich zu Bryan weiterfuhr, dachte ich mir, daß ich ihn eigentlich seit meiner Verbannung aus dem Packhorse weder gesehen noch gesprochen hatte und daß er vielleicht nicht gerade begeistert sein könnte, wenn ich einfach so hereingeschneit kam. Schließlich war er der Kapitän der Dartmannschaft, die ich angeblich so sehr im Stich gelassen hatte. Was sollte ich bloß tun, wenn er so schlecht auf mich zu sprechen war wie alle anderen? Nach allem, was ich wußte, könnte er ernsthaften Groll gegen mich hegen. Plötzlich erschien es mir gar nicht mehr so klug, einfach so bei ihm aufzukreuzen. Insbesondere wegen dieser ganzen Schäferhunde, die er auf mich hetzen könnte.

Allerdings konnte ich jetzt eigentlich nicht mehr zurück. Ich entschloß mich also zum Weiterfahren. Gerade als ich auf Bryans Hof hielt, trat er aus dem Haus, und erleichtert sah ich, daß er mir freundschaftlich zulächelte. Wie immer hatte er seine Pappkrone auf.

»Tommy hat schon angerufen und gesagt, daß du auf dem Weg hierher bist«, verkündete er, als ich aus dem Wagen stieg.

»Ach, ja«, sagte ich. »Hat er denn schon das erzählt mit …?«

Bryan nickte. »Ja, das hat er.«

»Ach so.«

»Und du springst in die Bresche?«

»Ja, glaube schon. Ich habe das hier mitgebracht.« Ich gab ihm die Flasche.

»Vielen Dank«, sagte er. »Die ist für meinen Onkel Rupert.«

»Dachte ich mir schon.«

»Jede Woche möchte er gerne seine H-Milch.«

»Ja, das hast du erzählt, ich erinnere mich.«

»Halt so zum Tee.«

»Ja.«

Bryan stellte die Flasche auf ein Regal im Eingang und drehte sich dann zu mir um.

»Übrigens«, sagte er. »Tommy läßt fragen, ob du den Eiswagen hier lassen kannst und mit seinem Lieferwagen zurückfahren könntest.«

»Auch gut.«

»Dann muß er nicht extra herkommen.«

»Stimmt.«

Das war leichter gesagt als getan. Unter der Remise, die früher Mr. Parkers Lastwagen beherbergt hatte, standen jetzt Bryans eigener Lieferwagen und sein Traktor. Der andere Lieferwagen parkte hinter ihnen, und um ihn da rauszuholen, mußten wir ganz schön herummanövrieren. Die nächsten fünf Minuten verbrachten wir mit dem eifrigen Vor- und Zurücksetzen der verschiedenen Fahrzeuge, bis wir ihre Plätze schließlich soweit vertauscht hatten, daß der Eiswagen hinten an der Wand stand und Tommys Lieferwagen ganz vorne. Dann unterhielten wir uns ein bißchen.

»Hast du diese Boote schon fertig gekriegt?« fragte Bryan.

»Na ja, die Vorbereitungen sind soweit getroffen«, antwortete ich. »Sobald ich einen Moment Ruhe habe, fange ich mit dem Anstreichen an.«

»Was? Du hast immer noch nicht damit angefangen?« Er sah ziemlich erstaunt aus.

»Nein, aber wie gesagt, werde ich mich sehr bald dranmachen.«

»Du bekommst sie doch noch bis Weihnachten fertig, oder?«

»Klar doch«, sagte ich. »Das ist überhaupt kein Problem.«

»Da mußt du aber noch ganz schön ranklotzen, was? Wir haben doch schon fast Dezember.«

»Na ja, eigentlich macht das ja auch nichts. Bis Ostern kommen sie doch sowieso noch nicht zurück aufs Wasser.«

»Vielleicht nicht«, sagte er, wobei er sich bedeutungsvoll an seine Krone klopfte. »Aber Weihnachten gilt doch noch, was?«

Ich war mir nicht sicher, was er damit sagen wollte. Daher nickte ich nur und sagte: »Hm, da hast du bestimmt recht.«

Er sah mich lange an, bevor sich sein Gesicht langsam zu einem Grinsen verzog. Ich grinste zurück, dann lachte er los und schlug mir auf die Schulter.

»Der war gut!« sagte er. »Du hast mir vielleicht einen Schrekken eingejagt!«

Ich fiel in sein Lachen ein. Bryan lachte noch ein bißchen mehr. Dann sagte ich, daß ich los müsse.

»Komm morgen nicht zu spät«, sagte er, als ich abfuhr.

»Nein, in Ordnung«, antwortete ich.

Da morgen Donnerstag war, nahm ich an, er würde auf das nächste Darttraining im Packhorse anspielen. Ich entnahm seiner Bemerkung deshalb, daß die Zeit meiner Verbannung beendet war und ich zum Biertrinken wieder dorthin gehen konnte. Das erleichterte mich ziemlich. Mein Entschluß vom Vorabend, »für die nächste Zeit einfach ohne Alkohol zu leben«, war – bei Tageslicht besehen – eine sehr traurige Sache. Denn was hatte es schließlich für einen Sinn, zu arbeiten, wenn ich abends nicht in den Pub gehen konnte? Jetzt war mir vom Kapitän der Dartmannschaft höchstpersönlich bestätigt worden, daß ich morgen abend wieder ins Packhorse gehen konnte.

Bis dahin hatte ich noch die Verabredung mit Gail einzuhalten. Ich gab Gas und raste nach Hause. Als ich im Hof des Hillhouse ankam, sah ich, daß Deakins Lieferwagen vor dem großen Schuppen geparkt war. Daneben standen Mr. Parker und Kenneth Turner und waren in ein Gespräch über dies und das vertieft. Als sie mich näher kommen sahen, winkten sie mir, mich zu ihnen zu gesellen.

»Wir haben mit ein, zwei Leuten gesprochen«, sagte Mr. Parker. »Und wir dachten uns, Sie könnten die Milchlieferung eigentlich jetzt sofort schon übernehmen.«

»Übernehmen?«

»Ja, dann sind Sie schon mal etabliert, und das Ding läuft.«

»Auf lange Sicht ist das für alle Beteiligten besser«, setzte Kenneth hinzu. »Milch brauchen die Leute immer.«

»Hm, aber ...« Ich zögerte. »Aber ich kann doch nicht einfach so ins laufende Geschäft einsteigen?«

»Warum nicht?«

»Na ja ..., das hört sich einfach nicht in Ordnung an, sonst nichts.«

Ein langes Schweigen folgte, dann sagte Mr. Parker: »Ich dachte, Sie konnten Deakin gut leiden?«

»Ja«, antwortete ich. »Ich mochte ihn ziemlich gern.«

»Also, wenn Sie die Milchlieferung übernehmen, würden Sie sich um seine Herzensangelegenheit kümmern, oder nicht?«

»Mag sein, wenn Sie es so sehen.«

»Damit würde niemand im Stich gelassen werden.«

»Ja.«

»Also fangen Sie doch einfach direkt an, was denken Sie?«

Ich zuckte mit den Schultern und deutete mit dem Kopf auf Deakins Lieferwagen. »Ist der jetzt komplett durchgecheckt?«

»Jawoll«, sagte Kenneth. »Müßte für ein Jahr reichen.«

»Und woher weiß ich, wohin die Milch geliefert werden soll?«

»Deakins Auftragsbuch liegt vorne im Fahrerhaus«, sagte Mr. Parker. »Da stehen alle Einzelheiten drin.«

Während mir noch ganz schwindelig war von dieser unerwarteten Wendung der Ereignisse, bekam ich schon das Auftragsbuch und auch eine Karte mit der Lieferroute gezeigt. Danach überreichte mir Kenneth einen Block Bestellzettel für die Molkerei in Greenbank.

»Wenn du früh genug hinfährst, hilft dir jemand, die Kästen aufzuladen«, sagte er.

»Was meinst du mit früh genug?« fragte ich.

»Na ja, Deakin hat immer um fünf angefangen.«

Fünf Uhr morgens! An diese Seite der Medaille hatte ich noch gar nicht gedacht. Als ich noch in der Fabrik arbeitete, kam es mir schon immer so vor, als würde ich früh aufstehen, aber da fing ich immer erst um acht Uhr an. Fünf Uhr war drei Stunden früher. Langsam fragte ich mich, worauf ich mich da eigentlich eingelassen hatte. Um einen anständigen Siebenstundenschlaf hinzukriegen, mußte ich ungefähr um halb zehn schlafen gehen. Um diese Uhrzeit ging ich eigentlich immer in den Pub. Mir dämmerte, daß ich im Begriff war, mich von jeder Art Sozialleben zu verabschieden, nur um Deakins Laden am Laufen zu halten. Auf der anderen Seite machte mich die Aussicht, meine eigene Milchrunde zu fahren, schon ziemlich stolz! Ich beschloß, die Sache anzupacken und mich an den Gedanken zu gewöhnen, zum Frühaufsteher werden.

Nachdem alles geregelt war, brachte Mr. Parker Kenneth nach Hause, und ich ging auf einen Tee ins Gartenhäuschen. Gegen sieben klopfte es an der Tür. Es war Gail.

»Sind Sie bereit für die erste Lektion?« fragte sie mich.

Das hörte sich so an, als würde sie mir etwas beibringen, nicht umgekehrt, aber ich ging über die Bemerkung hinweg und holte die Dartscheibe unter meinem Bett hervor. Als Gail sie zu Gesicht bekam, nahm sie sie mir ab und hielt sie irgendwie zärtlich in den Armen. Dann führte sie mich zum Heuboden.

»Nur so nebenbei«, sagte ich. »Woher kriegen wir denn die Darts?«

»Da oben liegen welche«, antwortete sie.

Um auf den Heuboden zu gelangen, mußte man eine Holzleiter hochsteigen und eine Luke öffnen. Gail machte das Licht an und ging als erste hinauf. Ich ihr hinterher. Wir kletterten über Bryans Heuballen und kamen zu einer freien Fläche, ungefähr vier Fuß breit und zehn lang. Gerade genug Platz für ein Dartspiel. Als ich endlich dort ankam, hatte Gail schon die Dartscheibe an einen Haken an der einen Seite gehängt. Mir fiel auf, daß die Wand drum herum so aussah, als wäre sie schon oft von spitzen Gegenstände getroffen worden. Auf einem Brett daneben waren mit Kreide ein paar Spielstände aufgeschrieben. Jemand hatte sogar schon eine Abwurflinie auf den Boden gemalt.

»Du hast also schon mal gespielt?« fragte ich.

»Na klar«, sagte sie. »Super oft.«

»Mit wem denn?«

»Mit jedem, der hier so vorbeikam.«

»Also bin ich nicht der erste?«

»Nein, natürlich nicht.«

Sie öffnete eine Kiste in der Ecke und holte ein paar Darts heraus. Sie sahen gebraucht aus, mit billigen Plastikfedern, aber zum Üben reichten sie. Sie gab mir ein Bündel rote und nahm sich selbst gelbe. Dann fingen wir an.

Ich schätze, wir spielten an diesem Abend insgesamt ungefähr fünfzehn Runden. Gail wußte, wie man sich richtig hinter die Linie stellt, und zielen konnte sie auch ganz gut. Aber ihr Schwachpunkt war die Taktik. Sie hatte keine Ahnung, wie wichtig die Achter und Sechzehner für ein *double finish* sind, und das Problem des »Einschließens« erkannte sie meist erst, wenn es schon zu spät war. Immer wieder war sie nur noch drei Würfe vom Sieg entfernt und verlor die Runde dann doch, weil sie einfach keine Möglichkeit erkannte, das Leg zu beenden. Hier war ich jetzt gefragt. Ich konnte ihr kleine Hinweise und Tips geben, die ich mir im Laufe der Jahre angeeignet hatte. Allmählich spielte sie besser. Zuerst gewann ich ein Spiel nach dem anderen, aber nach einer Weile gewann Gail auch ein paar. Als sie mich zu ihrer Genugtuung einige Male geschlagen hatte, hörten wir für den Abend auf und räumten die Darts weg. Wir waren uns einig, daß wir das Brett genausogut dort hängen lassen konnten, wo es war.

»Übrigens«, fragte ich. »Wo kommt es denn her?«

»Keine Ahnung«, antwortete sie. »Marco hatte es irgendwoher.«

»Wer ist denn Marco?«

»Der war vor Ihnen hier.«

***

In dieser Nacht machte ich den Fehler, früh schlafen zu gehen, weil ich davon ausging, daß das Leute so machen, die um halb fünf aufstehen müssen. Um zehn Uhr hatte ich mich ins Bett gepackt, den Kopf unters Kissen gesteckt und war immer noch hellwach. Der Gedanke, anstatt vorzuschlafen den Schlaf besser erst nachzuholen, nachdem man ihn verpaßt hatte, war mir einfach nicht gekommen. Die Folge war, daß ich mehrere Stunden lang verzweifelt versuchte einzudösen und mir dabei die ganze Zeit Sorgen machte, ich könnte verschlafen.

Gegen vier Uhr hatte ich schließlich die Nase voll vom Rumwälzen. Ich stand also auf und machte Wasser warm. Ich hatte Triefaugen, fühlte mich aber sofort besser, nachdem ich eine ganze Kanne Tee in mich reingeschüttet hatte. Zwanzig Minuten vor fünf trat ich auf den Hof, tappte im Dunkeln zu Deakins Lieferwagen und fuhr los zur Molkerei in Greenbank. Ich war noch nie in diese Richtung gefahren, aber auf der Karte war es gut zu erkennen. Pünktlich um fünf war ich da. Als ich mich dem Gebäude näherte, kam eine Laderampe in Sicht, an der schon ein paar andere Fahrzeuge warteten. Ein paar Männer in

Arbeitskitteln standen herum. Einer von ihnen bedeutete mir, rückwärts vor einem Stapel mit vollen Kästen einzuparken. Ich war kaum aus dem Fahrerhaus gestiegen, da hatte er bereits angefangen, sie hinten auf die Ladefläche zu wuchten. Ich kletterte auf die Rampe, um mit Hand anzulegen.

»Morgen«, sagte er, ohne sich vorzustellen. »Haben Sie einen Bestellzettel für mich?«

»Ja, klar, Entschuldigung«, antwortete ich und holte den Zettel aus meiner Tasche. »Ich bin neu im Geschäft.«

»Macht nichts«, sagte er grinsend. »Das wird schon.«

Ich gab ihm einen Bestellzettel. Er riß die untere Hälfte ab und gab sie mir zurück. Dann mußte ich das Blatt auf seinem Klemmordner unterschreiben.

Nach dem Beladen sagte er: »Also dann. Das ist Ihre Fuhre. Wenn Sie meinen Rat hören wollen, fahren Sie am besten zuerst die Siedlung ab und werden die mit den goldenen Deckeln los. Dann haben Sie freie Bahn für die H-Milch bis nach Millfold. Danach müßte alles wie am Schnürchen laufen. Ach, und vergessen Sie nicht: H-Milch gibt's mittwochs und freitags im Angebot.«

»Danke«, sagte ich, bemüht, mir das alles zu merken.

Erst als ich wieder im Lieferwagen saß und mir das Auftragsbuch und die Karte zusammen angesehen hatte, ergaben diese ganzen Informationen einen Sinn. Dabei wurde mir deutlich, daß das Planen einer Milchrunde nichts weniger als angewandte Wissenschaft war. Auf der Strecke gab es Rundwege, Abkürzungen und unvermeidliche Sackgassen, aber es war alles versucht worden, um jede überflüssige Wegstrecke zu vermeiden. Als ich mit meinen Lieferungen anfing, ging mir auf, daß der Mann an der Laderampe aus Erfahrung gesprochen hatte. Wie er vorhergesagt hatte, war der Kasten mit den goldenen Deckeln (Vollmilch) leer, als ich die Siedlung unterhalb von Greenbank abgegrast hatte. Danach hatte ich bis Millfold nur noch H-Milch mit silbernen Deckeln zu liefern.

Aber ich machte das zum ersten Mal, und trotz der nützlichen Ratschläge blieb ich bald hinter dem Zeitplan zurück. Das Problem war, daß sich eine Menge Lieferadressen am Ende abgelegener Sträßchen befanden. Und ich vergeudete viel Zeit beim Wenden auf winzigem Raum und beim Durchfahren unendlich vieler Tore. Ich kam schnell zu dem Schluß, daß ich weitaus effizienter sein könnte, wenn ich einen Gehilfen hätte: jemanden, der die Tore öffnen und die Flaschen auf die Türschwellen knallen würde, während ich den Wagen am Laufen hielt.

Ein anderes Problem war natürlich, daß ich mich dauernd verfuhr. Die Karte war ziemlich genau, aber offenbar seit einer ganzen Weile in Gebrauch, was zur Folge hatte, daß an den Knickstellen ein paar kleinere Ortsnamen unleserlich waren. Ich konnte die fraglichen Adressen nur raten. Auf gut Glück fuhr ich unbezeichnete Straßen entlang und konnte nur hoffen, daß ich irgendwann die richtige Adresse finden würde. Fast immer gelang es mir, aber ein oder zwei Mal verfuhr ich mich übel und mußte die ganze Strecke zurückfahren, bevor ich es noch einmal probieren konnte.

Wainskill, wo ich an ein paar Stellen Sachen abzuliefern hatte, war weniger schwierig zu finden. Der Ort wurde von der Eisfabrik beherrscht. Ziemlich viele meiner Kunden schienen in der Nähe zu wohnen. Der Morgen dämmerte, als ich zwei Flaschen Milch vor dem Journeyman abstellte und je eine vor jedes der kleinen Reihenhäuser ein Stück weiter die Straße entlang. Im Vorbeifahren fragte ich mich, ob Lesley vielleicht in einem dieser schlafenden Häuser wohnte.

Als ich in die Millfolder Gegend kam, war ich schon sehr spät dran, aber interessanterweise kam mir kein einziges Wort der Beschwerde zu Ohren. Ich fuhr zu verschiedenen Höfen und Betrieben und sah einige bekannte Gesichter aus dem Packhorse (und dem Ring of Bells). Trotz meiner Verspätung bekam ich nur aufmunternde Sprüche zu hören. In vielen Fällen war klar, daß die Leute mit dem Frühstück gewartet hatten, bis ich mit ihrer Milch aufkreuzte. Ich hätte erwartet, daß sie deswegen schlecht gelaunt waren, aber wo auch immer ich endlich vorfuhr, wurde mir jedesmal freundlich vom Küchenfenster aus zugewunken. Wenn zufällig die Tür aufstand, stellte ich die Flasche hinein und sagte mit einer Art Singsang in der Stimme »Danke«, bevor ich mich wieder auf den Weg machte.

Auf der Straße Richtung Hillhouse kam mir der Schulbus entgegen. Als sich unsere Fahrzeuge begegneten, hupte Maurice freundlich. Mir war, als hätte ich Gails Gesicht unter denen gesehen, die hinausschauten, aber sicher war ich mir nicht.

Nachdem ich zwei Bestellungen am Hillhouse abgeliefert hatte, eine vor Mr. Parkers Tür und eine vor meiner eigenen, mußte ich als nächstes nach Stonecroft, wo ich seit dem Vorfall mit der Kreissäge nicht mehr gewesen war. Wieder waren zwei Lieferungen zu erledigen, eine für den jungen Mr. Pickthall und eine zweite für seinen Vater am anderen Ende des Hauses. Ich hoffte, den alten Mann zu treffen und vielleicht ein bißchen mit ihm schwatzen zu können, aber als ich im Hof wendete, war keine Spur von ihm zu sehen. Was mir jedoch, neben dem Holzstoß, der immer noch nicht zurechtgesägt worden war, ins Auge stach, war eine große Sammlung von Ölfässern in einer Ecke. Gerade war ich dabei, mich zu fragen, was der junge Mr. Pickthall mit ihnen wohl vorhatte, da trat er mit einer leeren Flasche aus dem Haus.

»Haben Sie unterwegs meinen Vater gesehen?« fragte er kurz angebunden.

»Leider nicht«, antwortete ich, gab ihm seine Milchflasche und nahm die leere entgegen. »Ist er vielleicht spazierengegangen?«

»Sieht so aus«, sagte er und schnaubte mißbilligend. »Die Hälfte der Zeit weiß ich nicht, was er macht.«

In seinem Alter sollte der alte Mann eigentlich tun können, was er wollte, dachte ich einen Moment lang. Ich sagte jedoch nichts, weil das wirklich nicht meine Sache war. Ich wollte schnell loskommen, bevor die Rede auf den unvollendeten

Holzstoß kam. Ich nickte also höflich und ging dann los, seinem Vater die Milch zu bringen. Als ich wieder am Lieferwagen ankam, blickte ich über den Hof und sah den jungen Mr. Pickthall zwischen den leeren Ölfässern stehen und jedes mit Kreide kennzeichnen. Als ich abfuhr, sah er auf. Ich winkte ihm, aber er grüßte nicht zurück.

Danach waren eigentlich nur noch eine oder zwei Lieferungen zu erledigen, aber aus irgendeinem Grund hatte ich immer noch einen vollen Milchkasten übrig. Als ich anhielt und mir das Auftragsbuch ansah, bemerkte ich zu meinem Schrecken, daß ich einen Teil der Strecke ausgelassen hatte! Ich hätte eigentlich die Seite des Sees, auf der Bryan Webb wohnte, zuerst machen und danach erst hierherkommen sollen, aber aus irgendeinem Grund war ich falsch herum gefahren. So schnell ich konnte, lieferte ich die Flaschen auf dieser Seeseite aus und raste dann zu Bryan. Er stand im Hof, als ich ankam, mit der Pappkrone auf dem Kopf.

»Nur anderthalb Stunden Verspätung«, sagte er grinsend. »Nicht schlecht für den ersten Tag.«

Offenbar hatte er von seinem Fenster aus beobachtet, wie ich mich den See entlangarbeitete, und hatte schon den Wasserkessel für eine Kanne Tee aufgesetzt. Das kam mir sehr entgegen, da ich seit fünf Uhr morgens ohne Pause unterwegs gewesen war.

»Ein, zwei Mal bin ich heute morgen falsch abgebogen«, sagte ich, als wir in der Küche saßen. »Müßte aber schneller gehen, wenn ich mich erst einmal dran gewöhnt habe.«

»Du könntest wirklich einen Gehilfen gebrauchen«, bemerkte Bryan. »Deakins Problem war, daß er immer alles selber machen wollte. Ein Keks gefällig?«

»Gern.«

Er holte eine Keksdose hervor und nahm den Deckel ab. Drinnen lagen Feigenröllchen, Karamelkekse und welche mit Vanillecreme. »Such dir welche aus.«

»Hölle nochmal«, sagte ich. »Wo kriegst du die denn her? Das einzige, was ich hier zwischen die Finger kriege, sind einfache Vollkornkekse.«

Bryan sah besorgt aus. »Du bestellst doch bei Hodge, oder?« fragte er.

»Ja.«

»Und er gibt dir nicht, was du willst?«

»Nein.«

»So ist er manchmal mit Zugereisten, unser guter Hodge. Bis er dich ein bißchen besser kennt, du weißt schon.«

»Ja gut, aber wie lange dauert das?«

»Ooch, das ist verschieden«, sagte Bryan. »Es kann Monate dauern, aber auch Jahre.«

»Sieht ganz danach aus, als müßte ich bei Vollkornkeksen bleiben«, seufzte ich.

»Ich sag' dir mal was«, sagte er. »Warum läßt du mich nicht deine Sachen bestellen? Der gute Hodge merkt das gar nicht, und du kannst sie hier abholen.«

»Macht dir das nichts aus?«

»Natürlich nicht, das ist gar kein Ding.«

»Und wie machen wir das mit der Rechnung?«

»Ach, mach dir da mal keine Sorgen. Das können wir später regeln.«

»Also, okay«, sagte ich. »Na dann, vielen Dank. Ich gebe dir morgen meine Liste.«

»In Ordnung.«

Ich blieb noch eine halbe Stunde bei Bryan und bekam Tee mit Keksen, bevor ich mich in Bewegung setzte. Dann dankte ich ihm nochmals, brauste nach Hause und war zufrieden, die gesamte Runde ohne Zwischenfälle hinter mich gebracht zu haben. Die ganze Milch, die ich heute morgen um fünf geladen hatte, war jetzt verschwunden. Die Kästen hinten auf der Ladefläche waren gefüllt mit leeren, ausgewaschenen Flaschen, die in die Molkerei zurückgebracht werden konnten. Auf der Rückfahrt fiel mir auf, wie sehr sie die ganze Zeit schepperten und klirrten. Das hatte ich beim Ausfahren gar nicht gemerkt, aber jetzt schien mir das Geräusch ununterbrochen zu folgen, den ganzen Weg um den See herum und durch Millfold. Endlich bog ich in die Einfahrt von Hillhouse ein und fuhr über das grüne Viereck. Das Klirren hörte auf, als ich einen Moment lang anhielt und mich daran erinnerte, daß dies der Ort war, an dem ich Deakin erst vor ein paar Wochen kennengelernt hatte. Ich stieg aus und schaute das Tor an, das ich an jenem sonnigen Nachmittag gestrichen hatte. Was war doch alles seither passiert! Deakin war inzwischen verschwunden, und ich war der offizielle Milchmann von Wainskill und Millfold geworden. Mir kam die Idee, daß es nett wäre, das Viereck jedes Jahr zur Erinnerung an ihn neu zu streichen. Damals hatte er einen echten Milchmannkittel angehabt, und ich fragte mich, ob ich nicht in Erwägung ziehen sollte, mir auch einen zuzulegen.

***

Da ich den Rest des Nachmittags frei hatte, konnte ich endlich mit den Booten weitermachen. Es schien Jahre her, seitdem ich die Vorbereitungen beendet hatte. Jetzt freute ich mich richtig aufs Anstreichen. Mr. Parker hatte mir die Schlüssel gegeben, so daß ich jetzt selbst in das Farbenlager gehen und mir ein paar Pinsel aussuchen konnte. Dann ging ich rüber zum großen Schuppen. Drinnen lagen die Boote in Reih' und Glied auf ihren Holzblöcken, genauso wie ich sie zurückgelassen hatte. Ich machte eine Dose mit grüner Farbe auf, rührte sie um und fing dann mit dem ersten an.

Wie bereits gesagt: Wer auch immer die Boote als erster gestrichen hatte, hatte ganze Arbeit geleistet. Während des stundenlangen Hantierens mit der Schleifmaschine war es mir nur gelungen, den alten Anstrich aufzurauhen, nicht aber, ihn komplett zu entfernen. Der Rumpf des ersten Bootes war immer noch von einer zwar schwachen, aber deutlich erkennbaren kastanienbraunen Farbe. Als ich anfing, mit frischer grüner Farbe darüberzugehen, fühlte ich mich seltsam unbehaglich. Es war fast so, als würde ich damit etwas Unwiederbringliches überstreichen. Ich war davon ausgegangen, daß dieser Teil des Jobs der befriedigendste sein würde, aber jetzt stellte sich schnell heraus, daß das Gegenteil der Fall war. Mit jedem Pinselstrich sah das Boot weniger majestätisch und dafür profaner aus. Noch schlimmer wurde es, als ich den Rand und den geschnitzten Bug, dessen altes Profil in Gold so eindrucksvoll ausgesehen hatte, überstreichen mußte. Während der alte Anstrich unter dem neuen verschwand, merkte ich, daß ich rasch das Interesse an der Arbeit verlor. Schließlich hatte ich ursprünglich die Idee gehabt, diese Boote zu restaurieren und ihnen wieder zu ihrem alten Glanz zu verhelfen, und nicht, sie in einfache Kähne zu verwandeln. Mir fiel auch auf, daß ich viel langsamer arbeitete als anfangs, schob das aber teilweise auf die Tatsache, daß ich jetzt ziemlich müde wurde, schließlich war ich seit den frühen Morgenstunden auf den Beinen. Ich war gerade dabei, zu erwägen, ob ich für heute Schluß machen sollte, als ich draußen ein Fahrzeug kommen hörte. Offensichtlich war Mr. Parker wieder zurück, wo auch immer er gewesen sein mochte. Ein paar Augenblicke später betrat er den Schuppen, um nachzuschauen, wie ich vorankam.

»Gut«, sagte er und besah sich das Boot flüchtig. »Die Farbe scheint es ja ganz gut zu tun, was?«

»Kann sein«, antwortete ich ohne Begeisterung.

»Es werden wohl mehrere Schichten nötig sein, oder?«

»Da gehe ich von aus.«

»Na dann, zögern Sie nicht so viel draufzuklatschen wie nötig.«

»Okay.«

»Ich habe noch ein Stück Kette und eine Radnabe mitgebracht«, fuhr er fort. »Könnten Sie wohl einen neuen Anker basteln, wenn Sie mal einen Moment Zeit haben?«

Ich war mir nicht ganz sicher, was er mit »einen Moment Zeit haben« genau meinte, sagte aber einfach nochmal okay und beobachtete, wie er sich auf den Ofen in der Ecke zubewegte.

»Bißchen kühl hier drinnen«, bemerkte er. »Ich glaube, wir machen den mal für Sie an, damit's hier hübsch warm wird.«

Und schon waren wir dabei, den ganzen Kram um den Ofen herum wegzuräumen und geeignete Holzscheite zum Heizen zu suchen. Um die Wahrheit zu sagen: Ich war dermaßen mit den Booten beschäftigt gewesen, daß ich nicht gemerkt hatte, wie kalt es geworden war. Kein Wunder, daß ich mich träge und schlapp fühlte. Tommy Parker hingegen schien sehr überschwenglicher Laune zu sein. Bald loderten die Flammen im Ofen. Er hantierte mit der Belüftungsklappe herum. Sobald es wärmer wurde im Schuppen, fühlte ich mich weniger lustlos als zuvor.

»Sehen Sie mal«, sagte er, als der Ofen auf Hochtouren brannte. »Das macht es doch schon viel gemütlicher hier drinnen.«

»Danke«, sagte ich.

»Morgen fahre ich runter Richtung Süden, mit den Ölfässern, und überlasse Sie Ihrem Schicksal.«

»Gut.«

Kurz darauf bekam ich schon wieder Besuch. Gegen fünf ging die Tür auf, und Gail kam herein. Mir fiel auf, daß sie ihre Schuluniform schon gegen andere Kleider getauscht hatte.

»Ich soll Ihnen was von Mr. Wanless ausrichten«, sagte sie.

»Wer ist denn das?« fragte ich.

»Das wissen Sie doch«, antwortete sie. »Der fährt den Schulbus.«

»Du meinst, Maurice?«

»Ich habe immer nur Mr. Wanless zu ihm gesagt.«

»Äh ..., ja«, sagte ich. »Worum geht es denn?«

»Er sagt, es wäre in Ordnung, wenn Sie heute abend wieder ins Packhorse kämen.«

»Ach, das ist nett von ihm. Da muß ich ihm ja einen ausgeben.«

Gail sah enttäuscht aus. »Heißt das, wir können kein Darttraining mehr machen?«

»Nein, nein, müßte schon möglich sein, das noch dazwischenzuschieben, obwohl ich gerade ziemlich viel zu tun habe.«

»Also, machen wir's dann nochmal?«

»Na klar«, sagte ich. »Versprochen.«

Sie lächelte. »Danke.«

Ich sah ihr nach, wie sie zur Tür ging und hinaustrat, und mußte mir – nicht zum ersten Mal – in Erinnerung rufen, daß sie erst fünfzehn war. Vielleicht hätte ich einfach sagen sollen, daß ich keine Zeit für sie hätte, und es dann dabei belassen. Schließlich hätte das praktisch der Wahrheit entsprochen. Ich mußte mich nicht nur um die Milchlieferung kümmern und diese Boote anstreichen, sondern nebenher noch einen Anker basteln und versenken sowie einen Sägevertrag erfüllen. Darüber hinaus war da meine Verpflichtung gegenüber der Dartmannschaft, die doch wichtiger zu sein schien, als einem halbwüchsigen Mädchen auf dem Heuboden Unterricht zu geben. Bei genauerem Nachdenken gab es kaum einen freien Augenblick, und jetzt, wo der Schuppen einmal geheizt war, beschloß ich, in den nächsten paar Stunden die Sache mit dem Anstreichen durchzuziehen. Um sieben Uhr war ich mit der ersten Schicht auf dem Boot, an dem ich dran war, fertig. Es sah ganz gut aus, obwohl ich mit der Farbwahl immer noch etwas unglücklich war. Danach stürzte ich rüber zum Gartenhäuschen, trank Tee und ging los.

Als ich im Packhorse ankam, stellte sich heraus, daß ich mir meiner Position innerhalb der Dartmannschaft viel zu sicher gewesen war. Ich wurde zwar freundlich begrüßt, aber das Spielprogramm hatte es erfordert, während meiner Abwesenheit andere Spieler zu rekrutieren, so daß jetzt keine Plätze mehr frei waren. Bryan Webb lud mich auf ein Pint ein und erklärte mir dann, daß ich mich erst wieder hochspielen müsse, indem ich mich bei den kommenden Spielen als Reservespieler bereithielt. In meinen Ohren klang das ganz fair. Ich setzte mich also auf einen Hocker in der Ecke und stellte mich darauf ein, nur zuzugucken. Die heutige Gastmannschaft war vom Rising Sun. Es schien ein ganz nettes Grüppchen zu sein. Leider war es eine dieser Mannschaften, die keine Frauen dabeihatten, weshalb es außer dartwerfenden Männern nicht viel zu sehen gab. Das erste Spiel ging ans Packhorse, das zweite ans Rising Sun. Dann lachten plötzlich alle über irgend etwas. Ich blinzelte ein oder zwei Mal und sah dann Bryan und den ganzen Rest im Halbkreis um mich herumstehen. Sie grinsten und sahen mir ins Gesicht.

»Tut er's, oder nicht?« sagte jemand.

»Na ja, jetzt nicht mehr, aber vorhin sicher«, sagte Bryan, und wieder lachten alle.

»Was ist denn los?« fragte ich.

»Du hast gerade das halbe Spiel verschlafen«, sagte er. »Paß auf, du verschüttest noch dein Bier.«

Ich blickte nach unten. Das Glas lag schräg in meiner Hand, sein Inhalt schwappte gegen den Rand. Schnell hielt ich es gerade und stand auf.

»Hölle nochmal«, sagte ich. »Ich bin wohl müder, als ich dachte.«

»Na ja, man kann nicht auf allen Hochzeiten tanzen«, bemerkte Kenneth Turner. »Du gehst am besten nach Hause und in die Falle.«

»Ja, ich glaube auch. Gute Nacht.«

»Gute Nacht«, sagten sie alle im Chor, als ich hinausging.

Auch ohne eine Runde Darts gespielt zu haben, hatte ich nach meinem ersten Abend zurück im Packhorse ein gutes Gefühl. Niemand hatte ein Wort darüber verloren, daß ich sie damals »im Stich gelassen« hätte, und aus ihrem Schweigen darüber schloß ich, daß sie mir vergeben hatten. Jetzt war es nur noch eine Frage der Zeit, bis ich wieder als vollwertiges Mannschaftsmitglied akzeptiert war. Die Art und Weise, wie Bryan mir vorhin ein Pint ausgegeben hatte, ließ den Schluß zu, daß es nicht mehr sehr lange dauern konnte. Ziemlich zufrieden damit, wie die Dinge sich entwickelt hatten, wanderte ich zum Gartenhäuschen zurück und ging sofort ins Bett. Bevor mein Kopf überhaupt das Kissen berührt hatte, schlief ich schon und wachte um halb fünf putzmunter wieder auf. Schnell kippte ich eine Tasse Tee hinunter und merkte, daß ich mich eigentlich ziemlich auf meine Milchrunde freute.

Als ich aus der Einfahrt bog, bemerkte ich, daß da noch ein Frühaufsteher unterwegs war. Im Scheinwerferlicht tauchte eine Gestalt auf, die die Straße nach Millfold entlanglief. Sofort war mir klar, daß es der alte Mr. Pickthall war.

Ich hielt neben ihm und kurbelte die Scheibe hinunter.

»Suchen Sie einen Job?« fragte ich.

10

»Natürlich suche ich einen Job«, sagte er.

»Also, ich könnte gut einen Gehilfen gebrauchen.«

»Dachte ich mir.«

Ohne weitere Worte zu verlieren, ging er um das Fahrzeug herum und setzte sich auf den Beifahrersitz. Ich bemerkte, daß er eine Stofftasche dabeihatte, aus der eine Thermoskanne herausschaute.

»Sie kommen nicht unvorbereitet?« sagte ich, als wir weiterfuhren.

»Wenn wir es schon machen, dann wenigstens richtig.«

»Ja«, sagte ich. »Stimmt, da haben Sie recht. Aber was ist denn mit Ihrem Sohn?«

»Was soll mit ihm sein?«

»Hat er nichts dagegen, daß Sie mit mir fahren?«

»Das geht ihn gar nichts an.«

»Aber wenn er es mitkriegt?«

»Jetzt hören Sie aber mal auf«, schnauzte der alte Mann mich an. »Soll ich Ihnen jetzt helfen oder nicht?«

»Klar sollen Sie.«

»Na, dann hören Sie auf damit.«

»In Ordnung«, sagte ich. »Entschuldigung.«

Nachdem wir die Sache beigelegt hatten, erwähnten wir sie nicht mehr, sondern fuhren durch die morgendliche Dunkelheit Richtung Greenbank. Punkt fünf kamen wir an der Molkerei an, und ich setzte sofort bis zur Laderampe zurück, auf der die Männer schon standen und warteten. Es stellte sich heraus, daß Mr. Pickthall ein paar von ihnen vom Sehen kannte. Sie wiederum erinnerten sich an ihn von früher, als er noch das Holzlager hatte. Wieder einmal war ich erstaunt, wie gründlich hier jeder jeden in der Gegend zu kennen schien. Eine Hand wäscht die andere, und so hatten wir die Milchkästen noch schneller aufgeladen als am Tag zuvor. Ich gab den Bestellzettel ab, unterschrieb das Papier, und schon waren wir wieder unterwegs.

An dem alten Mann gefiel mir, daß er keine überflüssigen Worte verlor. Schweigend fuhr er auf dem Beifahrersitz mit, starrte durch die Windschutzscheibe vor uns auf die Straße und wartete auf eine Arbeitsgelegenheit. Es verstand sich von selbst, daß ich nicht bei jedem Haus, an dem wir hielten, und bei jeder einzelnen Flasche ihn bat, sie abzuliefern: Das wäre wohl zuviel verlangt gewesen. Um die Flaschen mit den goldenen Alu-Deckeln in der Siedlung unterhalb von Greenbank kümmerte ich mich zum Beispiel selber, weil es sich um einfache Auslieferungen handelte. Als wir dann aber bei den abgelegeneren Häusern weitermachten, kam er richtig ins Spiel. Das erste von ihnen hatte drei verschiedene Tore vor der Einfahrt, die alle geschlossen waren. Mr. Pickthall hechtete quasi aus dem Lieferwagen, um sie zu öffnen.

»Verdammte Idioten«, sagte er, als er nach dem dritten Tor wieder einstieg. »Um diese Jahreszeit müssen sie die gar nicht zumachen.«

»Stimmt«, pflichtete ich ihm bei. Ich hatte von Landwirtschaft keine Ahnung, aber mein Gehilfe schien sich auszukennen, weshalb ich ihm aufs Wort glaubte.

»Die Weiden sind doch alle leer«, fügte er hinzu.

Wenn der Kunde allerdings die Tore geschlossen haben wollte, konnten wir nicht anders, als nachzugeben. Mr. Pickthall war es eigentlich auch egal. Er brauchte eine Beschäftigung, und Tore auf- und zuzumachen war so gut wie jeder andere Zeitvertreib. Er beschwerte sich nur, daß ihre Eigentümer »verdammte Idioten« seien.

Eine weitere Aufgabe ergab sich für ihn, wenn wir zu Anwesen mit einem seltsam geschnittenen Hof kamen. Am Vortag hatten sie mich wirklich in Schwierigkeiten gebracht, aber mit seiner Hilfe waren sie überhaupt kein Problem mehr. Die Vorgehensweise war einfach. Solange ich mit dem Lieferwagen eine Dreipunktwendung vornahm, stieg er aus, erledigte die anstehende Lieferung und kam genau dann mit der leeren Flasche zurück, wenn ich mit dem Manövrieren fertig war. Auf diese wirkungsvolle Weise sparten wir jedesmal ganze Minuten.

Bei unserer Ankunft in Wainskill war es noch nicht hell geworden. Als wir an der Eisfabrik vorbeifuhren, spähte Mr. Pickthall durch die schmiedeeisernen Tore und sagte: »Also hat Snaithe sie dann doch verkauft.«

»Ja, das habe ich auch gehört«, sagte ich.

»Wissen Sie, der hat bei Null angefangen.«

»Wirklich?«

»Im gleichen Jahr wie ich mit meinem Sägewerk.«

»Ach was.«

»Guter Geschäftsmann, dieser Snaithe.«

»Dann kennen Sie ihn?«

»Ja, ich treffe ihn immer mal wieder per Zufall«, sagte Mr. Pickthall. »Das letzte Mal war Pfingstmontag 1962, wenn meine Erinnerung mich nicht täuscht.«

»Ach ..., äh ..., ja.«

»Natürlich, heutzutage würde man ihn doch nie so etwas bauen lassen.«

»Stimmt.«

»Es gibt zu viele Vorschriften hier in der Gegend, man kann nichts mehr bauen.«

»Ja.«

»Verdammt idiotische Vorschriften.«

Es sah so aus, als hätte dieses lange Gespräch seinen Tribut gefordert. Für eine ganze Weile verfiel Mr. Pickthall in Schweigen. Unterdessen dachte ich über Mr. Parkers großen Schuppen nach und fragte mich, ob er wohl eine Baugenehmigung bekommen hatte, bevor er ihn baute.

Die Milchrunde ging gut voran. Wir erledigten die Lieferungen in Wainskill und lagen gut in der Zeit, als wir gegen Viertel vor acht die Gegend um Millfold erreichten. Mir war aufgefallen, daß die Tankanzeige des Lieferwagens gegen Null ging. Er hatte einen Dieselmotor, und die einzige Stelle mit einer Zapfsäule für Diesel, die mir einfiel, gab es in Kenneth Turners Werkstatt. Ich fuhr zum Tanken dorthin. Kenneth war schon am Arbeiten und lag unter einem Transporter, den er auf eine Hebebühne hochgefahren hatte. Als er uns kommen hörte, kroch er darunter hervor. Ich stieg aus, um mit ihm zu reden. Mr. Pickthall blieb in der Fahrerkabine sitzen und goß sich aus seiner Thermoskanne Tee ein. Er hatte zwei Becher dabei und außerdem ein paar Marmeladendoughnuts. Offenbar hatte er beschlossen, jetzt eine Teepause einzulegen. Als Kenneth ihn auf dem Beifahrersitz sah, zwinkerte er mir zu und sagte: »Ich sehe, du hast einen Gehilfen eingestellt.«

»Ja«, sagte ich. »Er macht sich sehr nützlich.«

»Also, mit Mr. P. an Bord kann man nicht viel falsch machen.«

»Es sieht ganz so aus.«

»Mädchen für alles«, sagte Kenneth.

Nachdem er vollgetankt hatte, holte ich mein Geld heraus, um zu bezahlen, aber davon wollte er nichts hören.

»Ich kann's genausogut auf die Rechnung setzen. Du wirst doch sowieso noch mehr brauchen.«

»Stimmt«, sagte ich. »Ist dir das denn recht?«

»Klar, überhaupt kein Problem.«

»Und ich regle das dann, so schnell es geht.«

»Super.«

Ich stieg zu Mr. Pickthall in die Fahrerkabine, bekam Tee und Doughnuts, und dann machten wir mit den Lieferungen auf Bryan Webbs Seeseite weiter. Als wir auf Bryans Hof ankamen, stand er da mit seiner Pappkrone und wartete anscheinend auf uns. Ich nutzte die Gelegenheit, ihm meine Einkaufsliste zu übergeben, schlug aber sein Angebot, eine Tasse Tee zu trinken, aus und erklärte, daß wir gerade erst welchen getrunken hatten. Als wir wieder abfuhren, grinste Bryan Mr. Pickthall an und salutierte.

»So ein Idiot«, bemerkte der alte Mann.

Wir waren vor Deakins gewöhnlicher Ankunftszeit am Hillhouse, aber mir fiel auf, daß der Laster mit der Ladung Ölfässer schon verschwunden war. Mr. Parker hatte eine sehr weite Strecke vor sich und hatte sich wohl entschlossen, früh loszukommen. Inzwischen schien Mr. Pickthall ein bißchen zu ermüden, also stieg ich aus und lieferte die Milch ab. Gerade als ich die Treppen zum Haus hinauflief, tauchte Gail im Eingang auf. Sie trug noch nicht ihre Schuluniform.

»Wann gehen wir nochmal hoch auf den Heuboden?« fragte sie.

»Demnächst«, antwortete ich. »Wenn ich mich an diesen Tagesrhythmus gewöhnt habe.«

»Also gut. Übrigens, mein Vater hat Ihnen noch ein bißchen Brennholz dagelassen.« Sie deutete auf Mr. Parkers Lieferwagen, der neben dem großen Schuppen parkte. Von der Stelle aus, wo wir standen, konnte ich gerade so ein paar Stämme hinten auf der Ladefläche erkennen.

»Ach so«, sagte ich. »Danke.«

Sie lächelte. »Schon in Ordnung.«

Als ich zurück ins Fahrerhaus kletterte, war Mr. Pickthall dabei, sich die Karte anzuschauen.

»Kann ich die mal ausleihen?« sagte er.

»Klar, natürlich«, antwortete ich. »Gibt es einen besonderen Grund?«

»Ich habe da so das Gefühl, daß es noch ein paar mehr Abkürzungen gibt, die wir fahren könnten, aber ich brauche etwas Zeit, um mir das durch den Kopf gehen zu lassen.«

»Ach so«, sagte ich. »Kommen Sie denn dann morgen auch wieder mit?«

»Ja, wenn Sie wollen.«

»Also, ich fände das gut.«

»Gut«, sagte er. »Dann komme ich.«

Wir einigten uns darauf, daß ich das letzte Dutzend Lieferungen oder wie viele es noch waren allein erledigen würde. Genau vor der Einfahrt nach Stonecroft ließ ich ihn raus. Er schlüpfte durch eine kleine Lücke in der Hecke und verschwand schnell aus meinem Blickfeld, während ich zum Haus weiterfuhr. Als ich es erreichte, kam sein Sohn heraus und sprach mich an.

»Haben Sie meinen Vater gesehen?« fragte er.

»Leider nicht«, antwortete ich und gab ihm seine Milch. »Vielleicht ist er spazierengegangen?«

»Na ja, wenn es mal bloß ein Spaziergang ist.« Er nahm die Flasche und gab mir eine leere zurück. »Übrigens, wann kommen Sie denn nochmal und erfüllen den Vertrag mit dem Holz?«

»Äh …, bestimmt demnächst irgendwann«, sagte ich. »Wenn mein Chef das absegnet.«

»Ihr Chef?«

»Ja.«

»Ich dachte, Sie wären jetzt Ihr eigener Chef.«

»Was die Milch angeht, schon. Aber die anderen Sachen mache ich für Mr. Parker.«

»Das hört sich aber nach einer seltsamen Regelung an.«

»Tatsächlich?«

»Das ist doch nichts Halbes und nichts Ganzes.«

»Mir ist das wirklich egal.«

»Na ja, vielleicht sollte es Ihnen das auch sein.«

Mir fiel auf, daß dies die Sorte Unterhaltung war, die ich üblicherweise mit Hodge führte. Eine Art Kreuzverhör mit keiner anderen erkennbaren Absicht als der, in meinen persönlichen Angelegenheiten herumzustochern. Ich fragte mich, ob sich die beiden manchmal trafen, um über die Belange anderer Leute zu reden. Beim genaueren Nachdenken kam mir das ziemlich unwahrscheinlich vor, da der junge Mr. Pickthall wie ein ausgesprochener Eigenbrötler ohne Freunde wirkte.

Im Anschluß daran dauerte es nicht mehr lange, bis ich mit der Milchrunde fertig war. Um elf war ich zurück am Hillhouse, was meiner Ansicht nach eine reife Leistung war. Jetzt hatte ich noch den Rest des Tages, um ernsthaft mit dem Anstreichen weiterzukommen. Im Gartenhäuschen genehmigte ich mir ein zweites Frühstück, bevor ich zum großen Schuppen hinüberging, um den Ofen anzuwerfen. Da mir das Brennholz einfiel, von dem Gail gesprochen hatte, hielt ich neben Mr. Parkers Lieferwagen und warf einen Blick auf die Ladefläche. Zu meinem Entsetzen lag dort, in Stücken, das verlassene Boot vom unteren Feld. Ich erkannte die zerbrochenen Dollborde, den Heckpfosten und den leicht vermoderten Kiel, alles aufgeschichtet zum Verbrennen. Von schweren Bedenken geplagt, hob ich zwei oder drei Bruchstücke hoch und trug sie in den Schuppen.

***

Ich brauchte eine ganze Weile, um den Ofen zum Brennen zu bekommen. Am Nachmittag zuvor hatte es Mr. Parker geschafft, innerhalb von Minuten eine Flamme zu entfachen, woraufhin er rasch noch ein bißchen Brennmaterial nachgelegt und die Klappe geschlossen hatte. Schnell loderte es heftig, und man mußte sich nicht weiter darum kümmern. Ich hatte hingegen keinen so raschen Erfolg vorzuweisen. Möglicherweise lag das daran, daß ich noch nie einen solchen Ofen angemacht hatte, aber mit größerer Wahrscheinlichkeit rührte es von meinem Widerwillen her, einen ehemals stolzen Kahn in Flammen aufgehen zu lassen. Immer wieder versuchte ich es, brachte allerdings nur ein gelbes Flackern hervor, das sich nur wenige Augenblicke hielt, bevor es wieder ausging. Nichtsdestotrotz war das Wetter zu kalt geworden, um ohne irgendeine Art Heizung zu arbeiten, weshalb ich gezwungen war, durchzuhalten. Nach mehreren Versuchen probierte ich schließlich, die Luftzufuhr so einzustellen, wie es Mr. Parker getan hatte. Endlich bullerte der Ofen los. Dann begann ich langsam, die Überreste des Boots den Flammen zum Fraß zu geben.

***

Nachdem der Schuppen sich langsam zu erwärmen begann, suchte ich mir einen Pinsel aus und fing mit den Arbeitsvorbereitungen an. Die erste Dose grüner Farbe hatte ich bereits verbraucht. Ich machte daher eine neue auf und rührte die Farbe um. Das dauerte lange. Wegen des kalten Wetters war sie dickflüssig und fest geworden. Man mußte lange rühren, ehe sie zu gebrauchen war. Fünf Minuten lang rührte ich und grübelte dabei andeutungsweise über eine Idee nach, die mir im Laufe des Vormittags gekommen war. Ich hielt inne und starrte auf die grüne Farbe, rührte dann noch ein bißchen, und dann war die Idee reif.

Entschlossen drückte ich den Deckel wieder auf die Dose und stellte sie zu den anderen zurück. Als nächstes ging ich hinüber zum Farbenlager und suchte die Regale ab. Mit Sicherheit würde ich zwischen all diesen verschiedenen Farben finden, was ich brauchte. Schließlich war nur in den Dosen ohne Etikett grüne Farbe. Ich nahm eine Dose nach der anderen in die Hand und untersuchte sie. In den verschiedensten Farben gab es dort Vorstrichfarbe, Korrosionsschutz, Acryllacke, Grundierungen und Glanzlacke. Mir fiel eine gelbe Spezialfarbe für Bagger in die Hände und rote für Postautos. Einige Farben trugen Namen, die sich die Hersteller ausgedacht hatten: Arktisch-Blau, Eierschalen-Blau und Tiefsee-Blau. Nicht ganz das, was ich brauchte, aber sie gaben mir Hoffnung, und ich suchte weiter. Irgendwo im hinteren Bereich des Lagers fand ich ein paar ungeöffnete Pappkartons, und in jedem waren ein Dutzend Farbdosen. Ich las, was auf dem Etikett des ersten stand. Es war Königsbraun. Der zweite war noch besser: Gold, Hochglanz. Mit dem Gefühl der späten Genugtuung holte ich die Kartons herunter und trug sie in den großen Schuppen.

Offenbar wußte Mr. Parker nichts mehr von diesen Farben, die er in den Tiefen seines Lagers verstaut hatte. Sonst hätte er mich zweifellos gebeten, diese anstatt des öden Grüns zu benutzen. Wahrscheinlich war er so beschäftigt, daß er den Überblick darüber verloren hatte, was genau er eigentlich hatte und was nicht. Also hatte ich ihm eigentlich einen Gefallen getan, indem ich sie wiedergefunden hatte. Jetzt konnten die Boote in der richtigen Farbe fertig gemacht werden.

Ich fing sofort mit der Arbeit an, überstrich das Boot, das ich am Tag zuvor beendet hatte, und machte dann mit dem nächsten weiter. Das Ergebnis war so erfreulich, daß ich beschloß, den Abend durchzuarbeiten und mir keine Gedanken über den Pub zu machen. Das wäre dann der zweite Abend in einer Woche, an dem ich fehlte, aber ich war mir sicher, daß Bryan und die anderen Verständnis haben würden. Schließlich gab es für die kommenden Tage noch keinen Spielplan, und sie wußten ja auch, was für Verpflichtungen ich übernommen hatte. Mit diesen beruhigenden Gedanken im Hinterkopf setzte ich meine Arbeit mit der braunen Farbe fort, und allmählich gewannen die Boote ihre frühere Eleganz zurück.

Natürlich hätte die Abendgestaltung genauso darin bestehen können, mit Gail auf den Heuboden zu klettern. Fast erwartete ich auch, daß sie jeden Moment auftauchte und das vorschlagen würde, aber aus irgendeinem Grund tat sie das nicht und blieb statt dessen allein im Haus. Als mich schließlich die Müdigkeit übermannte, packte ich meine Pinsel ein und ging schlafen. Alles in allem war es ein ziemlich befriedigender Tag gewesen.

Mitten in der Nacht kam Mr. Parker zurück. Motorengeräusch und das Licht der Scheinwerfer in der Dunkelheit weckten mich, als sein Laster in den oberen Hof einbog. Ich mußte sofort wieder weggedämmert sein, denn danach hörte ich kein einziges Geräusch mehr.

Die nächste Sache, die ich mitbekam, war der Wecker, der auf vier Uhr dreißig vorgerückt war. Es war wieder Zeit, aufzustehen.

Eigentlich war ich überrascht, wie schnell ich mich ans frühe Aufstehen gewöhnt hatte. Es war erst mein dritter Tag als Milchmann, und ich war dabei, mir um halb fünf Uhr morgens eine

Kanne Tee zu kochen, als hätte ich das seit Jahren so gemacht. Ich ertappte mich sogar bei der Frage, wie andere Leute bis sechs oder sieben im Bett bleiben konnten, wenn sie doch wie ich auf und unterwegs sein könnten. Schließlich war dies der beste Teil des Tages. Wie der kalte Kies unter meinen Stiefeln knirschte, als ich in die morgendliche Dunkelheit trat, war unvergleichlich.

Es gab natürlich noch jemanden, der um diese Zeit auf war, und das war Mr. Pickthall. Er wartete unten an der Straße, mit der Stofftasche in der Hand.

»Morgen«, sagte ich, als er auf den Beifahrersitz rutschte.

»Hören Sie doch auf mit diesem ganzen Blödsinn«, antwortete er. »Ich weiß bestens, daß es Morgen ist.«

»Ach ... äh ..., ja, Entschuldigung.«

»Wir haben hier einen Job zu erledigen und brauchen dieses blöde Gewäsch nicht.«

»Ja, da haben Sie recht. Entschuldigung.«

»Und entschuldigen Sie sich nicht immer!«

»Okay.«

»Also dann«, fuhr er fort. »Ich habe mir diese Karte angeschaut und bin zu dem Schluß gekommen, daß Deakin immer die falsche Straße von Wainskill hergefahren ist.«

»Sie wissen also Bescheid über Deakin?«

»Na klar weiß ich Bescheid über Deakin!« schnauzte er mich an. »Jeder weiß hier Bescheid.«

»Ach ... tatsächlich?«

»Also, wollen Sie jetzt meinen Vorschlag hören, oder nicht?«

»Ja, bitte.«

»Also gut.« Mr. Pickthall holte die Karte hervor und breitete sie auf seinen Knien aus. »Ich glaube, hinter Wainskill sollten wir die obere Straße fahren und dann die Abkürzung über Longridge Scar nehmen.«

»Ich dachte, das sei Privatgelände«, sagte ich.

»Ist es auch«, antwortete er. »Aber es gehört einem alten Kumpel von mir, und ich kann das mit ihm ausmachen.«

»Das ist gut.«

»Meiner Berechnung nach könnte uns das ganze sechs Meilen ersparen.«

»Großartig.«

»Außerdem habe ich noch ein paar kleinere Verbesserungsvorschläge, aber die kann ich Ihnen auch unterwegs noch zeigen.«

»In Ordnung.«

Danach versank er in Schweigen. Die Fahrt ging weiter. Ich gewöhnte mich langsam an Mr. Pickthalls barsche Art und war zu dem Schluß gekommen, daß sie nicht persönlich gemeint war. Im Gegenteil war es sehr nett von ihm, daß er ein solches Interesse für die Effizienzsteigerung der Milchrunde aufbrachte. Ich war ihm ziemlich dankbar. Bis auf gelegentliche Bemerkungen über das Wetter fuhren wir wortlos weiter und kamen um fünf Uhr an der Molkerei an. Das Beladen ging schnell, und dann waren wir auch schon wieder unterwegs und hatten rasch die Flaschen mit den goldenen Deckeln in der Siedlung unterhalb von Greenbank ausgeliefert.

Als wir nach Wainskill kamen, schlug Mr. Pickthall vor, ich sollte die Flaschen am Journeyman abstellen, während er die Häuserreihe daneben übernehmen würde.

»Müßte uns gute zehn Minuten bringen«, verkündete er und lud ein halbes Dutzend Flaschen in eine Tragekiste.

»Sind Sie sicher, daß Ihnen das nichts ausmacht, so ein zusätzlicher Weg?« fragte ich.

»Das hätte ich doch sonst schon gesagt, oder?« antwortete er.

»Stimmt.«

»Also, dann mal los.«

Dann schritt er auf die Häuser zu, während ich mit zwei Flaschen rüber zum Journeyman stürmte. Diese Regelung half uns natürlich sehr, die Sache in Wainskill zu beschleunigen. Schon bald verließen wir den Ort über die sogenannte »obere Straße«. Nach einer Meile ging es links ab. Auf dem Schild stand »LONGRIDGE SCAR«. Auf einem zweiten »PRIVAT«.

Kaum waren wir abgebogen, kam es mir so vor, als wären wir von allen Seiten von einer dunklen, undurchdringlichen Masse umgeben. Ich machte die Scheinwerfer an und sah, daß wir durch dichte Nadelholzschonungen fuhren, die bewegungslos in der Dunkelheit standen.

»Weihnachtsbäume«, erklärte Mr. Pickthall.

Ungefähr hundert Yards vor uns parkte ein Lastwagen am Straßenrand. Seine Reflektoren leuchteten rot, als wir näher kamen. Dann bemerkte ich einen älteren Mann, der am Waldrand arbeitete. Er drehte sich zu uns um und hielt sich die Hand vor die Augen wegen des Lichts. Ich blendete ab, und mein Begleiter spähte durch die Windschutzscheibe.

»Na, so ein Glück«, sagte er. »Das ist der alte Kumpel, von dem ich Ihnen erzählt habe. Halten Sie mal.«

Ich tat, wie mir befohlen, und hielt an. Mr. Pickthall stieg aus, knallte die Tür zu und wechselte ein paar Worte mit dem anderen Mann. Ich konnte nicht verfolgen, was gesagt wurde, weil der Motor lief, aber im nächsten Moment schüttelten sich die beiden die Hand. Ich sah jetzt, daß Mr. Pickthalls »alter Kumpel« irgendein Gerät aus Metall in der Hand hielt, hatte aber weder eine Ahnung, was es sein könnte, noch warum er um diese Uhrzeit hier in dieser Wildnis stand. Ihr Gespräch war kurz. Dann sahen die beiden in meine Richtung. Ich fühlte mich wie in einem Schaukasten, aber trotzdem winkte ich ihnen kurz zu. Zur Antwort erhielt ich ein Nicken. Als nächstes gingen sie zu den Bäumen hinüber, nahmen prüfend ein paar Äste in die Hand und waren sich anscheinend über irgendeine Sache einig. Ich hatte gerade angefangen, mich zu fragen, wie lange genau das noch so weitergehen würde, als Mr. Pickthall zum Lieferwagen zurückkehrte und einstieg.

»Also dann«, sagte er. »Das ist alles geregelt. Wir können diese Straße so oft benutzen, wie wir wollen. Fahren Sie los.«

Da keine Rede davon war, daß ich unseren Wohltäter persönlich kennenlernen sollte, hupte ich ihm freundlich zu und fuhr los.

»Übrigens«, sagte Mr. Pickthall. »Er hat gesagt, wenn wir hier sowieso jeden Tag vorbeikommen, können wir ihm auch ein Pint Milch mitbringen.«

»Ja, gut.«

»Ab morgen.«

»Okay ... äh ... Was hat er da gemacht? Ich konnte es nicht richtig erkennen.«

»Er hat die Bäume ausgemessen. Um nachzuschauen, ob sie schon die richtige Länge haben.«

»Und haben sie die?«

»Noch nicht ganz. Noch zehn Tage oder so.«

»Also genau pünktlich zu Weihnachten?«

Mr. Pickthall seufzte. »Klar, natürlich pünktlich zu Weihnachten«, sagte er. »Wozu soll man sie denn sonst züchten?«

»Ja«, sagte ich. »Stimmt.«

Danach kam ich nicht mehr auf das Thema Weihnachtsbäume zu sprechen und konzentrierte mich statt dessen aufs Fahren. Die Abkürzung hatte die Runde ganz schön verändert. Fast zwanzig Minuten vor der Zeit erreichten wir wieder die Hauptstraße.

Wir lagen immer noch gut in der Zeit, als wir ein paar Stunden später am Hillhouse eintrafen. Zu meiner Überraschung stellte ich fest, daß der Tieflader schon wieder vom Hof verschwunden war. Vermutlich hieß das, daß es Mr. Parker gelungen war, zusätzliche Geschäfte an Land zu ziehen, die zur Folge hatten, daß er früh los mußte. Aber ich hatte keine Vorstellung, um was es sich handeln könnte.

Er war immer noch nicht wieder da, als ich kurz vor elf nach Hause kam, nachdem ich Mr. Pickthall an der üblichen Stelle abgesetzt hatte. Der Vormittag war wieder durch und durch angenehm gewesen, und der alte Mann hatte sich wieder mehr als nützlich gemacht (und außerdem Tee und Doughnuts mitgebracht).

Jetzt hatte ich den ganzen Nachmittag zum Anstreichen.

Während der folgenden Stunden gelang es mir, die Boote, die ich am Vortag angefangen hatte, mit einer zweiten Schicht zu überstreichen sowie mit dem nächsten anzufangen. Der Anblick dieser ganzen Weihnachtsbäume, die darauf warteten, verkauft zu werden, hatte mich daran erinnert, wie rasch die Zeit verging, und zu einem produktiveren Arbeitstempo angespornt. Tatsächlich wurde mir klar, daß ich meinen Lebensrhythmus um einen Gang beschleunigt hatte, damit ich alles auf die Reihe brachte, was zu erledigen war. Kaum war ich an diesem Abend in das Gartenhäuschen zurückgekehrt, da tauchte Gail schon auf und fragte nach einer Dartstunde. Wie immer fiel es mir schwer, ihr etwas abzuschlagen, so daß wir eine lustige Stunde auf dem Heuboden verbrachten und ihre Technik weiter verbesserten. Erst um zehn Uhr schaffte ich es, loszukommen und vor dem Schlafengehen im Packhorse schnell noch ein Bier zu trinken.

***

Als wir am anderen Morgen die Abkürzung über Longridge Scar nahmen, war von Mr. Pickthalls »altem Kumpel« weit und breit nichts zu sehen, so daß ich nicht wußte, wo wir seine Milch hinstellen sollten.

»Stellen Sie sie einfach an den Straßenrand«, schlug Mr. Pickthall vor. »Er wird sie schon finden, wenn er kommt.«

»Und wenn jemand anders sie wegnimmt?« fragte ich.

»Keine Sorge«, antwortete er. »Hier kommt kein anderer vorbei.«

»Aber wenn die Vögel den Deckel anpicken?«

»Hier gibt es keine Vögel.«

»Nein?«

»Keinen einzigen.«

»Aber ich dachte, Vögel mögen Bäume.«

»Nicht diese Bäume. Mein Kumpel besprüht sie mit jedem Chemiezeug, das er kriegen kann.«

Mir leuchtete ein, daß diese Schonung auch nicht weniger abgelegen war als einige der anderen Orte, zu denen wir jeden Tag fuhren. Der einzige Unterschied war, daß es hier keine Türschwelle gab, auf die man die Milchflasche stellen konnte. Darum befolgte ich Mr. Pickthalls Vorschlag und stellte sie an den Straßenrand.

Zumindest war sein alter Kumpel ein identifizierbarer Kunde. Die meisten frühen Lieferungen, die wir erledigten, gingen an schlafende Fremde in dunklen Häusern. Von den Namen im Auftragsbuch kannte ich nur ein paar, und ich begriff, daß es lange Zeit dauern würde, bis ich sie alle kennengelernt hätte. Irgendwann mußte ich auch mal eine Runde machen und das Geld eintreiben, das sie mir alle schuldeten, aber ich entschied mich, das besser aufzuschieben, bis ich vollständig etabliert wäre.

Ein Kunde, den ich natürlich immer wiedererkennen würde, war Bryan Webb. Als wir ungefähr zwei Stunden später in seinen Hof einbogen, trug er seine übliche Pappkrone. Ich stieg aus, um mit ihm zu reden. Mr. Pickthall blieb sitzen und sah aus, als würde er das mißbilligen.

»Ich glaube, der alte Knabe kann mich nicht leiden«, sagte Bryan.

»Das liegt an deiner Krone«, antwortete ich.

»Ach so, da kann ich nichts machen. Aber bis Weihnachten ist es jetzt ja nicht mehr lange hin.«

»Ja, da hast du wohl recht.«

»Ich habe deine Vorräte hier.« Er ging in die Küche und kam mit einer Kiste wieder heraus. »Ich habe mir die Freiheit erlaubt, dir ein paar Bohnen mitzubestellen. Die standen zwar nicht auf deiner Liste, aber der gute Hodge verscherbelt sie gerade zum halben Preis. Darum dachte ich, ich schnapp' sie mir.«

»Oh, gut, danke«, sagte ich. »Was für Kekse hast du bekommen?«

»Alle Sorten«, antwortete er. »Feigenröllchen, Vanillecreme, Karamelmilch. Das ist doch richtig so, oder?«

»Ja, das ist super. Wieviel schulde ich dir denn?«

»Ach, mach dir da mal im Moment keine Sorgen drüber. Willst du eine Tasse Tee?«

»Nein. Aber trotzdem danke. Wir sollten besser weiter.«

»Auch gut«, sagte er. »Übrigens, wo fährt denn Tommy jeden Tag mit dem Laster hin?«

»Keine Ahnung«, sagte ich. »Ist er denn heute morgen auch schon wieder losgefahren?«

»Ja, ich habe ihn um sechs Uhr abfahren sehen. Ich konnte die Scheinwerfer erkennen.«

»Hat wohl was mit Ölfässern zu tun, denke ich.«

»Ach so«, sagte Bryan. »Tommy hat immer einen Riecher für gute Geschäfte.«

Um die Wahrheit zu sagen, war ich ganz froh, daß Mr. Parker so beschäftigt war. Das bedeutete, daß ich ohne Unterbrechung mit dem Anstreichen weitermachen konnte. Mit ein bißchen Glück konnte ich das erste Boot fertig haben, bevor er es sah. Mit diesen Gedanken im Kopf brachte ich die Milchrunde so schnell wie möglich hinter mich, verabschiedete mich von Mr. Pickthall und fuhr dann nach Hause und warf den Ofen im großen Schuppen an. Als der Raum ein bißchen wärmer geworden war, griff ich nach einer Dose mit goldener Farbe und fing an zu arbeiten. Jedes Boot sollte perfekt aussehen, und ich wußte, daß dieser Teil der Arbeit nicht überstürzt werden durfte. Deshalb gab ich mir große Mühe, als ich mit dem Pinsel über die Dollborde, den Bug und den Achtersteven strich. Dieser Vorgang dauerte den ganzen Nachmittag. Draußen war das Wetter in der Tat sehr winterlich geworden, und gelegentlich prasselten Graupelschauer gegen die Wellblechwände des Schuppens. Drinnen war es jedoch ziemlich gemütlich. Man fühlte sich wie in einer richtigen Werkstatt. Als ich endlich einen Schritt zurück machte, um das Ergebnis meiner Bemühungen zu würdigen, hätte ich nicht zufriedener sein können. Ja, dachte ich, das ist wirklich ein professioneller Anstrich.

Ich trank an diesem Abend gerade Tee im Gartenhäuschen, als ich Mr. Parker zurückkommen hörte. Ich trat hinaus auf den Hof, um ihn zu treffen. Hinten auf dem Lastwagen lagen ungefähr fünfzig gebrauchte Ölfässer.

»Verdammt, das ist wirklich phantastisch, was die da unten in dieser Fabrik machen«, sagte er und stieg aus. »Läuft wie am Schnürchen.«

»Dachte ich mir, daß Sie das beeindrucken würde«, antwortete ich.

»An dem einen Ende stecken sie diese alten, verbeulten Fässer rein, und am anderen kommen sie wie nagelneu wieder raus. Aus alt mach neu sozusagen.«

»Ja, stimmt.«

»Sie haben gesagt, sie nehmen mir alle ab, die ich bringe«, fuhr er fort. »Darum fahre ich hier wild in der Gegend rum und versuche, welche aufzustöbern.«

Er war anscheinend zu einem Gespräch aufgelegt, deshalb sagte ich: »Im Schuppen liegt ein fertig restauriertes Boot und wartet auf Ihre Inspizierung.«

»Das ist gut«, sagte er.

»Und die anderen sind auch schon mehr oder weniger fertig.«

»Na ja«, sagte er. »Ich habe wirklich im Moment keine Zeit, sie mir anzuschauen. Ich weiß kaum, wo mir der Kopf steht mit all diesen Ölfässern.«

»Oh … in Ordnung.«

»Ich muß Sie damit alleine lassen.«

»Auch gut.«

»Solange das Anstreichen bis Weihnachten erledigt ist. Das ist die Hauptsache.«

»Verstehe.«

Ich war ein bißchen enttäuscht, daß Mr. Parker mein Werk nicht in Augenschein nehmen wollte, aber ich konnte seine Gründe verstehen. Nach einem Augenblick sagte ich noch:

»Äh ..., da gibt es noch etwas anderes, über das ich eigentlich mit Ihnen sprechen wollte.«

»Ja bitte?«

»Ich meine nur, ich habe in letzter Zeit ganz schön viele Arbeitsstunden in diese Boote gesteckt.«

»Ja, das dachte ich mir schon«, pflichtete er mir bei.

»Und ... na ja, ich habe mich gefragt, ob Sie mir etwas Geld geben könnten.«

Es war ein dunkler Abend, aber nicht dunkel genug, um den Ausdruck der Überraschung, der über Mr. Parkers Gesicht zog, zu verbergen.

»Geld?« fragte er.

»Ja.«

»Wofür denn?«

»Damit ich meine Schulden bezahlen kann.«

»Ach so«, sagte er. »Verstehe.«

»Normalerweise würde ich nicht danach fragen«, erklärte ich. »Aber die Sache ist die, daß ich Bryan Webb Geld schulde, und im Packhorse habe ich anschreiben lassen, und bei Kenneth Turner und bei Hodge habe ich auch noch Rechnungen offen. Ach ja, und auch bei Deakin.«

»Na ja, wegen der letzten würde ich mir keine allzu großen Sorgen machen«, sagte Mr. Parker.

»Ja, das stimmt wohl.«

»Stecken Sie die Summe doch wieder ins Geschäft.«

»In Ordnung«, sagte ich. »Aber ich kann nicht mehr lange so weitermachen. Ich bin es schon gewöhnt, ein bißchen Bargeld bei mir zu haben.«

»Sie sind pleite, was?«

»Praktisch ja.«

Mr. Parker stand da und schaute auf den Boden, als ob er in Gedanken das Gespräch durchging, das wir gerade geführt hatten. Dann sah er hinüber zum großen Schuppen, in den Himmel und wieder auf den Boden. Schließlich sprach er.

»Also gut«, sagte er. »Ich glaube, ich sollte Ihnen besser etwas geben, damit Sie über die Runden kommen.«

Er faßte in seine hintere Hosentasche und zog ein Bündel Zwanzig-Pfund-Noten hervor. Langsam zog er eine heraus und legte sie in meine Hand. Eine zweite folgte. Dann eine dritte. Das alles tat er schweigend, aber ich fühlte, daß es für Mr. Parker eine gewisse Qual bedeutete. Nichtsdestotrotz hielt ich weiter meine Hand ausgestreckt, und er fuhr fort, mir einen Geldschein nach dem anderen hineinzulegen, bis ich hundert Pfund hatte.

Dann machte er eine Pause.

»Danke«, sagte ich.

»Sind wir damit quitt?« fragte er.

»Jawohl«, sagte ich. »Das reicht.«

Er zählte den Rest seines Geldes und verstaute es wieder in seiner hinteren Hosentasche, bevor er mich wieder ansah.

»Übrigens«, sagte er. »In der Fabrik kann sich keiner an Sie erinnern.«

»Wirklich nicht?«

»Leider nicht. Ich habe zwei oder drei Leute da gefragt, aber keiner wußte, wer Sie waren.«

»Na ja, ich war nur ein paar Monate da«, sagte ich. »Nehm' an, die haben mich vergessen.«

»Ja«, antwortete er. »Das hörte sich ganz danach an.«

11

Das Packhorse hatte die zweite Runde der Inter-Pub-Dartliga erreicht. Diese Nachricht wurde mir bei meinem nächsten Besuch dort mitgeteilt. Es herrschte wohl allgemein die Meinung, daß ich einen nicht unwesentlichen Teil dazu beigetragen hatte.

»Ohne deine Hilfe hätten wir die vom Golden Lion nicht geschlagen«, sagte Tony, während er mir ein Pint Ex zapfte. »Sobald ein Platz frei wird, holen wir dich wieder ins Team.«

»Danke«, sagte ich.

»Komm einfach immer vorbei, dann müssen sie dich irgendwann wieder nehmen.«

Ein kurzer Blick auf den Spielplan setzte mich darüber in Kenntnis, daß wir in zehn Tagen wieder gegen die Mannschaft vom Journeyman antreten mußten. Ich war fest entschlossen, dieses spezielle Spiel nicht zu verpassen, und merkte mir daher das Datum gründlich. Dann griff ich nach meinem Pint und ging zum Training zu den anderen.

Trotz Tonys Versicherungen fühlte ich mich im Packhorse immer noch ein bißchen als Außenseiter, der nicht voll und ganz akzeptiert wurde. Das lag zum Teil daran, daß ich immer schon gehen mußte, bevor die Kneipe schloß, damit ich noch zu einer vernünftigen Zeit ins Bett kam. Folglich konnte ich nie mit Bryan und dem ganzen Rest nach dem Spiel anstoßen. Ich war der einzige, der nicht lange aufbleiben konnte, und unwillkürlich dachte ich, ich würde etwas verpassen. Alle waren sie freundlich zu mir, aber ich war nach wie vor unsicher, ob sie wirklich »Freunde« waren.

Das gleiche galt für den alten Mr. Pickthall, mit dem ich mehr Zeit verbrachte als mit jedem anderen. Mein morgendlicher Begleiter fuhr zwar stundenlang mit mir durch die Gegend, trotzdem hatte ich keine Ahnung, ob er meine Gesellschaft schätzte oder nicht. Wir waren ein gutes Team und arbeiteten gut zusammen, daran gab es keinen Zweifel, aber jedesmal wenn ich etwas falsch machte und zum Beispiel eine falsche Abzweigung nahm, schnauzte er mich an und beschimpfte mich als einen verdammten Idioten. Manchmal fragte ich mich, ob ich nicht eine große Enttäuschung für ihn war.

Nichtsdestotrotz lief die Milchrunde erstklassig. Tagtäglich nahmen wir die Abkürzung über Longridge Scar, sammelten eine leere Milchflasche am Straßenrand ein und ersetzten sie durch eine volle. Manchmal erhaschten wir einen Blick auf Mr. Pickthalls alten Kumpel, wie er zwischen den Weihnachtsbäumen arbeitete. Dann winkte er uns zu. Es gab aber auch Zeiten, in denen wir ihn tagelang nicht zu Gesicht bekamen.

Wir belieferten auch ein kleines alleinstehendes Haus in Wainskill. Es handelte sich um eine »Speziallieferung«: nur freitags eine Flasche H-Milch. Das Anwesen lag etwas abseits der Straße, am Ende eines Schotterwegs, und mir gefiel es von Anfang an. Wer auch immer dort wohnte, hatte einen sehr hübschen Flecken zum Leben gefunden. Ein geschnitztes Schaukelpferd am Gartentörchen, die Apfelbäume und die gepflegten Rabatten machten den Ort in meinen Augen noch einladender. Das Haus selbst lag immer noch im Dunkeln, wenn ich meine Lieferung abstellte, aber eine Außenlampe warf ein freundliches Licht über den Fußweg. Dem Auftragsbuch zufolge hieß der Kunde Pemberton, woraus ich nicht schließen konnte, ob es sich um einen Mann oder eine Frau handelte. Die Blumenvase im Fenster deutete jedoch auf eine weibliche Person hin. Bald hatte ich zunehmend das Gefühl, daß hier Lesley lebte. Schließlich konnte niemand außer einer alleinstehenden jungen Frau mit einer Flasche Milch eine ganze Woche lang auskommen. Ich stellte mir vor, daß sie viel zu tun und nur hier und da Zeit für eine schnelle Tasse Tee hatte. Mir fiel auch auf, daß die leere Flasche auf der Türschwelle immer perfekt gespült war.

Nachdem ich herausgefunden hatte, wo Lesley wohnte,

wurde ich mir darüber klar, daß mir diese Information wenig nutzte, da ich kaum um halb sechs Uhr morgens an ihrer Tür klopfen konnte. Aber egal: Wenn ich sie beim bevorstehenden Dartturnier traf, konnte es nicht schaden, bei Gelegenheit beiläufig zu erwähnen, daß ich ihr Milchmann war.

***

Zu dieser frühen Stunde war immer wenig Verkehr. Aber als wir eines Morgens Richtung Millfold fuhren, kam uns ein Lieferwagen entgegen. Kaum hatte er ihn wahrgenommen, sagte Mr. Pickthall »Achtung, da kommt John« und legte sich flach auf den Sitz.

Im nächsten Augenblick fuhr das Fahrzeug an uns vorbei. Hinter dem Steuer erkannte ich seinen Sohn. Auf der Ladefläche waren vier Ölfässer gestapelt. Mr. Pickthall junior nickte mir kurz zu. Dann war er schon wieder verschwunden.

Mein Gehilfe setzte sich auf und schaute ihm nach.

»Heißt er so?« fragte ich. »John?«

»Ja, alle in unserer Familie heißen John«, antwortete der alte Mann.

»Glauben Sie, er war auf der Suche nach Ihnen?«

»Ich glaube kaum. Er interessiert sich mehr für ein beklopptes Projekt mit Ölfässern.«

»Ach«, sagte ich. »Mr. Parker hantiert auch mit welchen 'rum.«

»Ich weiß«, sagte Mr. Pickthall. »Und John wird ganz schöne Probleme kriegen, wenn er nicht aufpaßt.«

»Wirklich?«

»Klar. Er wird völlig den Boden unter den Füßen verlieren, wenn er versucht, sich auf einem Sektor zu etablieren, von dem er nichts versteht.«

»Stimmt.«

»Aber gut, vielleicht lernt er ja daraus.«

»Hm, kann sein«, sagte ich. »Hallo, wen haben wir denn da?«

Vor uns auf der Straße stand ein Tramper. Ein junger Typ, ungefähr in meinem Alter, mit einem Rucksack. Als er uns kommen sah, streckte er den Daumen aus.

»Halten Sie nicht für ihn«, befahl Mr. Pickthall.

»Tut mir leid«, sagte ich und bremste. »Ich halte immer für Tramper.«

Der junge Mann ging ans Beifahrerfenster, das zu einem Viertel geöffnet war.

»Fahren Sie hoch zu Tommy Parker?« fragte er.

»Jawohl«, sagte ich. »Steig ein.«

»Aber hier drinnen ist kein Platz mehr«, sagte Mr. Pickthall durch den Spalt. »Sie müssen hinten bei den Kästen sitzen.«

Mir kam das etwas unhöflich vor, aber anscheinend machte es dem Tramper nichts, denn er kletterte schnell hinauf. Dann fuhren wir weiter.

»Das ist der Kerl, von dem ich Ihnen erzählt habe«, murmelte der alte Mann. »Wir wollen ihn nicht hierhaben. Er vermasselt alles.«

»Er ist doch ganz in Ordnung«, sagte ich. »Normalerweise sind die meisten Tramper okay.«

»Warum läuft er dann nicht? Es ist doch nur noch eine Meile.«

»Keine Ahnung.«

»Weil er ein fauler Dummschwätzer ist, deshalb.«

Mr. Pickthall schwieg und stierte durch die Windschutzscheibe, während unser Fahrgast mit uns zum Hillhouse fuhr. Ich fragte mich, warum jemand ausgerechnet im Dezember hierherkam. Schließlich war das Wetter ekelhaft, und es gab kein Quartier.

»Vielleicht ist er aber auch nur auf der Durchreise«, bemerkte ich.

Der alte Mann sagte nichts.

Mr. Parker stand hinten auf seinem Lastwagen und wickelte

Seile auf, als wir in den Hof fuhren. In den vergangenen Tagen war er wie wild herumgedüst, hatte noch mehr Ölfässer zusammengesammelt und sie runter zur Fabrik gebracht, wenn er eine Ladung voll hatte. Am Abend zuvor war er spät von einer solchen Fahrt zurückgekommen.

»Tag auch, Tommy!« rief der Tramper von der Ladefläche des Lieferwagens, bevor er hinuntersprang. Mir fiel auf, daß er eine ziemlich laute Stimme hatte.

Mr. Parker starrte ihn eine ganze Weile an und sagte dann: »Ach, hallo Mark. Du hast dich also entschlossen, wiederzukommen?«

»Das habe ich doch gesagt, oder?«

»Ja, wahrscheinlich schon.«

Unterdessen war ich ausgestiegen und hatte die Milch abgeliefert. Ich wartete einen Augenblick, um dem Neuankömmling die Möglichkeit zu geben, sich für die Mitfahrgelegenheit zu bedanken. Er ignorierte mich allerdings und redete weiter mit Mr. Parker. Ich stieg also wieder in den Lieferwagen.

»Können wir dann endlich mal fahren?« fragte Mr. Pickthall, leicht ungeduldig.

»Äh …, ja, sicher«, sagte ich und legte den Gang ein.

Als wir abfuhren, sah ich Gails Gesicht hinter dem Küchenfenster, aber sie schaute nicht zu mir.

***

Mr. Pickthall sagte kaum etwas, während wir unsere Milchrunde fortsetzten, redete nur, wenn man ihn ansprach und gab dann die allerunhöflichsten Antworten. Aus irgendeinem Grund hatte ihn das Auftauchen des Trampers verstimmt, und das ließ er jetzt wohl an mir aus, weil ich ihn mitgenommen hatte. Ich verstand nicht, wo da eigentlich das Problem sein sollte. Er hatte doch selbst darauf hingewiesen, daß es schließlich nur für eine Meile gewesen war. Der Typ wäre sowieso dort angekommen, mit oder ohne meine Hilfe. Da ich es mir jedoch mit Mr. Pickthall auf gar keinen Fall verscherzen wollte, verlor ich kein Wort mehr über die Sache.

Gegen elf Uhr ließ ich ihn an der üblichen Stelle raus und sagte: »Also, bis morgen.«

Er murmelte etwas, daß ich nicht richtig verstehen konnte, und trottete los zu seinem Haus.

Als ich zum Hillhouse zurückkam, stand die Küchentür weit offen. Ich stellte den Lieferwagen ab und stieg aus. Im selben Moment trat der Tramper mit einer Kaffeetasse in der Hand auf die Terrasse. Mr. Parker kam ihm nach.

»Haben Sie mal 'ne Minute Zeit?« rief er. »Ich möchte Ihnen jemanden vorstellen.«

Ich ging die Treppe hinauf. Der Neuankömmling wurde mir als »Mark« vorgestellt.

»Du kannst mich Marco nennen«, sagte er.

»Danke«, erwiderte ich. Die Bräune auf seinem Gesicht war schon etwas am Verblassen.

»Mark wird mit Ihnen im Gartenhäuschen wohnen«, verkündete Mr. Parker.

»Wirklich?« fragte ich, einigermaßen überrascht.

»Ja. Das heißt, wenn es Ihnen nichts ausmacht.«

»Na ja, eigentlich ist nicht genug Platz.«

»Ich dachte, Sie hätten gesagt, Sie hätten mehr als genug?«

»Wann?«

»Als Sie eingezogen sind.«

»Ach«, sagte ich. »Habe ich das?«

Während des Gesprächs stand Marco daneben und grinste mich irgendwie spöttisch an.

»Natürlich nur, wenn es nicht zu viele Umstände macht ...«, sagte er.

»Nein, schon in Ordnung«, antwortete ich. »Ich denke, du kannst auf dem Sofa schlafen.«

Ich erwartete, daß er sich für diese großherzige Geste bedankte, aber er blickte nur hinüber zum Gartenhäuschen, als hätte er irgendwie einen Sieg errungen.

»Das wäre also geregelt«, sagte Mr. Parker. »Jetzt muß ich aber los. Ich muß heute nachmittag noch ein paar Sachen einsammeln.«

Er ging zu seinem Lastwagen, und ich wandte mich Marco zu. »Die Tür ist nicht abgeschlossen. Du kannst reingehen.«

Verdammt nochmal, ich würde ihm das Gartenhäuschen doch nicht wie ein Immobilienmakler vorführen. Statt dessen ging ich rüber zum Schuppen und warf den Ofen an. Dann schaute ich mir eine Zeitlang die Boote an. Seit ungefähr einer Woche war ich mit dem Anstreichen gut vorangekommen. Ich hatte nur noch ein Boot vor mir. Alle anderen sahen mit ihrem kastanienbraunen und goldenen Lack makellos aus, und ich begutachtete sie mit einigem Stolz. Mr. Parker war noch nicht hiergewesen, um sie sich anzuschauen, aber ich wußte, daß er begeistert sein würde, wenn er es endlich einmal schaffte.

Ich brauchte jetzt ein Frühstück, weshalb ich hinüber zum Gartenhäuschen ging. Marco rekelte sich auf dem Sofa. Ein Teil seines Krams flog bereits sehr unordentlich auf dem Boden herum.

»Warst du die ganze Nacht unterwegs?« fragte ich.

»Ja«, sagte er. »Ich bin echt am Arsch.«

»Wo kommst du denn her?«

»Indien.«

»Ach … was. Gute Reise gehabt?«

»Ja, war cool. Aber dann ging mir das Geld aus. Darum mußte ich zurück.«

»Bist du auf dem Landweg hingefahren?«

»Nein«, sagte er gähnend. »Darauf hatte ich keinen Bock. Bin runtergeflogen.«

»Ach so.«

Er wühlte in seinem Rucksack herum. »Macht's dir was aus, wenn ich rauche?«

»Geht schon.«

Marco zündete sich eine Zigarette an. Ich machte ein Fenster auf. Dann verfiel er in Schweigen und starrte beim Rauchen auf die Wand gegenüber. Ich machte mir weiter Frühstück.

»Hast du schon gegessen?« fragte ich nach einer Weile.

»Ja«, sagte er. »Habe vorhin mit Tommy gefrühstückt.«

»Also möchtest du im Moment nichts mehr?«

»Nö.«

Ich fand es ein bißchen dreist, wie dieser Marco immer von Mr. Parker als »Tommy« sprach, als ob sie alte Kumpel wären oder so. Für meinen Geschmack klang das viel zu familiär. Schließlich war er nur irgendein Aushilfsarbeiter, der zufällig früher schon einmal hier gewesen war. Soweit mir bekannt war, hatte er in den Sommermonaten bei den Ruderbooten ausgeholfen und ein bißchen gestrichen, aber so wie er sich benahm, konnte man fast glauben, er wäre hier der Chef.

»Nur so nebenbei«, sagte ich. »Wovon planst du in dieser Jahreszeit zu leben?«

»Ich komm' schon durch«, antwortete er.

»Aber ich dachte, du wärst pleite?«

»Hier braucht man doch kein Geld.«

»Nein?«

»Natürlich nicht. Tommy nimmt doch hierfür keine Miete, oder?«

»Äh ..., nein.«

»Siehst du. Du mußt nur bei ein oder zwei Leuten anschreiben lassen, und du kannst hier leben wie Gott in Frankreich.«

»Du meinst, bei Hodge und solchen Leuten?«

»Hm.«

»Aber irgendwann muß man bei denen doch auch bezahlen, oder nicht?«

Marco sah mich lange ungläubig an. Während er langsam ausatmete, verzog sich sein Gesicht zu einem schmierigen Lächeln. Dann lachte er mich offen und auf unverschämte Weise aus.

»Willst du dein Leben lang so bescheuert bleiben?« sagte er. »Versuch's doch mal einen Tag ohne.«

***

Die Anzeichen mehrten sich, daß Weihnachten immer näherrückte. Plötzlich waren die Milchflaschendeckel mit kleinen Stechpalmenzweigen verziert, und die Vorbestellungen für Schlagsahne tauchten auf den Türschwellen auf. Es war anzunehmen, daß die Bestellungen in den kommenden Wochen noch zunehmen würden, weshalb ich über Mr. Pickthalls anhaltende Unterstützung froh war. Nachdem Marco aufgetaucht war, hatte ich fast erwartet, der alte Mann würde mich voller Abscheu verlassen, aber am Morgen darauf wartete er wieder mit seiner Stofftasche an der üblichen Stelle. Ich dachte, es wäre am besten, überhaupt nicht auf die Ereignisse des Vortags zu sprechen zu kommen, sondern mit der Milchrunde weiterzumachen, als ob nichts vorgefallen wäre. Dieses Verhalten erwies sich als erfolgreich. Unsere Beziehung normalisierte sich schnell wieder.

Beim Durchfahren von Longridge Scar stellte sich heraus, daß endlich mit dem Fällen der Weihnachtsbäume begonnen worden war. Wo wir zuvor nur undurchdringliche Dunkelheit gesehen hatten, gab es jetzt Freiräume. Die vereinzelten Feuer aus ausgerodetem Unterholz, die im Morgengrauen noch schwelten, beleuchteten sie schwach. Nicht alle Bäume waren jedoch gefällt worden. Ganze Reihen blieben unberührt. Wahrscheinlich sollten sie erst im folgenden Jahr drankommen, oder in dem darauf. Am Straßenrand sammelten wir eine leere Milchflasche ein, stellten eine volle an dieselbe Stelle und fuhren weiter.

Bevor ich meine Lieferung vor dem Haus mit dem Schaukelpferd am Gartentörchen abstellte, war ich eigentlich davon ausgegangen, dort einen Zettel mit Sonderbestellungen für die Feiertage vorzufinden. Es war aber keiner da. Nichtsdestotrotz beschloß ich, als Zeichen des guten Willens einen zusätzlichen

Becher Sahne zu hinterlassen. Dies veranlaßte Mr. Pickthall zu der Bemerkung, daß »kein Kunde besser als der andere« sei und daß jeder Händler, der sein Produkt kostenlos abgebe, nicht ganz normal im Kopf sein könne.

Die Nachmittage verbrachte ich in der relativen Ruhe des großen Schuppens. Mit brennendem Ofen und bei geschlossener Tür machte ich ohne Unterbrechung am letzten Boot weiter. In den vergangenen Wochen hatte mir dieser Auftrag wirklich Spaß gemacht. Jetzt machte ich mir Gedanken darüber, was Mr. Parker wohl als nächstes für mich auf Lager hatte. Zweifelsohne irgend etwas Interessantes, aber ich hatte kaum Gelegenheit, mit ihm zu sprechen, weil er immer so mit seinen Ölfässern beschäftigt war.

Eines Abends traf ich ihn allerdings im Hof, als er gerade von einer Spritztour mit seinem Laster zurückkam.

»Sie denken doch noch daran, diesen Anker für den Anleger zu bauen, oder?« sagte er.

»Ja, okay«, antwortete ich. »Der See sieht allerdings ein bißchen zu unruhig aus, um ihn zu versenken.«

»Sie könnten vielleicht versuchen, nächste Woche damit anzufangen«, schlug er vor. »Der Mann vom Wetterdienst sagt, wir hätten ein paar ruhige Tage vor uns.«

»Ach, gut.«

»Lassen Sie sich von Mark helfen.«

»Okay.«

Die Vorstellung, Mark (oder »Marco«, wie er sich selbst zu nennen vorzog) könnte irgend jemandem helfen, war höchst unrealistisch. Er war mit Abstand der faulste Mensch, den ich je getroffen hatte. Er verschlief nicht nur den halben Tag und stand erst Stunden, nachdem ich mit meiner Milchrunde fertig war, auf, sondern hing danach ewig im Gartenhäuschen herum, rauchte bei geschlossenen Fenstern und aß meine Kekse auf. Noch nie hatte er angeboten, mal eine Kanne Tee zu machen, obwohl er wußte, daß ich viel zu tun hatte. Seine Ausrede war, daß er »keinen Bock darauf hatte«, obwohl mir auffiel, daß er es immer schaffte, sich auch eine Tasse abzuzweigen, wenn ich mir die Mühe gemacht hatte, welchen zu kochen.

Trotz alledem fand Gail ihn anscheinend äußerst faszinierend. Dauernd tauchte sie unter irgendwelchen Vorwänden im Gartenhäuschen auf, wie zum Beispiel, um Marcos Fotos aus Indien anzuschauen. An und für sich waren sie bestimmt interessant, nehme ich an, aber es reichte auch, sie einmal anzugucken. Nicht dreimal.

Irgendwann einmal fragte ich ihn, was er von dem Land hielt, und er sagte: »Genial, aber dir würde es wahrscheinlich nicht gefallen.«

»Warum nicht?« fragte ich.

»Wäre eben so«, antwortete er. »Du bist da nicht der Typ für.«

Marco hatte eine etwas unglückliche Art, bestimmte Sachverhalte zu beschreiben, aber wie dem auch sei: Ich war mir bewußt, daß ich versuchen sollte, freundlich zu ihm zu sein, wo wir uns doch die Unterkunft teilen mußten. Aus diesem Grund fragte ich ihn auch, ob er sich vorstellen könne, mit mir ins Packhorse zu kommen.

»Was, und den ganzen Abend mit den Dorftrotteln abhängen?« sagte er. »Nein danke.«

»Eigentlich ist das eine nette Truppe«, bemerkte ich. »Die nehmen mich sogar in die Dartmannschaft auf.«

»Du Glücklicher.«

»Heute abend spielen wir gegen die vom Journeyman.«

Marco lehnte sich zurück und starrte an die Decke. »Mann, wie aufregend!« sagte er. »Ich komm' um vor Spannung!«

»Also willst du nicht mitkommen?« fragte ich.

»Nö«, antwortete er. »Ich geh' vielleicht mal schauen, ob die kleine Gail mit mir eine Runde spielt.«

Das hörte ich gar nicht gerne, war aber wohl kaum in der Lage, etwas dagegen zu unternehmen. Statt dessen badete ich und machte mich fertig zum Ausgehen. Dabei dachte ich an

Bryan, Kenneth, Maurice, Tony und die anderen alle und fragte mich, ob sie es wohl mochten, als »Dorftrottel« bezeichnet zu werden.

Als ich am Packhorse ankam, sah ich, daß sich jemand für Weihnachten ins Zeug gelegt hatte. Vor der Tür stand in einem Faß ein mit Lametta behängter Baum, und aus allen Fenstern strahlten helle Lichter. In der unteren Bar war die Stimmung ähnlich festlich. Die Heimmannschaft trainierte noch, trank Bier und wartete auf die Gäste. Ich bestellte bei Tony ein Pint und ging dann zu Bryan rüber, um mit ihm zu sprechen. Er war gerade dabei, die Tafel mit einem feuchten Lappen abzuwischen. Wie immer hatte er seine Krone auf, aber zwischen dem ganzen Weihnachtsschmuck sah sie plötzlich gar nicht mehr deplaziert aus.

»Abend, Bryan«, sagte ich. »Du paßt plötzlich so gut zur Jahreszeit.«

»Ja, finde ich auch«, antwortete er. »Ich sag' dir aber, das Jahr dazwischen war die Hölle.«

Ein paar Augenblicke vergingen, bis mir dämmerte, was er da gerade gesagt hatte.

»Hast du die etwa ein ganzes Jahr getragen?« fragte ich.

»Klar habe ich das«, sagte er. »Das war doch die Wette.«

»Was für eine Wette?«

»Die ich mit Tommy geschlossen habe.«

»Tut mir leid«, sagte ich. »Ich weiß nichts von einer Wette.«

Bryan sah mich überrascht an.

»Aber du mußt das doch mitbekommen haben«, sagte er. »Das gehört hier zum Allgemeinwissen. Tommy hat mit mir gewettet, daß ich meine Krone nicht von einem Weihnachten bis zum nächsten tragen würde.«

»Ach so«, sagte ich und mußte lachen. »Jetzt verstehe ich.«

»Und ich habe mit ihm gewettet, daß er nie im Leben Verwendung für die ganze grüne Farbe finden wird, die er gekauft hat.«

»Na ja, das war ja auch eine ganze Menge«, bemerkte ich.

»Ja«, sagte Bryan. »Ich dachte schon, ich würde gewinnen – bis du aufgetaucht bist.«

»Ich?«

»Ja.«

»Was hab' ich denn damit zu tun?«

»Du hast doch Tommy aus der Patsche geholfen, oder etwa nicht?« sagte er. »Als du mit den Booten angefangen hast, hatte ich keine Chance mehr.«

An der Tür entstand ein Gedränge. Eine neue Gruppe stieß zu den Anwesenden. Es handelte sich um die Mannschaft vom Journeyman. Als sie hereinstürmten, ging Bryan ihnen entgegen und begrüßte sie. Ich bemühte mich krampfhaft, nicht daran zu denken, was er gerade gesagt hatte, holte mir ein paar Darts und machte zur Übung einige Würfe auf das Brett. Dabei fiel mir auf, daß Lesley nirgendwo zu sehen war. Aus irgendeinem Grund hatte sie sich wohl verspätet. Ich vermutete, daß sie in Kürze eintreffen würde. In der Zwischenzeit wurden die beiden Mannschaften bestimmt und Vorbereitungen für das erste Spiel getroffen. Erst da bemerkte ich, daß ich nicht ausgewählt worden war.

»Wir waren uns einig, daß du noch nicht ganz soweit bist«, erklärte Tony. »Aber mach' dir mal keine Sorgen, es ist nur eine Frage der Zeit.«

»Also, werde ich dann irgendwann in die Mannschaft aufgenommen, oder nicht?« fragte ich.

»Klar«, sagte er. »Irgendwann.«

Dann holte er eine Menge Pappkronen unter dem Tresen hervor, die noch zusammengefaltet waren. »Kannst du mir einen Gefallen tun und sie rumgeben?«

Die Kronen waren nach demselben Muster hergestellt wie Bryans. Ich ging zwischen den Spielern umher und verteilte sie. Eine behielt ich für mich. Sie war golden, mit drei Zacken. Bryan suchte sich eine neue silberne aus, als Ersatz für die alte auf seinem Kopf.

»Die ist fast genauso bequem«, bemerkte er grinsend.

Obwohl ich eine Weihnachtskrone tragen durfte, hatte ich an diesem Abend nicht sehr viel Spaß. Ohne innere Beteiligung schaute ich dem Turnier zu, und während ein Spiel aufs andere folgte, dämmerte mir langsam, daß Lesley nicht mehr auftauchen würde. Als ich mir noch ein Bier bestellen ging, fragte ich Tony, ob er wußte, wo sie war.

»Na, die werden wir eine ganze Weile nicht mehr zu Gesicht kriegen«, antwortete er. »Die ist auf Reisen gegangen.«

»Wirklich?«

»Ja«, sagte er. »War der Meinung, daß im Leben mehr passieren könnte als jeden Abend Darts zu spielen. Sie ist nach Übersee gefahren, glaube ich.« Er drückte mir mein Pint in die Hand. »Übrigens, das hier ist schon bezahlt. Nette Geste von deinem Chef.«

Jetzt erst merkte ich, daß Tommy Parker auch ins Packhorse gekommen war. Ich warf einen Blick in die obere Bar und sah ihn dort stehen, mit dem Wirt und seinen Kumpanen. Er nickte mir zu, und ich prostete ihm dankend zu. Es war wie ein Trostpreis.

***

Etwas später hörte man Beifall, der den Sieg der Gastgeber verkündete. Während Hände geschüttelt und Darts weggeräumt wurden, redete ich mit Tony über das Begleichen meiner Rechnung. Er zog ein Notizbuch neben der Kasse hervor und schaute es sich eine Weile genau an.

»Also gut«, sagte er. »Einundvierzig Pfund und neun Pence wären das dann. Laß uns vierzig sagen.«

»Ach ... okay«, sagte ich. »Danke.«

»Willst du denn deinen Dartbeitrag gleich mitbezahlen?«

Das waren nochmal zehn Pfund, die anscheinend die Kosten für die Sandwichs deckten, von denen ich immer angenommen hatte, sie seien umsonst. Als ich endlich Kenneth und Bryan aufgestöbert und meine Schulden bei ihnen bezahlt hatte, blieben mir weniger als zehn Pfund. Ich dachte an meine offene Rechnung bei Hodge, und mir wurde bewußt, daß ich trotz der ganzen Schufterei mehr oder weniger pleite war. Bargeld würde ich erst wieder haben, wenn ich das Geld für die Milch eingesammelt hatte, und damit mußte ich bis nach Weihnachten warten.

»Ach, ich sollte dir noch was ausrichten«, sagte Bryan. »Mein Onkel Rupert läßt dich grüßen.«

»Wirklich?« antwortete ich. »Äh, schön ... danke.«

»Er ist sehr beeindruckt, wie pünktlich du immer mit seiner Milch bist.«

»Gehört er denn zu meinen Kunden?«

»Aber natürlich.« Bryan grinste. »Du kennst doch sein Haus. Bei Wainskill draußen. Mit einem Schaukelpferd am Gartentörchen.«

Eine Glocke läutete.

Im Packhorse war die letzte Runde angesagt, aber wie immer kümmerte sich niemand darum. Die Dartmannschaft hatte schon wieder gewonnen und war jetzt in Feierstimmung. Folglich war ich tatsächlich der einzige, der zur normalen Zeit ging. Ich schlüpfte zur Tür hinaus und lief über den Platz am Ring of Bells vorbei. Durchs Fenster sah ich ein paar traurige Gestalten an der Bar sitzen. Alles sah so aus wie immer. Dann lief ich, noch immer mit meiner Spielkrone auf dem Kopf, in der Dunkelheit nach Hause.

Als ich wieder am Hillhouse eintraf, sah ich, daß auf dem Heuboden noch Licht brannte. Gails Schlafengehzeit war schon lange gekommen, aber ich vermutete, daß sie den ganzen Abend über mit Marco dort oben gewesen war. Ich betrat das Gartenhäuschen und betrachtete das Chaos, das er angerichtet hatte. Seine Kleider und das Bettzeug lagen überall herum, und auf dem Tisch standen dreckige Tassen und Teller. Ich schaute in meine Keksdose und stellte fest, daß sie völlig leer war. Sogar die einfachen Vollkornkekse waren verschwunden. Zum Aufräumen war ich jetzt zu müde, weshalb ich direkt ins Bett ging und sofort einschlief.

Einige Zeit später kam Marco zurück und bemühte sich überhaupt nicht, keinen Krach zu machen. Er kramte ewig in seinem Rucksack herum, holte Zeug raus und stopfte es wieder hinein, bis ich mich bewegte.

»Ach, bist du wach oder was?« sagte er.

»Nein«, antwortete ich.

»Hat's Spaß gemacht?«

»Es war in Ordnung.«

Ich hörte, wie er sich eine Zigarette anzündete. Dann sagte er: »Ich habe auch ein bißchen trainiert.«

»Tatsächlich?« fragte ich.

»Hm.« Da war wieder dieser spöttische Unterton in seiner Stimme. »Nach dem, was ich gehört habe, hast du die ganze Zeit außen rumgespielt.«

»Na ja, klar«, sagte ich. »Das ist doch für den Anfang am besten, oder nicht?«

Jetzt grinste er dreckig. »Nein, mein Sohn, du hast das falsch verstanden. Du hättest direkt in die Mitte zielen sollen.«

***

Als ich am nächsten Morgen von meiner Milchrunde zurückkam, sah ich, daß Deakins Eiswagen im Hof parkte. Daneben stand Bryan Webb. Normalerweise freute ich mich, Bryan zu sehen, aber diesmal fühlte ich mich bei seinem Anblick sehr unbehaglich, insbesondere, weil er seine silberne Krone trug.

»Morgen«, sagte ich betont gutgelaunt. »Ist Tommy nicht da?«

»Er ist drinnen zum Telefonieren«, antwortete Bryan.

»Ach so. Was treibt dich denn her?«

»Ich wollte mir mal die Boote anschauen«, sagte er. »Natürlich ist das nur eine Formalität. Ich weiß schon, daß ich die Wette verloren habe.«

»Worum habt ihr denn gewettet?« fragte ich. »Nur so interessehalber.«

»Wenn ich gewinne, kann ich mir irgend etwas aus dem großen Schuppen aussuchen. Wenn ich verliere, muß ich meine Krone noch ein Jahr lang aufbehalten. Als eine Art Buße.«

»Hast du dir deswegen eine neue ausgesucht?«

»Ja«, seufzte er. »Komm schon, bringen wir's hinter uns.«

Wir liefen rüber zum Schuppen, ich schob die Tür zur Seite und zeigte ihm die Reihe neu gestrichener Boote.

Als er sie sah, wurde Bryan ganz blaß.

»Oh Gott«, sagte er. »Oh Gott oh Gott oh Gott.«

»Die hätten wohl eigentlich grün werden sollen, oder?« fragte ich resigniert.

Er nickte. »Tommy wird ausrasten.«

Während Bryan dastand und mit verblüfftem Schweigen die Boote musterte, kontrollierte ich den Anstrich. Ich ließ meine Hände über die Dollborde und die Buge gleiten und kam zu dem Schluß, daß ich vorzügliche Arbeit geleistet hatte. Leider hatte ich die falsche Farbe benutzt.

Dann hörte ich, wie Mr. Parkers Stiefel auf dem Kies knirschten, als er den Hof überquerte und näher kam. Als er den Schuppen betrat, machte ich mich auf alles gefaßt. Diesmal würde er ganz sicher einen Wutanfall bekommen.

Und das tat er wirklich. Die Ausraster bei früheren Gelegenheiten waren nichts dagegen. Er warf einen kurzen Blick auf die Boote, dann wurde sein Gesicht dunkelrot.

»Hölle nochmal!« brüllte er. »Was haben Sie denn da gemacht?«

»Also ...«, fing ich an, aber es war zwecklos, er hörte nicht zu.

»Wollen Sie mich ruinieren, oder was? Seitdem Sie hier sind, ist eine Sache nach der anderen schiefgelaufen! Überall Farbe! Geschrottete Maschinen! Sie brechen mir da oben einen Vertrag, und dann kommen Sie und verlangen hundert Pfund von mir… hundert Pfund!…um diese verdammten alten Kähne aufzudonnern! Was zum Teufel denken Sie sich dabei? Glauben Sie etwa, ich habe Geld wie Heu?«

Er wandte sich Bryan zu, der immer noch »Oh Gott oh Gott« vor sich hinmurmelte.

»Na dann, Bryan! Du hast offen und ehrlich gewonnen! Also, was nimmst du? Hä? Wie sieht's aus mit meinem Traktor? Oder meinem Schweißzeug? Komm schon, such dir was aus! Die Auswahl ist riesig!«

»Schon in Ordnung, Tommy«, brachte Bryan heraus.

»Nein, es ist nicht in Ordnung!« schrie Mr. Parker. »Du mußt etwas bekommen! Weißt du was, du kannst mir eines von diesen verdammten Booten abnehmen! Hier!«

Er griff nach dem nächstbesten Boot und fing an, es mit einer Hand zur Tür zu zerren. Die plötzliche Anstrengung ließ die Adern in seinem Nacken hervortreten. Es sah ungesund aus. Deshalb griff ich nach der anderen Seite des Bootes, um ihm zu helfen. Ich zuckte zusammen, als das Boot von dem Holzblock rutschte und über den Betonboden schrammte.

»Tommy«, sagte Bryan flehend.

Mr. Parker ignorierte ihn und zog weiter mit aller Kraft an dem Boot.

»Tommy!«

Wir näherten uns der Tür. Dahinter kam die Laderampe und dann der kiesbedeckte Hof.

»Tommy!« versuchte es Bryan noch einmal. »Tommy… bitte, hör doch zu… ich will kein Boot… wirklich nicht… sieh mal, ich kann auch etwas anderes nehmen.«

***

Zehn Minuten später fuhr Bryan auf meinem Motorrad davon. Wir sahen zu, wie er den Hof überquerte und zum Eingangstor hinunterfuhr. Seine Pappkrone hatte er immer noch auf.

Dann drehte sich Mr. Parker zu mir um.

»Also dann«, sagte er. »Ist ja nochmal gut ausgegangen, was?«

»Stimmt«, erwiderte ich.

»Sie benutzen es doch sowieso fast nie.«

»Nein.«

»Also kann es genausogut woanders abgestellt werden.«

»Hm.«

Zu diesem Zeitpunkt hatte sich seine Laune wieder normalisiert, und er schien einverstanden, sich jetzt endlich einmal die Boote anzusehen.

»Das haben Sie gut hinbekommen«, räumte er ein. »Aber ich glaube, wir streichen sie doch besser grün, wenn Ihnen das nichts ausmacht.«

»Ach so ... okay.«

»Das wird Sie für den Rest des Winters beschäftigen.«

»Stimmt.«

»Und danach kann Mark sie übernehmen.«

»Mark?«

»Ja.«

»Was hat er denn damit zu tun?«

»Im Sommer kümmert Mark sich immer um die Boote. Er ist genau der richtige Typ für den Job.«

»Und was ist mit mir?«

»Also«, sagte Mr. Parker. »Um die Wahrheit zu sagen, wollte ich Ihnen den Eisverkauf überlassen.«

Ich blieb bis ungefähr halb drei im Schuppen, tat aber nicht mehr, als eine Farbdose zu öffnen, ihren Inhalt umzurühren und sie wieder zuzumachen. Die übrige Zeit verbrachte ich damit, auf die Boote zu starren und mir zu überlegen, was ich tun konnte.

Schließlich trat ich hinaus in das fahle Nachmittagslicht und blickte über den Hof. Die Ladung Ölfässer war verschwunden, was bedeutete, daß ich ganz allein auf dem Grundstück war.

Fast.

Ich warf einen Blick hinüber zum Gartenhäuschen, in dem Marco bei zugezogenen Vorhängen schlief. Dann schmiß ich den Betonmischer an und legte mir eine lange, verzinkte Kette zurecht.

Magnus Mills

Zum König!

Roman
Aus dem Englischen von Katharina Böhmer
187 Seiten. Gebunden

Ein Blechhaus, um das der Wind pfeift, auf einer fast menschenleeren, surreal anmutenden Hochebene gelegen, das nächste Haus gerade noch in Sichtweite – einen besseren Ort zum Leben kann sich der Held in Magnus Mills' Roman kaum vorstellen. Der angewehte Sand vor dem Haus muß weggeschippt, der Ofen beheizt und die Fugen müssen abgedichtet werden. Da vergißt man schon mal, daß es noch andere Menschen auf der Welt gibt. Doch eines Tages erscheint Mary Petrie vor seiner Tür und sagt: »Hier versteckst du dich also.«
Die Frau macht sich in dem blechernen Haushalt breit, richtet sich darin ein, hier ein Spiegel, dort eine schnippische Bemerkung, das Haus wird zum Heim, vorbei ist es mit der einsamen Gemütlichkeit …

»Magnus Mills zeigt sich auch in seinem dritten Roman ›Zum König‹ als irritierendes Ausnahmephänomen der europäischen Gegenwartsliteratur.« *Der Spiegel*

»Magnus Mills' Romane sind aus Sätzen gebaut, die so staubtrocken sind, wie Sätze nur sein können.« *Die Zeit*

NF 525/1/7.05

Magnus Mills

Die Herren der Zäune

Roman
Aus dem Englischen von Katharina Böhmer
suhrkamp taschenbuch 3383
216 Seiten

Einen Zaun zu bauen ist eigentlich eine simple Angelegenheit: man gräbt Löcher in die Erde, setzt Pfähle hinein und spannt Drähte dazwischen. Hat man es allerdings mit Arbeitern wie Tam und Richie zu tun, wortkargen Heavy-Metal-Fans, die immer im Doppelpack auftreten und sich nur widerwillig von Schottland nach England versetzen lassen, dann wird ein solcher Zaunbau zu einer bizarren Unternehmung. Die englische Landschaft ist gnadenlos trist, das Glück besteht in ereignislosen abendlichen Kneipenbesuchen. Kleine Ungeschicklichkeiten führen zu Unfällen mit tödlichen Folgen – aber aufs Vergraben sind die beiden ja spezialisiert.

»Trocken, ohne von aufgesetzter Komik Gebrauch zu machen, schafft es Mills, eine durch und durch absurde Skizze in beinahe schon Beckettscher Manier zu schreiben … Bösartig und übertrieben, liebenswürdig und real.« *Hamburger Abendblatt*

NF 496/1/12.03

suhrkamp taschenbücher
Eine Auswahl

Isabel Allende
- Das Geisterhaus. Übersetzt von Anneliese Botond. st 1676. 500 Seiten
- Porträt in Sepia. Übersetzt von Lieselotte Kolanoske. st 3487. 512 Seiten

Ingeborg Bachmann. Malina. Roman. st 641. 368 Seiten

Jurek Becker
- Jakob der Lügner. Roman. st 774. 283 Seiten
- Amanda herzlos. Roman. st 2295. 384 Seiten

Louis Begley
- Lügen in Zeiten des Krieges. Roman. Übersetzt von Christa Krüger. st 2546. 223 Seiten
- Schmidt. Roman. Übersetzt von Christa Krüger st 3000. 320 Seiten
- Schmidts Bewährung. Roman. Übersetzt von Christa Krüger. st 3436. 314 Seiten

Thomas Bernhard. Ein Lesebuch. Herausgegeben von Raimund Fellinger. st 3165. 112 Seiten

Peter Bichsel
- Kindergeschichten. st 2642. 84 Seiten
- Cherubin Hammer und Cherubin Hammer. st 3165. 112 Seiten

Truman Capote. Die Grasharfe. Roman. Übersetzt von Annemarie Seidel und Friedrich Podszus. st 3135. 208 Seiten

NF 266/1/1.03

Paul Celan. Gesammelte Werke in sieben Bänden. Sieben Bände in Kassette. st 3202-st 3208. 3380 Seiten

Marguerite Duras. Der Liebhaber. Übersetzt von Ilma Rakusa. st 1629. 194 Seiten

Hans Magnus Enzensberger. Der Fliegende Robert. Gedichte, Szenen, Essays. st 1962. 350 Seiten

Max Frisch
- Homo faber. Ein Bericht. st 354. 203 Seiten
- Stiller. Roman. st 105. 438 Seiten

Norbert Gstrein. Der Kommerzialrat. Bericht. st 2718. 148 Seiten

Marie Hermanson. Muschelstrand. Roman. Übersetzt von Regine Elsässer. st 3390. 304 Seiten

Peter Handke. Mein Jahr in der Niemandsbucht. Ein Märchen aus den neuen Zeiten. st 3084. 632 Seiten

Hermann Hesse.
- Das Glasperlenspiel. Versuch einer Lebensbeschreibung des Magister Ludi Josef Knecht samt Knechts hinterlassenen Schriften. st 2572. 616 Seiten
- Siddhartha. Eine indische Dichtung. st 182. 136 Seiten

Ludwig Hohl. Die Notizen oder Von der unvoreiligen Versöhnung. st 1000. 832 Seiten

Yasushi Inoue. Das Jagdgewehr. Übersetzt von Oskar Benl. st 2909. 98 Seiten

NF 266/2/1.03

Uwe Johnson. Jahrestage. Aus dem Leben der Gesine Cresspahl. Einbändige Ausgabe. st 3220. 1728 Seiten

James Joyce. Ulysses. Roman. Übersetzt von Hans Wollschläger. st 2551. 988 Seiten

Franz Kafka. Der Prozeß. Roman. st 2837. 282 Seiten

Bodo Kirchhoff. Infanta. Roman. st 1872. 502 Seiten

Andreas Maier. Wäldchestag. Roman. st 3381. 315 Seiten

Magnus Mills. Die Herren der Zäune. Roman. Übersetzt von Katharina Böhmer. st 3383. 216 Seiten

Cees Nooteboom. Allerseelen. Roman. Übersetzt von Helga van Beuningen. st 3163. 440 Seiten

Juan Carlos Onetti. Das kurze Leben. Roman. Übersetzt von Curt Meyer-Clason. Mit einem Nachwort von Durs Grünbein. st 3017. 380 Seiten

Marcel Proust. In Swanns Welt. Auf der Suche nach der verlorenen Zeit. Übersetzt von Eva Rechel-Mertens. st 2671. 564 Seiten

Hans-Ulrich Treichel. Der Verlorene. Erzählung. st 3061. 175 Seiten

Mario Vargas Llosa. Tante Julia und der Kunstschreiber. Roman. Übersetzt von Heidrun Adler. st 1520. 392 Seiten

Martin Walser. Ein fliehendes Pferd. Novelle. st 600. 151 Seiten

Ernst Weiß. Der arme Verschwender. st 3004. 450 Seiten

NF 266/3/1.03